চতুরঙ্গ

নির্বাচিত ছোটো উপন্যাস

四个人

泰戈尔中篇小说选

（印）罗宾德罗纳特·泰戈尔　著

黄志坤　董友忱　石景武　译

人 民 出 版 社

编 者 的 话

罗宾德罗纳特·泰戈尔（Rabindranath Tagore，1861—1941），不仅是南亚次大陆最伟大的孟加拉语诗人，而且也是杰出的小说家。就其所创作的小说而论，他完全可以与世界著名的小说大师——俄国的大作家列夫·托尔斯泰（1828—1910）相媲美。

罗宾德罗纳特一生共创作小说 111 部，其中长篇 9 部，中篇 6 部，短篇 96 篇。长篇小说代表作是《沉船》和《戈拉》，中篇小说代表作为《四个人》，短篇小说中优秀之作很多，《河边台阶的诉说》《邮政局长》《移交财产》《莫哈玛娅》《喀布尔人》《法官》《饥饿的石头》等等，都堪称为名篇佳作。

纵观泰戈尔的小说创作，我们深切地感受到，泰戈尔的小说处处闪耀着一道靓丽的人道主义慈善之光，美与丑的对比，善与恶的矛盾，爱与恨的交织，是贯穿泰戈尔小说创作的一条红线。跌宕起伏的故事情节，生动鲜活的人物形象，凝练诗化的语言，是泰戈尔小说的鲜明特点。

中国读者对泰戈尔的作品并不陌生，特别是他的小说，

更为中国读者所喜爱。中国不少出版社出版过泰戈尔各种版本的小说，早年出版的都是译自英文，在新中国诞生后出版的版本中，有译自英文的，也有译自印地文的，直到20世纪80年代才出现译自孟加拉原文的版本。

2015年，人民出版社出版了《泰戈尔作品全集》，18卷，共计33册，最后附录有作品索引、各卷索引和小说索引。这套书是真正的"全集"，而且全部译自孟加拉原文。《泰戈尔作品全集》为不懂孟加拉语的泰戈尔研究者、喜欢外国文学的人士提供了一套可以信赖的泰戈尔作品全译本。

考虑到一般读者没有那么多时间和精力阅读《泰戈尔作品全集》，因此人民出版社决定陆续推出各类作品的精选本，其中就包括《四个人——泰戈尔中篇小说选》。我受人民出版社的委托，承担选编本书的任务。我希望，我选编的这些作品能给喜欢泰戈尔的读者带来精神上的享受！

董友忱

2016年1月12日

于海南省博鳌碧桂园 D-1301 号

目　　录

被 毁 之 巢 ①

第 一 章

　　普波迪没有任何必要出去工作。他有很多钱，而且他所在的地区还属于热带。然而，命中注定，他生来就是一个干活儿的人。因此，他创办了一种英文报纸。从此之后，他就再也不必为打发漫长的时日而苦恼了。从童年时代起，他就喜欢用英文写作和演讲。即使没有什么必要，他也常常给英文报纸写文章；即使没有什么可说的，在各种会议上他也要讲上两句。

　　为争取像他这样有钱的人加入到自己的党内来，一些政党的领导人对他大肆赞扬，因此，他对自己英文写作能力的信心就越来越坚定了。后来，他的那位做律师的大舅子吴马波迪，放弃了自己的律师职业，对自己的妹夫说："普波迪，你办一个英文报纸吧。你有如此不凡的才能……"，等等。

　　普波迪受到了鼓励。他觉得，在别人的报纸上发表文章

_____

　　① 这部作品按其容量应为中篇小说，因为孟加拉语中没有"中篇小说"一词，所以作者就把它归并"短篇小说"之列。——译者注

1

并不光彩，而在自己的报纸上，可以让自由的文笔尽情地驰骋。于是，他就聘请他的妻舅做自己的助手，而年纪轻轻的普波迪却登上了主编的宝座。年轻人往往很容易陶醉于编辑工作和政治运动，而且热情很高，促使普波迪陶醉的人又很多。

这样，就在普波迪忙于办报的岁月里，他那位年少的妻子佳鲁洛达慢慢地步入了青春年华。这位报纸主编对于这样一个重大消息竟然毫无所知。他所关注的主要课题是，印度政府的边境政策逐渐膨胀，正在超越克制的限度。

在这个富有的家庭中，不需要佳鲁洛达做任何事情。她那漫长而悠闲的生活，就像不结果的花一样，在完全不需要的环境中日夜开放。她什么都不缺，应有尽有。

在这种情况下，一般的妻子遇到机会，就会向自己的丈夫提出一些过分的要求，夫妻娱乐戏耍的边界政策就会越过家庭生活的界线，从适时适度达到不适时不适度的程度。佳鲁洛达却没有这种机会。对她来说，揭开报纸的帷幕，去占有丈夫是困难的。

有一次，亲属中一位女眷责备普波迪对年轻的妻子关心不够。这时，他才醒悟道："是啊，佳鲁应该有一个女伴儿，可怜她孤单一人，又没有什么事可做。"

普波迪对自己的大舅子说："你把嫂夫人接到我们这里来吧。佳鲁身边连一个年龄相仿的女人也没有，她当然会感到很寂寞了。"

这位主编以为，佳鲁是因为没有女伴儿才感到难过，于是他就把他的大舅子媳妇蒙达姬妮接来了，这样他就放心了。

正当这对夫妻在爱情的最初霞光照耀下，彼此以空前的荣耀感受着爱恋品尝新滋味的时候，谁都没有料到，夫妻间这种金光闪烁的早晨竟然在不知不觉中悄然消逝去了。这对夫妻彼此尚没品尝到新鲜滋味，就已经成为旧相识了，而且他们已经习惯了。

对于读书学习，佳鲁洛达有一种天生的爱好，因此，她的日子并不很难过。她通过自己的努力和各种方式来安排学习。普波迪的一个表弟奥莫尔正在大学读三年级，佳鲁洛达经常向他请教。作为对这种小事的报答，她不得不经常忍受奥莫尔许多任性的要求。她要供给奥莫尔在饭店就餐和购买英国文学书籍的花销。奥莫尔经常请朋友们吃饭，这种应酬的负担作为给老师的薪俸，也要由佳鲁洛达来承担。普波迪从不向佳鲁洛达提任何要求，可是他这位表弟奥莫尔却只为教她一会儿书就提出没完没了的要求。对此，佳鲁洛达常常故意表现出生气和愤怒的样子，不过，能为一个人做些事情并忍受着这种充满友情的灾难，对她来说也是很需要的。

奥莫尔说："嫂子，我们大学有一位王公家族的女婿，穿着一双王宫内宅女眷缝制的毡靴。我简直受不了——我也想要一双这样的毡靴，否则的话，我怎么能保持自己的地位和尊严呢？"

佳鲁说："是啊，那怎么办呢！我要是整天坐在家里给你做靴子，还不把我累死呀！给你钱，去市场买一双吧。"

奥莫尔说："那可不行。"

佳鲁不会做靴子，但是她在奥莫尔面前又不想承认这一点。不过，别人都没有向她提过什么要求，奥莫尔却向她提出了这个要求——对于生活中这个唯一的要求者提出的要求，她不能不给予满足。当奥莫尔去大学上课的时候，她便非常用心地开始偷偷地学做起毡靴来。奥莫尔自己渐渐把他要求做毡靴的事忘了。有一天晚上，佳鲁把他请来了。

当时正是夏天，佳鲁在屋顶晒台上铺了坐垫，给奥莫尔安排一个用餐的地方。因为担心会落上沙尘，她就在大托盘上盖了一个铜盖儿。奥莫尔脱掉大学的校服，洗了脸，就匆匆地上来了。

奥莫尔坐在坐垫上，掀开托盘盖儿，就看见托盘上放着一双新做的毡靴。这时佳鲁洛达咯咯大声笑起来。

得到毡靴之后，奥莫尔的欲望更加膨胀起来。现在他还要一条围巾，并要求给他的丝绸手帕四边缝上带花纹的边饰；他的外室里一把椅子粘上了油渍，他要求做一个套子罩上。

奥莫尔每一次提出要求的时候，佳鲁洛达都与他争吵一番，可是每一次她都十分认真而热心地满足贪婪的奥莫尔的欲望。奥莫尔还经常问道："嫂子，还差多少？"

佳鲁洛达故意骗他说："还没做呢。"有的时候她还会

说："啊，我都忘了。"

然而，奥莫尔是个不肯善罢甘休的主，每天他都纠缠不休地催问。对于纠缠不休的奥莫尔的任性要求，佳鲁洛达故意装出一副漠不关心的样子，以示反对，可是忽然有一天，她会满足他的要求，从而使他惊愕不已。

在这个富有的家庭中，佳鲁洛达不需要为其他人做什么事情，只有奥莫尔缠着她为自己效劳。只有在这种心甘情愿的琐碎劳作中，她的注意力才能集中，她才有一种实现愿望的满足感。

普波迪的内宅院里有一块地，如果说它是花园，未免太夸张了。这个园子里的主要树木是一棵西洋的阿木拉树。

为了更好地利用这块土地，佳鲁和奥莫尔成立了一个委员会。几天来，两个人一起绘制图样，制定计划，以极大的热情，为在这块土地上建设花园设计方案。

奥莫尔说："嫂子，在我们这个花园里，你应当像昔日的公主那样，亲手为树木浇水。"

佳鲁说："还要在西边的一个地方建一座茅舍，在里面养一只小鹿。"奥莫尔说："还要建一个小池塘，在里面放养一些鹅鸭。"

佳鲁对这个建议很赞赏，她说道："我还要在里面种植蓝荷花，我很久以前就想观赏蓝荷花。"

奥莫尔说："在池塘上还要建一座小桥，岸边还要停放一只小船。"佳鲁说："池塘岸边的台阶要用白色大理石来修建。"

奥莫尔拿出铅笔和纸，用直尺和圆规绘制了一幅十分壮观的花园规划图。

两个人天天在一起不断地修改他们的构想，绘制了一二十张新图纸。当蓝图绘制好之后，他们又开始编制一个预算表。起初，本来有一个打算——用佳鲁自己的零用钱来慢慢地修建花园。家里的什么东西放置在什么地方，普波迪是从不过问的。佳鲁想，等花园建好之后，请他来花园参观，给他一个惊喜。他一定会以为，这是借助阿拉丁神灯的威力才把整个一座花园从日本国搬了过来。

然而，预算虽然制订得相当节省，可是佳鲁的钱还是不够。于是奥莫尔又坐下来，重新修改蓝图。他对佳鲁说："那就这样，嫂子，把池塘去掉吧。"

佳鲁说："不，不，去掉池塘绝对不行！我还要在那里种植蓝荷花呢。"

奥莫尔说："你的鹿舍不用洋铁皮盖儿做屋顶，用普通干草铺也行。"

佳鲁很生气地说："如果那样，我就不要那个鹿舍了——算了。"

起先，曾有过一个建议：从毛里求斯购买丁香树苗，从卡尔纳特购买檀香树苗，从锡兰购买肉桂树苗，奥莫尔改变了原来的计划，打算从马尼克达拉购买本国和外国的普通树苗。佳鲁一听，就沉下脸来，并且说道："那样的话，我还要花园干什么！"

这样削减预算，也不是个办法。根据预算来压缩原来的计划，对佳鲁来说是不情愿的，奥莫尔不管嘴里怎么说，心里也不是滋味。

奥莫尔说道："嫂子，你在哥哥面前提一下花园的事吧。他肯定会给钱的。"

佳鲁说："不，跟他说了，还有什么意思呢？这花园要由我们两个人来建。如果告诉他，他就会按照洋人家的模式建一座伊甸园。那样的话，我们的计划不就告吹了嘛！"

佳鲁和奥莫尔坐在阿木拉树荫下，深深地沉湎在难以实现的美妙幻想之中。佳鲁的嫂子蒙达从二楼叫道："这么晚了，你们还在花园里干什么？"

佳鲁回答道："我们在找熟透的阿木拉果。"

嘴馋的蒙达说："如果找到，也给我带几个来。"

佳鲁笑了，奥莫尔也笑了。他们的所有憧憬带给他们的主要欢乐和自豪，就在于这些憧憬只存在于他们两个人之间。蒙达不管具有怎样的优秀品质，她却不善于幻想。她又怎么会品尝到所有这些建议中的情趣呢？她完全游离于这两个人组成的委员会之外了。他们既没有减少这个难以实现的花园的预算，也不认为这个幻想的某一部分不妥。然而，阿木拉树下的委员会几天来一直在开会。在花园的什么地方挖池塘，在什么地方盖鹿舍，在什么地方修石头平台，奥莫尔都在蓝图上做了标记。在他们构想的花园里，应该怎样在这

株阿木拉树的四周修建围墙，奥莫尔正在用一把小锄头做记号，佳鲁就在树下坐下来，说道："奥莫尔，如果你会写作，那就好了。"

奥莫尔问道："那好什么呀？"

佳鲁说："那你就可以描写我们这座花园，写出一篇小说来给我看。池塘、鹿舍、阿木拉树，所有这一切都要写进小说里——除了咱们俩，别人谁都读不懂，那就太有意思了。奥莫尔，你试着写写看，你肯定能写成。"

奥莫尔说："好吧，如果我写成了，你给我什么？"

佳鲁反问道："你想要什么？"

奥莫尔说："你在我的蚊帐顶盖儿上亲手描绘出紫藤图案，你还应该用丝线把它绣出来。"

佳鲁说："你这种要求太过分了，还要在蚊帐顶盖儿上绣花！"

奥莫尔滔滔不绝地讲了很多话，驳斥所谓蚊帐这种东西只配在监狱里使用而不需要美化的论调。他说，生活中百分之九十的人都缺乏美感。他们对于丑陋的东西一点儿也不感到厌恶，这就是证明。

佳鲁立即默默地接受了他的观点，而且她想到，"我们两个人组成的这个委员会是被排除在那百分之九十人之外的"，因此，她很高兴。

于是，佳鲁说道："那好，我为你的蚊帐顶盖儿绣花，你写吧。"

奥莫尔面带神秘的表情，说："你以为我不能写？"

佳鲁兴致勃勃地说："那你一定写过什么，拿给我看看。"

奥莫尔说："今天就算了，嫂子。"

佳鲁说："不行，今天必须给我看看。你要发誓，现在就去把你写的东西拿来。"

一种强烈的担心，使奥莫尔直到现在都没敢把他写的东西读给佳鲁听。如果佳鲁理解不了，如果她不喜欢，怎么办呢？——这样一种困惑一直萦绕在他的脑际。

今天，奥莫尔手里拿着笔记本，面色微红，他干咳嗽一下，开始朗读起来。佳鲁背靠着树干，把脚平放在草地上，开始听他朗读。

这篇散文的题目是《我的笔记本》。奥莫尔写道："啊，我那洁白的笔记本，我的幻想从来没有触摸过你。你如此纯洁，如此神秘，就像造物主降临产房之前婴儿的前额一样。我将要在你的最后一页写下最后一行结束语，我书写的那些时日如今又在何方？！你这些洁白的婴儿般的纸页，今天甚至在梦中都无法想象出用墨水所写下的这些永恒的结语。"——等等，等等，写了很多。

佳鲁坐在树荫下，静静地听着。朗读结束之后，佳鲁沉默片刻，然后说道："你可以再写嘛！"

那一天，奥莫尔坐在树下，第一次品尝到了文学佳酿的醉人滋味；奉献美酒的侍女是新人，味道也是新鲜的；在长长阴影的衬托下，晚霞显得越发神秘了。

佳鲁说："奥莫尔，应该摘几个阿木拉果，不然的话，我们怎么向蒙达交代呀。"

他们根本不想向愚笨的蒙达讲述关于读书学习和所讨论的话题，但是必须摘几个阿木拉果带给她才行。

第 二 章

他们的花园构想，也如同他们的其他构想一样，在漫无边际的幻想领域不知何时消逝了，奥莫尔和佳鲁并没有觉察到这一点。现在，奥莫尔的写作成为他们讨论和交流的主要内容。奥莫尔来到佳鲁面前，对她说："嫂子，我脑子里突然产生了一个非常好的灵感。"

佳鲁受到鼓舞，于是兴奋地说："走，我们到南面门廊去——蒙达马上要到这里来做蒟酱叶。"

佳鲁来到克什米尔式的门廊，在一把旧藤椅上坐下来，奥莫尔坐在栏杆下面的高台上，伸开了两条腿。

奥莫尔要写的内容总是不明确，他自己也说不清楚。他讲的东西总是杂乱无章，没有人能听明白。奥莫尔自己也一次又一次地解释说："嫂子，我无法给你讲清楚。"

可是佳鲁却总是说："不，我听懂了很多。你写下去吧，不要拖延。"有一些佳鲁洛达听懂了，有一些并没有听懂，很多是凭她自己的想象，奥莫尔述说的激情使她很激动，她在自己内心里常常臆造出一种不可名状的东西，因此她感到愉悦，并且沉湎在一种渴望之中。

就在那天晚上，佳鲁多次问道："写了多少了？"

奥莫尔说："这么一会儿能写什么？"

第二天上午，佳鲁用一种略带挑战性的声调几次问道："怎么，你还没有写完？"

奥莫尔回答道："等一等，让我再想一想。"

佳鲁生气了，她说："那就算了。"

晚上，佳鲁的气恼更加厉害，她甚至都不再找机会讲话了。这时候，奥莫尔装作掏手帕的样子，故意把已写成的稿子的一页纸从口袋里带了出来。

佳鲁立即打破沉默，说道："你这不写完了嘛。你骗我！快给我看看。"

奥莫尔说："现在没有写完呢，还差一点儿。写完我再读给你听。"

佳鲁说："不，现在就读给我听。"

奥莫尔也想马上读给她听，可是不戏弄佳鲁一下，他是不会读给她听的。最后，奥莫尔拿着稿纸坐下来，首先按页码排好顺序，用铅笔在一两个地方做了一些修改。就在这期间，在强烈的好奇心驱使下，佳鲁的思绪犹如载着雨水重负的低垂的雨云一样，全都倾注在那些稿纸上。

当时奥莫尔只好把已经写好的三四段读给佳鲁听。剩下的部分还没有写出来，只停留在讨论和幻想中。

在以前的一段日子里，两个人曾经沉醉于摘取天堂的花朵，现在两个人开始栽培诗歌之花了，于是就把以前的一切统统都忘掉了。

一天黄昏，奥莫尔从学校回来了，他的衣服口袋看上去装得鼓鼓的。

奥莫尔走进来的时候，佳鲁从内室的窗子里瞧见了他口袋里装着东西。

往日里，奥莫尔从学校回来后，都毫不耽搁地走进内室里边来，今天他带着口袋里的东西却走进了外室，根本没有很快到内室来的迹象。佳鲁来到内室的外边，多次击掌，都没人理睬。佳鲁有点儿生气，于是就拿着孟莫特·窦德的一本书，坐在她自己的门廊里想阅读。孟莫特·窦德是位新作者。他的写作风格在很多方面都像奥莫尔，因此，奥莫尔从不赞扬他，常常在佳鲁面前用怪声怪调读他的作品，并以此来嘲笑他——佳鲁这时就从奥莫尔手里夺过那本书，轻蔑地把它扔到远处去。

今天，当佳鲁听到奥莫尔脚步声的时候，她就把孟莫特·窦德的那本《布谷鸟》放在面前，十分认真地读起来。

奥莫尔走进门廊，佳鲁也没有理睬。奥莫尔说："嫂子，在读什么？"看到佳鲁没有回答，奥莫尔就走到椅子后面，看见了那本书。于是他说道："是孟莫特·窦德的《布谷鸟》啊。"

佳鲁说："去，别捣乱，让我看书。"

奥莫尔站在佳鲁的身后，用嘲讽的语调朗读起来："我是一株小草，一株卑微的小草；兄长，你是身着朱红帝王之服的无忧树，我只是一株小草。我没有花朵，没有阴凉，我不能使我的头颅直插云霄，春天的布谷鸟不能把我作为它们的居住之所，用'布谷布谷'的鸣叫让世界陶醉——可是，无忧树兄长呀，请不要因为你有缀满花朵的高大树冠而蔑视我。我这株小草匍匐在你的脚下，请你不要藐视我。"

奥莫尔从书上读了这几句之后，又用嘲讽的语调开始编造起来："我是一把香蕉，一把没熟的香蕉，啊，兄长呀，南瓜，你是攀缘在屋顶上的南瓜，而我是一把还不成熟的香蕉。"在这种调侃的袭击下，佳鲁就消了气。她放下书，笑着说道："你的妒忌心太重，除了自己的作品外，什么人的作品你都不喜欢。"

奥莫尔说："你的宽宏大度简直没边，得到这株小草，就想把它吃掉。"

佳鲁说："好了，先生，不要开玩笑了。口袋里装的什么，快拿出来吧。"

奥莫尔反问道："猜猜看，装的什么？"

在戏弄了佳鲁好一会儿之后，奥莫尔才从口袋里掏出来一本著名的月刊——《荷花》。

佳鲁看到，奥莫尔那篇名为《笔记本》的文章在杂志上发表了。

佳鲁看见后沉默了。奥莫尔以为，他嫂子会很高兴。然而，他并没有看到特别高兴的迹象，于是说道："不是什么作品都能在《荷花》上发表的。"

奥莫尔有些言过其实了。编辑只要收到某种还过得去的作品，一般是不会放过的。可是，奥莫尔却对佳鲁解释说，主编是个非常挑剔的人，从一百篇文章中才选登一篇。

佳鲁听了之后，想竭力表现出高兴的样子，可是她却高兴不起来。她想弄明白，为什么她觉得内心受到了某种打击，可是她并没有找到什么合适的理由。

奥莫尔的作品是属于奥莫尔和佳鲁两个人的财产。奥莫尔是作者，而佳鲁是读者。这种奥秘恰恰是她的主要情趣所在。这部作品所有人都会读到，而且还受到很多人的赞扬，这样她就感到十分痛苦，为什么她自己会有这样的感受——她自己也说不清楚。

然而，作者的愿望决不会只限于一个读者阅读自己的作品，奥莫尔开始发表自己的作品了，并且受到了赞扬。

奥莫尔常常收到崇拜者的来信，并且还常把这些信件拿给他嫂子看。佳鲁既感到高兴，又感到不痛快。现在，奥莫尔的创作不再需要她一个人的热情和鼓励了。奥莫尔有时还会收到一些没署名的美女的来信。佳鲁也时常拿这些信件和他开玩笑，但是她并不开心。他们委员会的大门突然被打开了，孟加拉邦的读者们闯进他们两个人的世界里来了。

有一天，普波迪在休息的时候说："佳鲁啊，我们的奥莫尔能写出这么好的作品，我以前可不知道哇。"

听到普波迪的赞扬，佳鲁很快活。奥莫尔是寄居在普波迪家的人，但是他与其他的寄居者有许多不同之处。佳鲁的丈夫能认识到这一点，她仿佛感到很自豪。她的情感是这样的："你们终于明白了，为什么我如此地疼爱和尊重奥莫尔；我早就看出了奥莫尔的才华，奥莫尔绝不是一个被人瞧不起的人物。"

佳鲁问道："你读过他写的东西吗？"

普波迪回答说："是的——不，没有认真读过。我没有时间。但是我们的尼什康特读过，他读过之后大加赞扬。他是很会欣赏孟加拉语作品的。"

一种敬佩奥莫尔的情感在普波迪的心目中油然而生，这正是佳鲁所期望的。

第 三 章

吴马波迪正在劝说普波迪向他的报纸关系户赠送一些礼品。普波迪根本无法理解，赠送礼品怎么能使他扭亏为盈呢。

有一次，佳鲁走进房间，看见吴马波迪在那里就走了出去。她在外边转悠了一会儿，又走进房间，看见两个人正在为账目争论。

吴马波迪看到佳鲁不耐烦的样子，就借口有事走了。普波迪正在为他的收支账目大伤脑筋。

佳鲁走进房间，说道："看来，你的工作现在还没有结束。我在想，你怎么能为这一个报纸白天黑夜地干呢？"

普波迪把账本放在一边，笑了一下。他在心里默默地想："的确，我没有时间去关心佳鲁，这太不公平了。这个可怜的人在艰难地消磨时光。"普波迪用充满爱意的语调说道："今天你没有学习呀。看来，老师逃跑了吧？你的课堂秩序乱了套。学生拿着书本来上课，老师却逃跑了！大概，今天奥莫尔没有像往常那样按时来给你上课吧？"佳鲁说："你让奥莫尔来教我，会浪费他时间的——这合适吗？看来，你把奥莫尔当成一个普通的私人家庭教师了。"

普波迪搂住佳鲁的腰，把她拉到自己的身边，说道："难道这是普通私人教师的岗位吗？如果我要是能教像你这样的一位嫂子，那么……"

"算了，算了，你不要说了。你作为丈夫都不关心我，还说什么呢！"佳鲁说。

普波迪内心里受到了一点儿伤害，于是他说道："好了，从明天起我一定教你。把你的书拿给我看看，你在读什么，让我看一下。"

佳鲁说："得了吧，你根本不能教我。现在把你的有关报纸账目放一放！你说说，现在你能不能关心一下其他别的方面。"

普波迪说："当然可以。现在我的心由你调遣，你想让我关心什么，我就关心什么。"

佳鲁说："那好，你来读一下奥莫尔的这篇文章，你看写得多好哇！编辑给奥莫尔写信说，诺波戈巴尔先生读了这篇文章后，称他为孟加拉的拉斯金①。"

普波迪听罢，有点儿困惑地拿起报纸。他打开一看，标题是《阿沙拉②之月》。过去的两周来，为了评论印度政府的预算，普波迪一直在统计大量的数字，这些数字就像百足虫一样，在他的脑子里爬行。在这种时刻，让他从头到尾读一篇孟加拉文章，他没有思想准备，而且这篇文章又不短。这篇作品是这样开始的："今天，阿沙拉月的月亮为什么整夜都如此地躲藏在云层里游荡？仿佛她从天堂偷窃了什么似的，仿佛无处掩饰她的污点似的。在法尔衮月，当天空的任何一个角落都没有一丝云彩的时候，她在宇宙面前毫无羞涩地展现出自己的容颜——而今天，她那张笑脸——宛如婴儿的梦幻，宛如爱人的回忆，宛如因陀罗的爱妻——杜尔伽女神头发上佩戴的珍珠环饰……"

普波迪一边捋着头发，一边说："写得不错。不过，为什么让我看呢？这种富有诗意的文章，我怎么能理解呢？"

佳鲁从普波迪手里拿回报纸，说道："那你能理解什么呢？"

---

① 拉斯金（1819—1900），英国作家、评论家，早年写过许多诗歌，1839年获纽迪盖特诗歌奖。——译者注

② 孟加拉历的四月，公历6月至7月间，31天。——译者注

普波迪说："我是尘世凡人，我能理解人。"

佳鲁说："难道文学作品就不描写人吗？"

普波迪说："描写得不正确。此外，既然人是具有优美身体的活生生的存在，又有什么必要去到杜撰的文章中寻找他呢？比如我要理解你，难道有必要从头到尾去读一遍《因陀罗耆伏诛》①《诗人臂钏的琼迪》② 吗？"

普波迪因为不了解诗反而感到骄傲。虽然他没有认真地阅读奥莫尔的作品，但是在他内心深处却生发出一种对奥莫尔的敬意。普波迪常常在想："本来没有什么可说的话，可是他却能编造出如此之多的话语来，并且还说个滔滔不绝——即使打破脑袋，我也想不出来。谁会料到，奥莫尔的肚子里竟有这么大的能耐。"

普波迪不承认自己具有艺术欣赏能力，但是他对文学并不吝啬。如果哪位贫穷的作家来求助，他都会资助他出版的费用，而且还要特别叮嘱道"不要给我回报"。孟加拉大大小小的周刊和月刊，著名的、不著名的、值得读的和不值得读的书籍，他全都买。他常说："我本来就不读书，如果我又不买，那我岂不是犯了罪又不肯赎罪吗？"因为普波迪不读书，所以他对坏书一点儿也不反感，因此，在他的孟加拉

① 《因陀罗耆伏诛》，印度古代大史诗《罗摩衍那》中的故事，讲述十首魔王罗波那之子因陀罗耆被罗摩之弟罗什曼所杀。——译者注

② 《诗人臂钏的琼迪》，是关于孟加拉语早期诗人琼迪达斯的一部著作。——译者注

图书室里摆满了各种各样的图书。

奥莫尔经常帮助普波迪校对英文稿子。为了澄清一份难以辨认的稿件，奥莫尔拿着这份稿子走进了普波迪的房间。

普波迪笑着对他说："奥莫尔，关于阿沙拉的月亮和帕德拉的月亮以及成熟的椰子，你想怎么写都可以，我没有任何意见，我决不想干涉任何人的自由，可是我的自由为什么要受到干涉呢？你嫂子非让我读你写的那些作品不可，你嫂子怎么能这样强迫我呢？"

奥莫尔笑着对佳鲁说道："嫂子呀，你怎么会想得出来用我写的那些东西去折磨哥哥呢？早知道会这样，我就不写了。"

把奥莫尔那些很伤感的作品拿到缺乏文学欣赏能力的普波迪面前而受到冷落，奥莫尔心里很生佳鲁的气。佳鲁立即意识到这一点，所以她也很伤心。为了转移这个话题，佳鲁就对普波迪说："我看，你应该让你的弟弟结婚了，那样他就再也不必忍受写作的煎熬了。"

普波迪说："现在的小伙子们不像我们那么傻了。他们的很多诗意都体现在作品里，在工作的时候又聪明能干。你如何能让你的小叔子同意结婚呢？"

佳鲁走了之后，普波迪对奥莫尔说："奥莫尔，我被这份报纸缠得不能脱身。佳鲁孤单一人很可怜，没有什么事情可做，有时到我的办公室看一眼就走了。你说说，我该怎么办？奥莫尔，如果你能教她读书学习，那就好了。你要是经常翻译一些英文诗歌读给她听，对她肯定有帮助，她准会喜欢。佳鲁对文学是很感兴趣的。"

奥莫尔说："是的。嫂子要是多读点儿书，我相信她自己就能写出好作品来。"

普波迪笑着说："我倒不寄托那么大的希望，不过，佳鲁在理解孟加拉文学作品方面比我强得多。"

奥莫尔说："她具有丰富的想象力，这在一般女人身上是看不到的。"

普波迪说："在男人身上也是不多见的，我就是例证。好了，如果你能重新造就你嫂子，我奖励你。"

奥莫尔说："我倒想听听，你奖励我什么。"

普波迪说："我会给你嫂子物色一个兄弟媳妇来。"

奥莫尔说："那我又得教新媳妇了！难道我这一辈子注定要在造就人中度过吗？"

这兄弟俩都是现代派青年，从他们嘴里还有什么话不能述说的呢？

第 四 章

奥莫尔在读者中赢得了声誉，现在他开始仰着头走路了。从前，他只是一个学生；如今，他成为社会所关注的人物了。他常常在文学会议上宣读自己的论文——编辑及记者常来拜访，请他吃饭，要求他参加各种协会，甚至担任会长；在普波迪家里的男女仆人及亲戚朋友的眼里，奥莫尔的地位也提高了很多。

蒙达姬妮直到现在也并不认为，奥莫尔是什么特殊人物。她把奥莫尔与佳鲁的谈笑和议论看作是孩子气而不予理睬，她依然做她的蒟酱叶和操持家务。她认为，自己比他们优秀，而且家庭生活是需要她的。奥莫尔咀嚼起蒟酱叶来没个够。因为制作蒟酱叶的任务落在了蒙达姬妮的肩上，所以她对如此消费蒟酱叶颇为不满。奥莫尔和佳鲁想方设法偷袭蒙达姬妮的蒟酱叶储藏室，这已经成为他们的一种乐趣。然而，蒙达姬妮对于这种巧妙的偷盗及他们两个人的这种偷窃玩笑，并不觉得开心。

其实，一个寄居者绝不会用愉悦的眼光看待另一个寄居者。在蒙达姬妮看来，她为奥莫尔所做的那么一些服务，仿佛是对她的侮辱。佳鲁是站在奥莫尔一边的，因此，蒙达姬妮不好开口说什么，但是她经常想方设法怠慢他。一有机会，她就在男女仆人面前偷偷地说奥莫尔的坏话，仆人们也参与议论。

然而，当奥莫尔的地位开始提高以后，蒙达姬妮感到有些愕然了。他如今不再是过去的奥莫尔了。现在他那种腼腆和顺从完全消逝了。蔑视别人的权力，现在仿佛就握在他的手里。那些在世人面前获得了声誉，因而满怀信心又毫不动摇地展示自己以及掌握了一定权力的有能力的男人，很容易吸引女人的目光。蒙达看到奥莫尔赢得了周围人的尊敬，这时她也抬起脸来，仰望着奥莫尔那高昂的头。奥莫尔那年轻的脸上由于获得新的荣耀而焕发出的骄傲的光彩，给蒙达的眼里带来了诱惑。她好像看见了一个新的奥莫尔。

现在不需要去偷蒻酱叶了。奥莫尔获得了声誉——这使佳鲁遭受了损失；他们想方设法策划的戏要联盟瓦解了；现在蒻酱叶自动呈献在奥莫尔的面前，从此他不再感到缺乏了。

除此之外，他们采取种种策略，将蒙达姬妮排挤出他们两人组建的小组之外，从而获得的那种乐趣，也开始消失了。要摆脱蒙达已经很困难了。奥莫尔把佳鲁看作是自己的唯一朋友和知己——对于这一点，蒙达很不高兴。对于以前的怠慢，她准备连本带利一起偿还。然而，每当奥莫尔与佳鲁见面的时候，她总以某种借口来到他们中间，以自己的身影造成"日食"现象。由于蒙达的这种突然变化，佳鲁和奥莫尔很难再有在她不在场时的那种说笑嬉戏的机会了。

蒙达这位不速之客的闯入，在佳鲁心里所引起的反感要比奥莫尔强烈得多，这是不言而喻的。这位冷漠的女人逐渐地向他倾心了，奥莫尔内心里也感受到了她的那种渴望。

可是，当佳鲁从远处瞧见蒙达而小声说"她来了"的时候，奥莫尔也会说："是啊，我看，又来捣乱了。"对于世界上所有其他人表现出无法忍受的态度——已经成为他们的一种习惯。奥莫尔又怎么会突然改掉呢！最后，当蒙达姬妮来到他们身边的时候，奥莫尔就会勉强表现出彬彬有礼的样子，说道："怎么样，蒙达嫂子，今天没有发现你的蒟酱叶盒子里有盗贼的痕迹吧？"

蒙达说："兄弟，你想吃就去拿好了，用不着去偷！"

奥莫尔说："偷比索要更开心。"

蒙达说："你们在读什么，读吧，兄弟。为什么停下了？我很喜欢听你朗读。"

以前，可从没见过蒙达有渴望获得读书美名的丝毫迹象，可真是"此一时，彼一时呀"！

佳鲁不想让奥莫尔在不懂艺术情趣的蒙达面前朗读作品，而奥莫尔却想让蒙达听听他的作品。

佳鲁说："奥莫尔写了一篇关于《克莫拉康多的笔记》①的评论，你是否——"

蒙达说："我就是傻，难道也一点儿听不懂吗？"

当时奥莫尔想起了一件往事。佳鲁和蒙达两个人在玩儿纸牌，他拿着作品走进了游戏室。他急不可待地想读给佳鲁听，看到她们没有停止，他很不满意。最后他说道："你们玩儿吧，嫂子，那我就把这篇作品读给奥齐尔先生听。"

佳鲁拉住奥莫尔的披肩，说："哎呀，坐吧，你去哪儿啊！"佳鲁说话间很快输了一把，于是就收起了纸牌。

---

① 《克莫拉康多的笔记》，是孟加拉语作家般吉姆（1838 — 1894）创作的一部作品，有人称其为中篇小说。——译者注

蒙达说："你们开始读吧，那我走了。"

佳鲁很客气地说："干吗走哇，你也听听吧，嫂子。"

蒙达说："不啦，妹妹，我一点儿也不懂你们那些无用的东西，我想去睡觉。"在不合适的时候玩牌被搅乱了，因此蒙达对他们两个人有些不满，她说完就走了。

就是这个蒙达，今天却兴致勃勃地要听一听对《克莫拉康多的笔记》的评论。奥莫尔说："太好了，蒙达嫂子，你能来听，那是我的荣幸。"说完，他翻开稿子，准备开始从头朗读；他在作品的开始部分倾注了许多激情，他在朗读时不想舍去这一部分。

佳鲁急忙说道："兄弟，你不是说要去江霍碧图书馆借几本旧月刊吗？"

奥莫尔说："那不是今天。"

佳鲁说："是今天，没错。大概，你忘了。"

奥莫尔说："我怎么会忘呢！是你说的……"

佳鲁说："好吧，不用你借了。你们读吧。我走了，我派波雷什去图书馆借。"佳鲁说完，就站起身来走了。

奥莫尔担心把事情搞僵。蒙达心里明白了，并且刹那间对佳鲁产生了一种反感。佳鲁走了之后，奥莫尔不知是否也该走——正在犹豫不决的时候，蒙达微微一笑，说道："去吧，兄弟，劝劝她吧，佳鲁生气了。让你读文章给我听，太为难你了。"

听她这么一说，奥莫尔更不好意思离开了。奥莫尔对佳鲁有些不满，于是说道："哪儿的话，有什么为难的！"说完就展开稿纸，开始读起来。蒙达用双手捂住他写的作品，说道："不必了，兄弟，不要读了。"说完，她就走了出去，她的眼里仿佛噙着泪水。

第 五 章

佳鲁被邀请去做客了。蒙达坐在房间里正在编发辫。奥莫尔一边叫着"嫂子"一边走进来。蒙达以为奥莫尔不知道佳鲁去做客的消息，便笑着说："哎呀，是奥莫尔先生啊，你来找谁呀？可又碰上了谁呢！你怎么这么不走运啊！"

奥莫尔说："左边的草什么样，右边的草也什么样，对于一头驴来说，两边的草都很重要啊！"说着就坐下来。

奥莫尔说："蒙达嫂子，讲讲你们家乡的故事吧，我想听一听。"为了收集写作素材，奥莫尔总是怀着极大的兴趣去倾听所有人的讲述。由于这个缘故，他现在对蒙达再不像以前那样完全不理睬了。蒙达的心态，蒙达的经历，现在他都很感兴趣。她在什么地方出生的，他们的村子什么样，她的童年是怎样度过的，什么时候结的婚等等，对于所有这一切，他都一一详细询问到了。还从来没有人对蒙达那平凡的生活经历表现出如此的兴趣，因此，蒙达兴致勃勃地开始讲起自己的经历来，有时她还会说道："我在说些什么呀，说得不准确。"

奥莫尔鼓励她道："不，我喜欢听，说下去！"蒙达讲到，她的父亲曾经是个经纪人。有一次，他和他的第二房妻子吵架赌气而绝食，后来饿得受不了，跑到蒙达他们家里来，偷偷地吃东西。有一天，被他妻子抓住了。蒙达正在讲述这个故事，奥莫尔一边聚精会神地听着，一边开心地笑着。就在这个时候，佳鲁走进屋里来。

故事的链条中断了。佳鲁清楚地意识到，由于她的到来，一场聚会突然被搅散了。

奥莫尔问道："嫂子，你怎么这么早就回来了？"

佳鲁说："是啊！我回来得太早了。"说完就准备走开。

奥莫尔说："你回来可太好了，我可得救了。我还在想，不知你什么时候回来呢。我带回来蒙莫特·窦德的一本叫《黄昏之鸟》的新书，想读给你听听。"

佳鲁说："算了，现在我有事。"

奥莫尔说："有事请吩咐，我来做。"

佳鲁知道，奥莫尔今天会买一本书来给她读的；为了引起奥莫尔的嫉妒，佳鲁要对蒙莫特的作品大加赞扬一番，而奥莫尔则会用歪曲的语调朗读这本书并且加以嘲笑。正是因为想到这一切，佳鲁才不顾主人的盛情挽留，急不可待地借口身体不舒服，在不合适的时候回来了。现在她左思右想，还是觉得留在那儿就好了，回来是不对的。

蒙达也太无耻了。她竟然一个人坐在房间里和奥莫尔嬉戏耍笑。人们看见了，会怎么说呢？可是佳鲁又不便借此事由去责怪蒙达，因为她担心，蒙达也会以同样的理由对她反唇相讥。然而，她与蒙达毕竟不一样。她鼓励奥莫尔进行创作，和他讨论文学问题，但是蒙达却不是这样的目的。毫无疑问，蒙达是在设圈套来迷惑这位单纯的青年。保护可怜的奥莫尔，使他免遭这种可怕的灾难，是她的责任。应该怎样向奥莫尔说明这个女妖精的企图呢？对奥莫尔说了，要是他的欲望越发增长，那不是适得其反吗？

可怜的哥哥呀！他为丈夫的报纸在没日没夜地操劳，可是蒙达却坐在一个角落里勾引奥莫尔。哥哥是很放心的。他对蒙达无限信赖。佳鲁亲眼看到了这一切，她的心情又怎么能平静呢？世道太不公平了！

可是，以前奥莫尔可不是这样的，自从他因写作而出了名，就发生了这么多的不幸。佳鲁本来是他写作的鼓动者。大概，她是在一个不祥的时刻鼓励奥莫尔写作的。现在，她还能像以前那样，对奥莫尔施加影响吗？现在奥莫尔已经尝到了受到众人尊敬的滋味，因此，少一个鼓舞者对他也无妨。

佳鲁清楚地意识到，奥莫尔的全部灾难就在于，他离开了佳鲁，而落入了众人之手。现在奥莫尔已经不再认为，佳鲁是同自己一样的人了，他已经把佳鲁排斥在外了。现在他是作家，而佳鲁只是一个读者。佳鲁想到这里，决心要进行报复。

唉，多么单纯的奥莫尔！多么阴险的蒙达！多么可怜的哥哥呀！

第 六 章

有一天，正值阿沙拉月，天空布满了乌云。房间里越来越昏暗，佳鲁坐在敞开的窗子旁边，低着头在写什么。

不知什么时候，奥莫尔脚步轻轻地走过来，站在佳鲁的身后，她一点儿都没察觉。佳鲁借着柔弱的光线在写着，旁边放着奥莫尔已经发表的两篇作品；摆在佳鲁面前的这两篇作品，正是她写作的范本。

奥莫尔开始默读起来。

"你还说你不会写呐！"突然听到奥莫尔的声音，佳鲁大吃一惊。她急忙把笔记本藏起来，说道："你太不像话了！"

奥莫尔说："我怎么不像话了？"

佳鲁说："你为什么偷看？"

奥莫尔说："因为不偷看，我就看不到啊。"

佳鲁开始撕毁她写好的东西。奥莫尔"嗖"地一下子，从她手中夺过笔记本。

佳鲁说："你要是看，我一辈子都不再理你了！"

奥莫尔说："如果你不让我看，那么，我一辈子也不再理你。"

佳鲁说："好兄弟，你要向我发誓：不看。"

佳鲁到最后只好认输，因为她内心里早就急不可待地想把她写的东西拿给奥莫尔看，可是她万万没有想到，在让他看的时候，她又感到如此的难为情。当奥莫尔恳求半天才得到她默许并且开始朗读的时候，她竟然羞得手脚冰凉。于是她说道："我去拿蒌酱叶了。"说完，她就匆匆走进了隔壁房间。

奥莫尔读完，就走过去，对佳鲁说道："太好了!"

佳鲁竟然忘了往蒌酱叶上抹果酱，她说道："去你的，不要再取笑我! 给我，把我的笔记本还给我。"

奥莫尔说："现在还不能还给你，我要抄一份给报社寄去。"

佳鲁说："啊，你要给报社寄去! 那可不行。"

佳鲁开始和奥莫尔激烈地争吵起来。奥莫尔也毫不让步。他一再说，"寄给报社是必要的"，佳鲁只好无可奈何地说："我真拿你没办法! 你抓到一件什么东西，就再也不肯放手!"

奥莫尔说："应该给哥哥看一看。"

佳鲁听他这么一说，就放下手里的蒌酱叶，急忙站起来，企图夺回笔记本，并且说道："不，不能告诉他。如果你把我写东西的事告诉他，那我就一个字也不再写了。"

奥莫尔说："嫂子，你完全误解了。哥哥不论嘴里怎么说，看见你写的东西，他一定会非常高兴的。"

佳鲁说："不管怎么说，反正我不需要让别人高兴。"

佳鲁曾经发誓，要写出东西来，并且一定要拿给奥莫尔看。她要以此来证明：她和蒙达是有很大区别的。这些天来，她写了不少东西，然后都撕毁了。她写的所有东西都像是奥莫尔的作品；对比一看，有的部分简直就像从奥莫尔的作品中抄来的一样。这些部分恰恰也是最优秀的，其他部分就显得平淡乏味了。奥莫尔如果看了，肯定会在心里发笑的。佳鲁想到这一点之后，就把自己写的所有东西统统撕得粉碎，扔到池塘里，为的是不让自己写的一片纸落入奥莫尔的手中。

起初，她写了《斯拉万月的彩云》。她本以为，她以饱含泪水的激情写出了一部全新的作品，可是她忽然又意识到，她所写的这个东西只不过是奥莫尔《阿拉沙之月》的翻版。奥莫尔写道："月亮兄弟呀，你为什么像小偷一样躲藏在云层里？"佳鲁写道："彩云女友啊，你从何处突然走来？用你的蓝色衣裙下摆，遮盖着盗来的月亮。"等等。

佳鲁无论如何都摆脱不了奥莫尔的写作风格，最后她改换了写作的内容。她放弃了关于月亮、彩云、赛法利花、夫人述说等题材，而写了一篇叫作《迦梨女神祭坛》的作品。在他们家乡绿荫掩映下的昏暗的池塘边，有一座迦梨女神庙。她童年的幻想、恐惧、兴趣都与这座神庙有关，这座神庙给她留下许多色彩斑斓的回忆，村子里长期流传着有关这位容光焕发的女神法力伟大无比的故事。她的这篇作品就是根据这些故事写成的。她这篇作品的开始部分模仿了奥莫尔作品的风格，充满了恢弘的诗意，可是接下去的部分，就显得自然而朴实，并且充分体现出乡土化的语言风格。

奥莫尔夺过这篇作品并且读了一下。他觉得，开始部分写得很有情趣，但是这种诗意没有贯穿到底。可是不管怎么说，作为一篇处女作，作者的努力是应该鼓励的。

佳鲁说："兄弟，我们创办一个月报吧，你说怎么样？"

奥莫尔说："没有大量的银子怎么能办报纸呢？"

佳鲁说："我们的这种报纸不用花什么钱，也不需要印刷——我们用手抄写。除了我们俩的作品外，在那上面不发表别人的作品，也不给其他人看。只抄写两份，你一份，我一份。"

要是几天以前提出这个建议，奥莫尔会高兴得不得了。现在他那保守秘密的热情已经消逝了。如今，奥莫尔的任何一个作品要是没有十来个读者，他就不会感到快活。然而，为了保持以前的情趣，他还是表现出一定的热情，于是，他说道："那可太有意思了。"

佳鲁说："不过，你得发誓，除了我们的报纸，你不能在任何地方发表你的作品。"

奥莫尔说："那样的话，编辑们非把我杀了不可。"

佳鲁说："难道我手上就没有杀人的武器吗？"

谈话就这样进行着。两个编辑、两个作者、两个读者，就这样一起举行了一次会议。奥莫尔说："报纸的名称就叫《佳鲁文读》。"

佳鲁说："不，还是叫《奥莫拉》①吧。"佳鲁在这种新的策划中忘掉了几天来的不悦和烦恼。蒙达再也没有进入他们月刊的任何途径了，而且外人进入的大门也被堵死了。

第 七 章

有一天，普波迪走进来，说道："佳鲁，你已经成为作家了，以前你可从没说起过呀。"

佳鲁吃了一惊，顿时羞得满面绯红，并且说道："我成了作家了！谁跟你说的？没有的事啊！"

普波迪说："人赃俱在，证据就在手上。"说着，他拿出来一份《荷花》杂志。佳鲁看到，那些被视为他们秘密财产并由她亲手抄写在月刊上的作品，连同男女作者的名字一起刊登在《荷花》上了。她觉得，仿佛有人打开鸟笼子门儿，把她精心饲养的小鸟统统放飞了。她忘掉了自己在普波迪面前"被当场捉住"而表现出来的羞愧，内心里对背信弃义的奥莫尔非常生气。

"你再看看这个。"普波迪说着，把《世界之友》报展

---

① 《奥莫拉》，是"奥莫尔"后面加上字母"A"，意为"纯洁的美女"，也指"拉克什米女神"。——译者注

开，放在佳鲁的面前。原来是该杂志刊登的一篇《当今孟加拉文风》的文章。

佳鲁用手将杂志推到一边，说道："我看它干什么？"当时由于对奥莫尔非常不满，佳鲁没有心思再去看别的东西。

普波迪坚持说道："你看一下吧。"

佳鲁很不情愿地溜了一眼。一位作者写了一篇十分尖刻的文章，他对于当今某些作家那种充满矫揉造作情调的诗歌作品进行了谴责。这位评论家还对这些作者中的奥莫尔、蒙莫特·窦德的写作风格进行了辛辣的嘲讽，相比之下，他对初出茅庐的女作家佳鲁女士那种朴实无华、轻松感人的语言及塑造人物形象的技巧大加赞扬。文章写道，奥莫尔一伙人只有效仿这种创作风格，才会取得成就，才会有发展，否则他们必然会遭到彻底的失败，这是毫无疑义的。

普波迪笑着说："这就叫作'青出于蓝而胜于蓝'。"

佳鲁因为自己的作品第一次受到赞扬而感到喜悦，可是她立即又觉得很懊恼。她的心情似乎无论如何也高兴不起来。充满赞扬的诱人的玉液之杯一举到嘴边，就被她推开了。

她明白了，奥莫尔把她的作品在报刊上发表，是想给她一个突然的惊喜。在作品刊登出来后，他又决定在某一家报纸上发表一篇赞扬性的评论文章，并将这两篇东西拿给佳鲁看，以此对她加以鼓励并平息佳鲁的愤怒。可是赞扬文章发表之后，奥莫尔为什么又没拿给她看呢？大概在这篇评论文章里奥莫尔受到了伤害，因此，他就不想让她看了，于是就把这些报刊藏起来。佳鲁为了自己生活的安逸，在一个极其隐蔽的地方营造了一个文学之巢，忽然一场赞扬的疾风暴雨袭来，一块巨大的冰雹将它砸得粉碎。这是佳鲁绝对不喜欢的。

普波迪走了之后，佳鲁就在自己卧室里的床上坐下，她面前放着摊开的《荷花》及《世界之友》。

奥莫尔手拿笔记本，脚步轻轻地从佳鲁的背后走进来，想突然吓她一下。他走近她的身边，看见佳鲁陷入了沉思，在她面前摊放着《世界之友》那篇评论文章，奥莫尔又脚步轻轻地走了出去。"因为我受到了谴责，而佳鲁的作品受到了赞扬，因此她正在高兴呢。"奥莫尔想到这儿，顿时他的整个心灵仿佛充满了苦涩。奥莫尔确信，佳鲁看了愚蠢人的评论，就认为自己比老师强了。他很生佳鲁的气。佳鲁本应该把那张报纸撕得粉碎，扔到火堆里烧成灰烬。

奥莫尔因为对佳鲁生气，所以就站在蒙达的房门口，高声叫道："蒙达嫂子！"

蒙达说："兄弟，进来，进来吧。没想到会看见你。今天我是多么幸运呐！"

奥莫尔说："你想不想听听我的一两篇新作品？"

蒙达说："多少天来，你总在安慰我说，'我读给你听，我读给你听'，可是却一直没有读过呀。不必了，兄弟。万一有人坐在一边生气，那你就会倒霉的，我倒没有什么。"

奥莫尔用激烈的声调说："谁会生气呢？为什么要生气呀？好吧，那就让她瞧着吧！我现在就读给你听。"

蒙达仿佛怀着极大的兴趣急忙坐好。奥莫尔清了一下嗓子，就开始高声朗读起来。对于蒙达来说，奥莫尔的这篇作品简直就是一部外国天书，在这篇作品中她根本找不到自己的位置，简直不知道东南西北。正因为如此，她才装出一副急不可待的样子，满脸堆笑，喜滋滋地听着。奥莫尔满怀热情地读着，他的声调越来越高亢。

他朗读道："正像激昂在娘胎时就学会了冲锋陷阵而没有学过临阵逃脱一样，江河急流也是如此，总是穿越山谷洞穴中的乱石滚滚向前，从不知后退。啊，江河急流！啊，青春！啊，时光！啊，人生！你们只会前进——你们在前进的路上抛下印有金色记忆的碎石，永远不会再走回头路。只有人的思绪总是向后观望，而永无尽头的尘世生活从不回眸后方。"

就在这时候，蒙达的房门旁边出现了一个影子，蒙达看见了这个影子，然而，她好像故意装作没看见似的，仍然目不转睛地望着奥莫尔的脸，聚精会神地听他朗读。

那影子很快就消失了。

佳鲁本来打算，如果奥莫尔回来，她要当着他的面对《世界之友》报表示某种程度的藐视，并对奥莫尔背信弃义地把他们的作品在报上发表进行谴责。

奥莫尔回来的时间已过，可是还不见他的踪影。佳鲁恰好写完了一篇作品，很想读给奥莫尔听，这篇东西就放在她的身边。

这时候不知从什么地方传来了奥莫尔的声音。这声音好像来自蒙达的房间。佳鲁就像被利剑刺痛了一样，霍地站了起来。她迈着轻轻的脚步，走到了蒙达的门边，就站住了。奥莫尔给蒙达读的那篇东西，直到现在佳鲁都没听到过。奥莫尔读道："只有人的思绪总是向后观望，而永无尽头的尘世生活从不回眸后方。"

佳鲁再也不能像来的时候那样，悄悄地走回去了。今天，接二连三的打击，使她完全无法忍受。蒙达连一个字也听不懂，而奥莫尔却像一个非常无知的傻瓜一样，在读给她听，还洋洋得意呢！她很想把这番话大声地喊出来，但是她没有说出口，而是用沉重的脚步声来表达自己的愤怒。佳鲁走进卧室，"砰"的一声把门关上了。

奥莫尔顿时停止了朗读。蒙达笑着指了指佳鲁的房间。奥莫尔在心里默默地说："嫂子，这是怎么了，太不像话了！她简直把我看成是她买来的奴隶！除了她，我就不能再给别人朗读作品了。这真是太欺负人啦！"想到这里，他就用更大的声音给蒙达朗读起来。

朗读结束之后，奥莫尔是从佳鲁房间的门前走出去的。他望了一下，房门关着。

根据脚步声判断，佳鲁明白了，奥莫尔是从她门前走过的——甚至都没有停一下。愤怒和痛苦使她都哭不出声来。她拿出写有新作的笔记本，将每一页都撕成了碎片。唉，开始写这些作品的时间，是何等的不吉利呀！

第 八 章

黄昏的时候，从游廊的花盆儿上飘来茉莉花的阵阵芳香。透过离散的云层，凉爽的天空中露出了星星。今天，佳鲁没有梳头，也没有换衣服。她坐在窗户旁边的昏暗处。习习和风吹拂着她那散开的秀发，就连她自己都无法理解，为什么泪水从眼里不断地簌簌滴落下来。

恰巧在这时候，普波迪走进了房间。他的脸色十分忧伤，心情沉重。现在不是普波迪该回来的时间。通常，他为报纸写完稿子，看过清样，回到内室都很晚了。今天黄昏刚刚降临，他就回来了，仿佛是要在佳鲁这里寻找某种安慰似的。

房间里没有点灯。借助从敞开的窗子射进来的微弱光线，普波迪模模糊糊地看到了坐在窗子旁边的佳鲁，他慢慢地走到她身后。听见脚步声，佳鲁也没有回头，她就像一尊雕像似的，一动不动地坐着。

普波迪有些惊奇，于是就叫了一声："佳鲁。"

听到普波迪的话音，佳鲁吃了一惊，急忙站起来。她没有想到普波迪会回来。普波迪用手指抚摸着佳鲁的头发，亲切地问道："佳鲁，你怎么一个人坐在这黑屋子里呀？蒙达去哪儿了？"

今天，佳鲁一整天所期待的事情并没有出现。她确信，奥莫尔会来向她道歉的——她为此已经做好了准备，并且一直等待着。这时候听到普波迪那出乎预料的声音，她仿佛再也控制不住自己了——顿时大哭起来。普波迪感到十分震惊，于是就心疼地问道："佳鲁，出什么事了？"出什么事了——真是难以说清楚。究竟出了什么事！根本没有发生什么特殊的事情。奥莫尔没有把自己的新作品先读给她听而读给蒙达听了——难道因为这件事就向普波迪抱怨吗？普波迪要是听了能不笑吗？对于佳鲁来说，从这种区区小事中找出比较重要的抱怨理由是困难的。那她为什么这样无缘无故地伤心呢？她自己也不明白，这就更加剧了她的痛苦。

普波迪说："说说吧，佳鲁，你怎么了？难道我做了什么对不起你的事？你是知道的，因为报纸的琐事，我忙得无法脱身，要是在什么事情上我伤了你的心，那我不是有意要伤害你。"

对于普波迪所提出的这方面的问题，佳鲁一句话也回答不上来，所以，她心里就越发感到不安。她在想，如果普波迪现在能放过她，那她就得救了。

第二次询问也没有得到回答，普波迪用更亲切的声调说道："我不能总在你身边，佳鲁，所以，我很对不起你，但是再也不会这样了。从现在起，我不必再为报纸操劳了。你想让我怎么做，我都可以做到。"

佳鲁不安地说："不是为这个。"

普波迪说："那是为什么呢？"他说着就坐在了床上。佳鲁无法掩饰自己的厌烦语调，于是说道："现在不说，晚上我再告诉你。"

普波迪愣了一会儿，说："好吧，那就算了吧。"说完，他就慢慢站起身来，走了出去。他自己本来有什么话要对佳鲁说，可是也没有说出来。普波迪怀着一种不悦的心情走了，这一点佳鲁不会觉察不出来。她本想叫他回来，可是叫他回来，又说什么呢？由于悔恨，她就像被针扎了似的难受，可是她找不到任何补救的办法。

夜幕降临了。佳鲁今天十分认真地为普波迪准备了晚餐，自己手里拿着扇子，坐下来等他。

就在这时候，佳鲁听到蒙达高声叫道："布罗兹，布罗兹！"仆人布罗兹答应着赶来了。蒙达问道："奥莫尔先生吃过饭了没有？"

布罗兹回答说："吃过了。"

"吃过了，为什么还不把蒟酱叶送去？"蒙达开始十分严厉地责骂起布罗兹来。

这时候普波迪走进屋里，坐下吃饭。佳鲁为他扇着扇子。今天佳鲁本来发过誓，她要面带微笑和普波迪亲热地说说话。事先她已经想好了谈话的内容。可是，蒙达的叫喊声打乱了她的全部计划，在普波迪吃饭的时候，她没有和他说一句话。普波迪也很不开心，显得闷闷不乐。这顿饭他也没有吃好，佳鲁只问了一句："不再吃一点儿了？"

普波迪回答道："为什么还吃呀？吃得不少了。"

两个人来到卧室里，普波迪说道："你说过，今天晚上你要告诉我点儿什么。"

佳鲁说："你看，这些天来，蒙达的举动行为，我感到不太好。我不敢再让她留在这里了。"

普波迪问道："为什么，她做错了什么事？"

佳鲁说："她和奥莫尔那么眉来眼去的，谁看了都会感到难为情的。"普波迪笑了，说道："哈哈，你疯了！奥莫尔还是孩子。当年的孩子——""对于家里的情况，你一点儿也不了解，只知道收集外面的消息。"佳鲁说，"不管怎么说，我是替我那可怜的哥哥着想。他什么时候吃饭，什么时候没吃饭，蒙达根本不关心，可是她对奥莫尔却关怀备至，甚至在蒟酱叶上少放一点儿石灰粉，她也会和仆人们毫无意义地吵骂不休。"

普波迪："应该说，你们女人太多疑了。"

佳鲁生气地说："那好，就算我们多疑吧，不过，我要说清楚，我决不允许这种无耻行为出现在我的家里！"

对于佳鲁这种毫无根据的猜忌，普波迪心里觉得既好笑又开心。在一个保持着忠贞纯洁的家庭中，夫妻之间决不允许沾染上一丝一毫的污点，因此忠贞的妻子总是过于警觉，总是保持怀疑的目光，这其中就蕴含着一种甜蜜和圣洁。

普波迪怀着尊敬的心情，在佳鲁的前额上亲切地吻了一下，说道："为了这么一件小事，不要大吵大闹。吴马波迪要去迈南辛赫开业，他会把蒙达带走的。"

最后，为消除自己的烦恼和转移所有这些不愉快的话题，普波迪从桌子上拿起一个笔记本，说道："佳鲁，把你写的东西读给我听听吧。"佳鲁夺回笔记本，说道："这种东西你是不会喜欢的，你会耻笑我的。"

这话使普波迪感到有些不快，但是他没有表现出来，于是笑着说："好，我不会耻笑你的，我要这样静静地听着，你会误认为我已进入了梦乡。"

然而，普波迪没能说服她，佳鲁很快把笔记本藏到自己的衣服里。

第 九 章

普波迪不能把一切事情都告诉佳鲁。吴马波迪是普波迪报社的经理。报纸销售的收入、印刷的费用、外债的偿还及职工工资的发放——这一切统统由吴马波迪负责。

有一天，普波迪突然收到纸张经销商委托律师写来的一封信，他大吃一惊。这封信通知他：普波迪拖欠他们2700卢比。普波迪把吴马波迪叫来，问道："这是怎么回事？这笔钱我已经交给你了。拖欠纸张的债务最多也不会超过四五百卢比呀。"

吴马波迪说:"肯定是他们搞错了。"

然而,此事再也掩盖不住了。这一个时期以来,吴马波迪一直在玩弄这种骗局。吴马波迪不仅在报纸的事情上欺骗普波迪,而且还以普波迪的名义在外边借了很多的债。他在家乡建造了一座砖房,所用的一些材料也都记在了普波迪的名下,其中大部分是用购买纸张的款购买的。当事情完全暴露之后,他用蛮横的语调说道:"我又不会跑掉。我要用我的工作慢慢偿还——要是少你一分钱,我就不叫吴马波迪!"他即便更名改姓,也不会使普波迪感到任何安慰。普波迪并不是因为经济损失而如此痛心疾首,倒是这种突如其来的背信弃义,使他仿佛从屋顶坠入虚空之中。

就在那一天,他提前走进了内室。世界上还有一个可以信赖的地方,他来这里是想让自己那个被压抑的心灵尽快感受到这一点。佳鲁当时由于痛苦而熄灭了晚上的灯盏,坐在昏暗的窗子旁边。吴马波迪准备第二天就前往迈南辛赫。他想在外面的债主们得知这一消息之前,就悄悄溜走。普波迪没有再和他所憎恶的吴马波迪谈话——而吴马波迪则认为,普波迪的这种沉默是自己的幸运。

奥莫尔走进来,说:"蒙达嫂子,这是怎么回事?你为什么要急急忙忙收拾行李呀?"

蒙达说:"兄弟,该走了。我们能永远在这里住下去吗？"

奥莫尔问道："去哪里呀？"

蒙达说："回家乡。"

奥莫尔又问道："为什么？住在这里有什么不方便吗？"

蒙达说："你说我能有什么不方便呢！我和你们在一起，我感到很快乐。但是别人已经感到不方便了。"说完，就向佳鲁的房间斜视了一眼。奥莫尔沉下脸来，默默无语。

蒙达说道："啧啧，多难为情啊！普波迪先生会怎么想呢？"

奥莫尔没有再谈论这个话题。他断定，佳鲁在哥哥面前讲了关于他们的一些不该讲的话。

奥莫尔从家里出来，开始沿着大街转悠徘徊。他不想再回到这个家了。如果哥哥相信嫂子的话，认为他是罪人，那么，他也应该走蒙达所走的路。赶走蒙达的举动，也是对奥莫尔下的一道逐客令，只是没有说出口罢了。以后应该怎么办——已经很清楚了：在这里连一分钟也不能再住下去了。但是决不能让哥哥对他产生某种不好的印象。这么长时间来，哥哥出于完全的信任，才把他留在家里。他奥莫尔丝毫也没有损害过这种信任，不向哥哥讲清这一点，他怎么能走呢？

当时普波迪用双手抱着头，正在思索着亲戚的背信弃义、债主的逼债、混乱的账目以及空虚的银库。在这种非常痛苦的时刻，他身边竟然没有一个亲人。普波迪已经做好了独自应对精神上的痛苦和债务的准备。这时候奥莫尔疾风暴雨般地闯进了他的办公室。普波迪从沉思中突然惊醒了。他问道："奥莫尔，有什么事吗?"他突然觉得，大概，奥莫尔又带来了一条很坏的消息。

奥莫尔说："哥哥，你对我有什么怀疑的理由吗?"

普波迪惊奇地反问道："对你怀疑!"他在心里默默地想："看来，生活就是这样，有朝一日我要对奥莫尔产生怀疑，那也并不奇怪。"

奥莫尔说："关于我的品行，嫂子在你面前说过一些什么吗?"

普波迪心里想："哦，是这么回事啊!可以放心了，这是在撒娇哇。"他原以为，大概又发生了什么倒霉的事情，不过，即便在这种严峻的危急时刻，他也不得不关注这些微不足道的小事。人生就像一座吊桥，一方面，世人在不停地摇晃它；另一方面，又决不会放弃通过这座小桥把他们的菜篮子运过去。如果在别的时间，普波迪就会和奥莫尔开玩笑，但是今天他没有那种心情。于是，他说道："难道你疯了吗?"

奥莫尔再次问道："嫂子说了些什么吗?"

普波迪说："她很疼爱你，所以，即便说了什么，你也没有任何理由生气。"

奥莫尔说："现在我应该到别的地方找一份工作了。"

普波迪责怪道："奥莫尔，你这不是在耍小孩子脾气吗！这可不好！现在你应该学习，工作是以后的事。"

奥莫尔面色沮丧地走了出去。普波迪坐下来，核对三年来读者订单收入的明细账。

第 十 章

奥莫尔决定，应该和嫂子面对面地干一次架，否则，他决不肯善罢甘休。他心里暗暗盘算，一定要说一些尖刻的话，给嫂子听。

蒙达走了之后，佳鲁决定亲自请奥莫尔来，以便消除他的怒火。不过，应该借口讨论一篇作品，才好请他来。她模仿奥莫尔的一篇作品，写了一篇文章，题目为《新月之光》。佳鲁明白这样一点，奥莫尔不喜欢她那种自由潇洒风格的作品。因为新月将其所有的光华都展现出来，所以在她的这篇新作中，佳鲁对于新月进行了严厉的谴责和羞辱。她写道："具有十六个光段的月亮将其所有的光华分阶段地融入朔日那深不可及的黑暗之中，它的光华一丝一毫也没有丢失——所以，朔日的黑暗与望日的光明相比就更加圆满，等等。"奥莫尔将自己的作品向所有人展示，而佳鲁却不这样做——在这种朔望日对比中，是否蕴含有对这一点的暗示呢？这个家庭中的第三个人物普波迪，为了从眼前的逼债中解脱出来，前往他的密友莫迪拉尔家里去了。

在莫迪拉尔困难的时刻，普波迪曾经借给他几千卢比。现在他遇到了很大的困难，所以就想到这笔钱。莫迪拉尔刚洗过澡，正在一边光着身子扇扇子，一边在一个木箱子上面铺上纸，用很小的字体上千次地书写杜尔伽女神的名字。看见普波迪，就用十分热情的语调说道："进来，快进来，好久都没有见到你了！"

莫迪拉尔一听普波迪说到钱，就惊讶地问道："你说的是什么钱哪？最近我从你那儿借过钱吗？"

当普波迪提到了具体的年月日的时候，莫迪拉尔说道："哦，那是很久以前的事了，早已过了应该偿还的法定期限了。"

在普波迪眼里，周围的一切仿佛全变了样。当普波迪看见生活中被揭去面具的那一部分的时候，他惊恐得全身颤抖起来。正像当洪水突然涌来的时候，一个惊恐万状的人看见哪里最高，就会拼命地向那里跑去一样，普波迪从那个令人疑惑的外部世界，急匆匆地走进内室，他在心里默默地说："不管怎么说，佳鲁是不会欺骗我的。"

当时佳鲁坐在床上，腿上放一个枕头，枕头上放着笔记本，正低着头，聚精会神地写东西。普波迪来到她身边站住了，这时她才发觉，于是急忙把笔记本压在腿下。

当一个人内心苦恼的时候，一次小小的打击，都会使他感到更加痛苦。看到佳鲁这样毫无必要地把她写的东西藏起来，普波迪感到自己的心灵受到了打击。

普波迪在佳鲁身边的床上轻轻地坐下来。佳鲁的创作思路意外地被打断了，在普波迪面前她又慌乱地突然隐藏笔记本，所以她显得很尴尬，一句话也说不出来。

那天，普波迪没有什么要奉献的，也没有什么要说的。他两手空空，作为一个乞讨者，来到佳鲁的身边。如果能从佳鲁那里得到一句充满关切和爱意的问候、一点儿尊敬，那他简直就是得到了医治创伤的良药。然而，这里却是"守着财神没钱花"！在需要的时刻，佳鲁似乎怎么也找不到开启爱情库房的钥匙。两个人的沉默无语，使房间的沉闷气氛更加凝重了。

普波迪就这样默默地待了一会儿，随后叹一口气，站起身来，慢慢地走了出去。

这时候，奥莫尔心里装着尖刻的话语，快步向佳鲁的房间走来，半路上他看见普波迪苍白的面孔，就惊愕不安地停下脚步，问道："哥哥，你不舒服吗？"

一听到奥莫尔那亲切的话音，普波迪整个内心顿时充满了泪水，仿佛胸中绽开了一朵花。霎时间一句话也说不出来。普波迪竭力控制自己，用温柔的声调说道："没有啊，奥莫尔。最近报纸上是不是又发表你的作品了？"

奥莫尔带来的那些尖刻的话语，顿时逃得无影无踪。他急忙走进佳鲁的房间，问道："嫂子，哥哥怎么了，你快说说。"

佳鲁说："我也不知道。大概，是因为别的报纸骂了他的报纸吧。"

奥莫尔摇了摇头。

看到奥莫尔不请自来，而且开始轻松地交谈，佳鲁感到很惬意。于是，立即转入了写作的话题，她说："今天我写了一篇《朔日之光》，差点让他看见。"

佳鲁断定，奥莫尔一定会坚持要看她的新作。正是出于这种愿望，她拿出笔记本来晃了一下。然而，奥莫尔只是用犀利的目光向佳鲁的脸望了一下——不晓得他是什么意思，又在思考什么。随后，奥莫尔惊恐地突然站起来，就像一个在山路上行走的旅行者，在云消雾散时忽然惊奇地发现，他的双脚正行走在万丈峡谷之中。奥莫尔什么话也没说，立即从房间里走了出去。

奥莫尔这种从没有过的举动，是什么意思呢？佳鲁简直无法理解。

第十一章

次日，普波迪又一次提前走进了卧室，并对佳鲁说道："佳鲁，有人给奥莫尔提亲来了，一桩很好的婚事。"

佳鲁当时有些心不在焉，她问道："一桩很好的什么事呀？"

普波迪说："婚事啊。"

佳鲁问道："怎么，不喜欢我了？"

普波迪大声笑起来。他说道："喜欢不喜欢你，直到现在我还没有问过奥莫尔。即便喜欢你，我还对你拥有一点权利，我是不会轻易放弃的。"

佳鲁说："哎呀，你在胡说些什么呀！你不是说有人给你提亲来了吗？"佳鲁顿时羞得满脸绯红。

普波迪说："如果是给我提亲，我会跑来告诉你吗？我又不指望得到奖赏。"

佳鲁问道："是给奥莫尔提亲吗？好哇。那还拖延什么？"

普波迪说："波尔陀曼①的律师罗库纳特先生想把他的女儿嫁给奥莫尔，然后送他去英国留学。"

佳鲁惊愕地问道："去英国？"

普波迪说："是的，去英国。"

佳鲁说："奥莫尔要去英国？太有意思了。好啊，很好，你和他谈谈看嘛。"

普波迪说："在我和他谈之前，你和他说说好不好？"

佳鲁回答道："我已经和他说过上千遍了。他根本不听我的话，我不能再跟他说了。"

普波迪说："你觉得怎么样？他会同意吗？"

佳鲁说："我已经劝说过他多次，他无论如何都不

———————

① 波尔陀曼：加尔各答北部的一个比较大的城市。

同意。"

普波迪说："但是这一次机会他不应该放弃。现在我背了很多的债务，再也不能像以前那样抚养奥莫尔了。"

普波迪派人去叫奥莫尔。奥莫尔进来后，普波迪对他说："有人提亲来了，建议你和波尔陀曼的律师罗库纳特先生的女儿成亲。罗库纳特先生的愿望是，结婚之后送你去英国留学。你看怎么样？"

奥莫尔说："如果你同意，我没有任何意见。"

听了奥莫尔的回答，夫妻俩都很惊讶。一说此事，他就同意了，这一点谁都没有料到。

佳鲁用尖刻的语调讽刺道："这次你哥哥一说，你就同意了。我说小兄弟，我的话就那么讨厌！不过，兄弟，你对你哥哥的忠信以前都跑到哪里去了？"

奥莫尔没有回答，竭力装出一副笑脸来。

奥莫尔的沉默不语，仿佛更激怒了佳鲁似的，于是她就更激动地说道："你为什么不说你本来就有这种愿望呢？以前你为什么故意装出不想结婚的样子呢？明明肚子饿，嘴里却不说！"

普波迪开玩笑地说："以前，奥莫尔为了你一直压制着自己的饥饿，他担心一提到你的兄弟媳妇，你就会嫉妒的。"

一听这话，佳鲁的脸就红了，于是她就大声说道："嫉妒！怎么会呢！我从来不嫉妒。你这样说太无理了！"

普波迪说："你看！我都不敢和自己的妻子开玩笑了。"

佳鲁说："不，我可不喜欢开这种玩笑。"

普波迪说："好，是我的罪过，请原谅。不管怎么说，这桩婚事就算定了吧？"

奥莫尔说："是的。"

佳鲁说："那姑娘是好是坏，还不知道。怎么连看都不看一下，竟然这样等不及了！你怎么这样呢？在我印象中你可从来不是这样的。"

普波迪说："奥莫尔，你要是想看看那姑娘，我可以安排。我得到的消息是，那姑娘很漂亮。"

奥莫尔说："不，我认为没必要看了。"

佳鲁说："你不要听他的。那怎么行呢？不见面就结婚？他不想看，我们还想看呢。"

奥莫尔说："不，哥哥，我不看，没必要瞎耽误时间了。"

佳鲁说："是没必要了，可爱的兄弟。要是误了时间，你会急得心碎的。你是想马上结婚，离开这里。谁又能料到，属于你的大量财富和珠宝不会被别人夺走呢！"

无论佳鲁开什么玩笑，奥莫尔都无动于衷。

佳鲁说："看来，你的心思早已飞往英国了。怎么，莫非在这里，我们会杀了你，囚禁你不成？如今的青年人哪个不想穿上高级大衣，把自己打扮成洋人的样子呀？兄弟，将来你从英国回来的时候，还能认识像我们这样黑皮肤的家乡人吗?"

奥莫尔说:"要是那样的话,我还去英国干什么?"

普波迪说:"漂洋过海,就是为了忘掉黑皮肤。好了,佳鲁,不必担心,还有我们呢,这里不会缺少黑皮肤的崇拜者。"

普波迪当时很开心,于是就向波尔陀曼发了一封信。结婚的日期就这样确定下来了。

第 十 二 章

这期间,报纸停办了。普波迪再也负担不起报纸的花销。长期以来,普波迪日日夜夜全身心地投入的名为《民众》的那个无情的庞然大物,顷刻之间他只好把它牺牲了。过去的 12 年来,普波迪将自己的一切努力都倾注在他所习惯的工作上了。如今,这种努力仿佛突然在一个地方跌入了泥水中。对此普波迪毫无准备。他应该把突然受到阻碍的昔日的一切努力引向何方呢?它们就像一群饥饿的孤儿一样,眼巴巴地望着普波迪的脸,普波迪把它们带进自己的内室,让它们站在那位富有同情心又肯热心助人的女人面前。

当时那位女人在想什么呢?她在默默地想:"多么奇怪呀!奥莫尔要结婚了,太好了!可是过了这么久之后,他竟然要离开我们,到别人家里结婚,然后去英国。难道他心里就一次也没有产生过丝毫的犹豫？长期以来，我们一直在关心照顾他，现在有了一个离开的机会，他就立即扎上腰带，做好准备，仿佛长期以来他一直在等待这个机会似的。可是，他嘴里说了多少甜言蜜语，多少关爱呀！了解一个人可真不容易啊！谁又会晓得，一个那么能写作的人竟然会没有心肝呐！"

佳鲁将自己的坦荡胸怀与奥莫尔那空虚的心灵加以对比之后，就特别想藐视他，可是她又做不到。她内心深处总有一种痛苦的激情，就像一根灼热的钢针，在刺烫着她的高傲："过了今天，明天奥莫尔就要走了。可是这几天一直没有见到他。在我们两个之间产生的那些思想隔阂，再也没有机会消除了。"佳鲁时时刻刻都在想，奥莫尔自己会来的——他们以前的那种嬉戏不会就这样结束的，但是奥莫尔还是没有来。最后，当起程的日期临近的时候，佳鲁亲自派人去请奥莫尔。

奥莫尔说："再过一会儿就来。"佳鲁来到走廊，在一把椅子上坐下来。从早晨起，天空就布满了乌云，天气很闷热。佳鲁把她那披散着的秀发随意地盘在头上，手里拿着一把扇子，开始在疲倦的身上轻轻地扇着。已经很晚了。她手中的扇子也渐渐地停止了摇动。气恼、悲伤、烦躁的情绪，一起涌上了她的心头。她在心里说道："奥莫尔不来，又有什么关系呢！"可是一听到脚步声，她的心就立即飞向门口。

远处基督教教堂里的钟声响了 11 下。普波迪洗过澡后，就要来吃饭了。现在奥莫尔如果能来，也还有半个钟头的时间。无论如何，今天应该平息这些天来他们之间的无声争吵——不能让奥莫尔就这样离开这里。这两个年龄相仿的叔嫂之间长期存在的甜蜜关系——多少情谊和争吵，多少亲切的嗔怪，多少充满信任的愉快探讨，构筑起一个总是充满阴凉的蔓藤凉亭——难道今天奥莫尔要把它彻底摧毁而远走高飞吗？难道就一点儿也不感到可惜吗？在蔓藤的根部连最后一次水也不浇了吗？他们叔嫂一场，就没有一滴惜别的泪水？

　　半个小时即将过去。佳鲁把发髻解开，抓过一绺头发，在手指上急速地缠来绕去。她再也控制不住自己的眼泪了。仆人走进来说："夫人，需要给先生送椰子了。"

　　佳鲁从衣襟里掏出库房钥匙，"啪"的一声扔在仆人的脚下。仆人吃惊地捡起钥匙，就走开了。

　　佳鲁的胸膛里好像有一个什么东西向上撞击着，并且开始向喉咙涌动。

　　就在这时候，普波迪满脸堆笑地走进来吃饭。佳鲁手里拿着扇子，也来到餐厅，她看见奥莫尔也跟着普波迪一起进来了。佳鲁都没有瞧看奥莫尔的脸。

　　奥莫尔问道："嫂子，你叫我？"

　　佳鲁说："不，现在不需要了。"

　　奥莫尔说："那么，我走了，我还有许多东西要收拾呢。”

当时佳鲁用炯炯逼人的目光，瞧着奥莫尔的脸，说道：“走吧。”

奥莫尔朝佳鲁的脸望了一下，就走了出去。

吃完饭之后，普波迪在佳鲁身边坐了一会儿。今天因为要处理生意和账目方面的麻烦事，普波迪很忙——因此，他不能在内室里久坐，于是他就有些伤感地说：“今天我不能坐得太久了——今天我特别忙。”

佳鲁说：“那就走吧。”

普波迪在想，佳鲁很不开心，于是就说：“我不是说现在就走，还可以休息一会儿。”他说完又坐下来。看到佳鲁闷闷不乐，普波迪怀着愧疚的心情，坐了很长时间，可是却怎么也找不到合适的话说。普波迪费尽心思也无济于事，于是他说：“奥莫尔明天就走了，这以后的几天，看来你会感到很孤单的。”佳鲁没做任何回答，好像要取一件什么东西，急忙去了另一个房间。普波迪等了一会儿，随后也走了出去。今天，佳鲁瞧看了一下奥莫尔的脸，发现这些天来奥莫尔瘦了许多——他脸上那种熠熠闪光的青春风采完全不见了。这使佳鲁既感到高兴，又感到心疼。即将的离别，使奥莫尔憔悴了。对此佳鲁毫不怀疑，可是为什么奥莫尔又会有如此的表现呢？为什么他要躲得远远的呢？他为什么故意把这离别的时刻弄得如此痛苦呢？佳鲁倒在床上，思来想去，突然又惊坐起来。她想起了蒙达。如果是这样，那就是奥莫尔爱上了蒙达。蒙达走了，奥莫尔才会这样——嗤！奥莫尔的心灵难道会这样吗？如此卑鄙？如此污浊？他的心会倾向一个已婚的女人？她想竭力消除这种怀疑，但是怀疑死死地咬住她不放。就这样，离别的时刻到了，云雾并没有消散。奥莫尔走进来，用颤抖的声音说道："嫂子，我出发的时间到了。从今以后你要多照看哥哥。他的处境很艰难，除了你，再也没有什么人能给他安慰了。"

奥莫尔看到普波迪那郁郁寡欢的样子，就洞察到了他内心的痛苦。普波迪独自一人与自己的痛苦困境默默地做斗争，得不到任何人的援助和安慰，而且即便在这种毁灭性的危急时刻，也没有给自己收养的亲戚们增添不安，一想到这些，奥莫尔就沉默不语。然后他又想到了佳鲁，想到了自己，顿时羞得面红耳赤，于是他在心里激动地说："就让《阿沙拉之月》和《朔月之光》见鬼去吧！我要是能当上律师回来帮帮哥哥，那才算男子汉呐！"

过去的一夜，佳鲁一宿都没有合眼，一直在心里默默地想，分别的时候应该对奥莫尔说些什么话——应该去掉嘲讽傲慢和矜持冷漠，使话语变得闪光而温和。可是在告别的时候，佳鲁却连一句话也说不出来。她只是说："奥莫尔，你会写信来吗？"

奥莫尔把头伏在地上，向她行告别大礼，佳鲁急忙跑进卧室，反锁上了屋门。

第十三章

普波迪前往波尔陀曼参加了奥莫尔的婚礼，随后又为他去英国送行，最后才回到家里。

在遭受了各方面打击之后，崇尚信誉的普波迪，对外部世界从内心里萌发了一种厌恶情绪。他对各种会议和委员会一点儿也不感兴趣了。他心里在想："长此以往，我就是用这一切欺骗了自己，让一生中的幸福时光白白流逝了，而且把其中最美好的部分扔进了垃圾堆。"

普波迪在心里默默地说："算了，报纸的事已经成为过去。现在好了，我解脱了。"正如黄昏时鸟儿一看到黑暗降临就要返回自己的巢穴一样，普波迪也是如此，他离开了自己长期的活动领域，回到内室里的佳鲁身边。他暗暗下定决心："好了，现在哪儿也不去了，这里才是我的立身之地！我曾经用以戏耍游荡的报纸之舟已经沉没了，如今我要走进自己的家庭。"

看来，普波迪一向怀有这样一个信念：任何人都不应该对自己的妻子施展权威，妻子就像北极星一样，会自己闪闪发光，风吹不灭，也无需添油。当外面的事业开始毁灭的时候，家中的内室里是否也会出现裂痕呢？对此，普波迪甚至都没有想去察看一下。

傍晚，普波迪从波尔陀曼回到家里。他匆匆洗过脸，早早地吃了晚饭。普波迪想到，佳鲁肯定很想听听关于奥莫尔的婚礼和动身去英国的情况，所以他就一点儿也没有拖延。普波迪走进卧室，躺在床上，拿起长长的烟管，哧喇哧喇吸起烟来。佳鲁当时不在房间，大概，她正在忙做家务吧。吸完烟，有些疲倦的普波迪打起瞌睡来。不一会儿，他突然惊醒了，开始想道：现在佳鲁怎么还没有进来？最后，普波迪实在坐不住了，于是就让人把佳鲁叫来。普波迪问道："佳鲁，今天你怎么搞得这么晚呢？"佳鲁没有正面回答普波迪的问话，只是说："是啊，今天晚了。"普波迪等待着佳鲁兴致勃勃地提问，可是佳鲁什么也没有问。普波迪有些扫兴。那么，是不是佳鲁不喜欢奥莫尔呢？奥莫尔在这里的那些日子，佳鲁跟他在一起不是很开心吗？奥莫尔走了，就对他如此冷漠！这种反常的表现使普波迪心里产生了怀疑，他开始思索起来："难道佳鲁就那么薄情寡义？她只知道戏耍开心，不懂得关爱？对女人来说，这样无情无义可不好啊！"

对于佳鲁和奥莫尔之间的友谊，普波迪总是感到很欣慰的。对这两个年轻人之间的争吵与和好，戏耍与邀请，他觉得很开心，也很有情趣。佳鲁总是在关心照顾奥莫尔，普波迪心里感到很高兴，因为他从中看到了佳鲁那颗温柔善良的心。

今天他感到很惊奇，于是就想到，这一切难道都是表面现象，并非出自她的内心？普波迪在想：如果佳鲁是个无情无义的人，那么，他将到哪里去安身呢？

为了验证自己的猜测，普波迪开口说道："佳鲁，你不舒服吗？是不是身体不好呀？"

佳鲁简单地回答道："我挺好。"

普波迪说："奥莫尔终于结婚了。"

普波迪说完就不吭声了。佳鲁当时拼命想找出一句合适的话来说，可还是什么话也没说出来，只是呆呆地坐在那里。

普波迪生来就是一个对任何事情都不是很在意的人，但是奥莫尔的别离使他心里很伤感，而佳鲁的冷漠对他又是一个打击。他本想和同样悲伤的佳鲁谈谈奥莫尔，以此来减轻自己心灵的痛苦。

普波迪说："那姑娘看上去挺好。佳鲁，你睡着了？"

"没有。"佳鲁回答说。

普波迪说："可怜的奥莫尔一个人走了。我送他上车的时候，他像孩子似的哭了起来——我这把年纪的人见了，也止不住眼泪了。车上有两个洋人，看见男人哭泣，他们还感到很开心呐。"

熄了灯的卧室里一片漆黑，佳鲁先是翻了个身，像是睡着了，后来忽然从床上起来，走了出去。普波迪惊异地问道："佳鲁，你不舒服吗？"因为没有听到回答，所以他也起来了。普波迪听到了从另一侧走廊传来的啜泣声，就急忙走过去。他看见，佳鲁趴在地上竭力抑制自己的哭泣。

看到佳鲁如此的悲伤，普波迪十分惊奇。他在想："莫非我误解了佳鲁？佳鲁的性格竟然如此内向，甚至在我面前也不想暴露自己内心的痛苦。具有这样性格的人们，他们的爱是深沉的，他们的痛苦也是非常深重的。"佳鲁的爱和一般女人不同，从外表上是看不到的，普波迪在心里明白了这一点。普波迪从没见过佳鲁用这种方式表达自己的钟爱之情。今天，他非常清楚了，其原因就在于，佳鲁的爱是深藏在心底。普波迪自己也不善于表露情感。他在明白了佳鲁性格中那种炽热的情感后，就产生了一种满足感。

普波迪在佳鲁身边坐下来，什么也没有说，开始用手轻轻地抚摩着她的身体。普波迪不知道应当怎样安慰人——他并不明白，当一个人在黑暗中企图压抑自己的喉咙来扼杀哭声时，是不喜欢有人坐在自己身边的。

第十四章

普波迪从他的报纸中解脱出来之后，就在心里为自己的未来描绘出一幅图景。他曾经发誓，再也不去干那种毫无希望而又徒劳无益的事情了，他要和佳鲁一起阅读自己喜欢的书籍，每天为家中的大事小情尽职尽责。他曾经想过，家庭中的一切欢乐最容易获得，也肯定经得起震撼，而且圣洁无瑕，他要用这些轻而易得的欢乐在人生的一个角落里点燃黄昏的灯盏，去实现人生平和的涅槃。每天都可以欢笑、交谈、逗乐、相互戏耍，但是不需要付出更多的努力，这种欢乐不会少。可是，在实践的过程中，他却发现，这种欢乐并非轻而易得。那些用金钱买不到的东西如果在自己身边都得不到，那么，你就在任何别的地方也没有办法得到它。普波迪无论如何也无法同佳鲁建立起亲密的关系。在这方面，他就怪罪自己。他在想："12 年来，只知道为报纸写稿，至于如何和妻子谈话聊天儿——自己完全没有学会这种技巧。"每当黄昏的灯盏一点燃，普波迪就怀着热切的心情走进家门，和妻子说上一两句话，佳鲁也说上一两句话，然后再说些什么呢，普波迪怎么也想不出来。在妻子面前他为自己的这种无能而感到羞愧。他本来以为，同妻子谈话聊天儿是很容易的，可是对于他这个愚笨的人来说，竟然如此困难！在大会发表演讲，也要比这容易得多。

他本来设想，用玩笑、逗乐、关爱让黄昏时光充满温馨，可是，如今对他们来说，度过黄昏时间倒成了问题。经过短时间的默默努力之后，普波迪突然想到："我走开吧。可是，如果走开了，那么，佳鲁会怎么想呢？"这样一想，他又不能走开。于是他就说道："佳鲁，玩儿牌吗？"佳鲁没有别的选择，只好说："好吧。"说完，佳鲁就和他很不情愿地玩儿起牌来。由于屡屡失误，最后她输了。在这种玩耍中也没有任何乐趣。

普波迪想了很久，有一天，他向佳鲁问道："佳鲁，把蒙达接来怎么样？你太孤单了。"一听到蒙达的名字，佳鲁就火冒三丈，于是说道："不，我不需要蒙达。"

普波迪笑了。他心里暗自高兴。不论在什么地方，贞洁的女人只要一看见有悖于妇道的行为，都无法容忍。

经受了憎恶的第一次冲击之后，佳鲁就想到，要是蒙达在这里，也许，她会带给普波迪很多欢乐。大概，普波迪想从蒙达那里得到精神上的快乐吧，而这种欢乐她却不能给予，佳鲁感受到了这一点，因此就感到很痛苦。普波迪放弃了尘世生活中的一切，渴望能从佳鲁身上获得人生的一切欢乐，看到丈夫那诚挚的渴望而又意识到自己内心的空虚，佳鲁感到十分恐惧。这样下去，日子可怎么过呀？普波迪为什么不去另找寄托呢？为什么不再办一种报纸呢？直到现在，佳鲁从来都没有觉得，有必要试图去讨普波迪的欢心，普波迪也没有要求她提供什么服务，更没有要求她提供什么精神上的安慰，而且在各方面都没有把她看作是他自己生活中必须依靠的人。今天他突然要求佳鲁满足他的一切需求，仿佛在任何别的地方都得不到似的。普波迪需要什么呢？怎么才能满足他的需要呢？佳鲁并不十分了解，即便了解，佳鲁也是不容易做到的。

如果普波迪能徐徐前进的话，也许，佳鲁就不会如此困惑。可是突然一夜之间，他破产了，现在举着一个讨饭的空碗，坐在她的眼前，这使佳鲁感到惊恐不安。

佳鲁说道："好吧，把蒙达接来吧。她来了，可以很好地照顾你。"

普波迪笑着说："照顾我！根本不需要。"

普波迪愧疚地想："我是一个缺乏情趣的人，我不能使佳鲁感到快乐。"

这样想过之后，普波迪开始研读起文学作品来。朋友们有时来他家做客，都吃惊地发现，普波迪正在阅读丁尼生、拜伦、般吉姆的小说。朋友们见他这把年纪才对诗歌感兴趣，都取笑他。普波迪笑着说："兄弟们，竹子也会开花的，但是什么时候开花，可没有一定啊。"

一天晚上，卧室里的一盏大灯点亮了。普波迪第一次由于不好意思而犹豫起来，然后说："我来读一篇东西给你听听吧？"

佳鲁说："读吧。"

"读什么呢？"普波迪问道。

佳鲁说："你想读什么，就读什么吧。"

普波迪看到佳鲁不太热心，有点儿失望。不过，他又鼓起勇气，说道："我翻译一篇丁尼生的作品，读给你听听。"

佳鲁说："读吧。"

一切都乱了套。胆怯和冷漠使普波迪的朗读时断时续，有时甚至找不到确切的孟加拉语对应词。看到佳鲁那空虚的眼神，普波迪明白了，她心不在焉。这间灯火通明的小小房间，这个黄昏的幽静的闲暇时刻，还是显得如此的空虚乏味。

普波迪犯了一两次这样的错误之后，终于放弃了与妻子研究文学的尝试。

第 十 五 章

　　正如受到严重打击之后，肌肉变得麻木，而最初又感觉不到疼痛一样。佳鲁也是如此，在与奥莫尔分别不久的时候，佳鲁仿佛没有觉察到因奥莫尔的不在而产生的空虚感。后来，随着时光的流逝，由于奥莫尔的不在而生活中出现的空虚感才逐渐强烈起来。这一可怕的发现，简直使佳鲁惊呆了。仿佛她走出了森林，突然进入了一片陌生的沙漠——岁月在流逝，沙漠的范围也在渐渐地扩大。对于这一片沙漠，她可一点儿也不了解呀！每当从睡梦中醒来时，她的心猛然地颤抖起来——她想起来了，奥莫尔不在了。每天早晨，当她坐在凉台上做蒟酱叶的时候，她时时刻刻都在想：奥莫尔再也不会从她身后走来了。有时，由于心不在焉，她做了大量的蒟酱叶，可忽然又想起来了，喜欢咀嚼蒟酱叶的人已经不在了。每当走进储藏室的时候，她立即就会想到，不需要再给奥莫尔送食物和饮水了。内心的焦急迫使她走到内室的门口，可是随后又提醒自己：奥莫尔不会再从大学回来了。不能再期待他会带来一本新书、一篇新作品、一条新消息、一个新笑话了。没有人需要她做针线活儿了，不需要再写什么作品了，也不需要去购买什么有趣的东西了。对于这种无法忍受的痛苦和不安，佳鲁自己也感到很惊奇。她不停地受到内心痛苦的折磨,她恐惧了。她开始问自己:"为什么会这样?为什么会如此痛苦?奥莫尔是我的什么人呢?我居然会因为他而感到如此的痛苦!我这是怎么了?这些天来我这是怎么了?家里的男女佣人,街上的搬运工人们,都在无忧无虑地生活,我为什么这样呢?啊,老天爷呀,你为什么让我遭受如此的不幸啊?"

她一次次问自己,并且总是感到惊奇,然而痛苦丝毫也没有减轻。对奥莫尔的思念,已经渗透到她的心灵和肉体,她已经无路可逃了。普波迪本应该设法使佳鲁摆脱对奥莫尔的思念,可是他没有那样做,相反,他那种惜别的痴情反倒更加勾起佳鲁对奥莫尔的回忆。最后,佳鲁完全放弃了摆脱痛苦的努力——不再与自己抗争了。她承认自己的失败,很不情愿地接受了现实。她把对奥莫尔的思念精心地埋在心底。

时光就这样慢慢地流逝,对奥莫尔的真挚思念,成为她引以为自豪的秘密——这种思念仿佛是她生活中最值得骄傲的事情。

在做完家务的闲暇时间里,她专门规定了一个时间。在这个时间里,她坐在无人的房间,反锁上门,仔细地回忆自己和奥莫尔在一起时的每一件事。她脸朝下伏在枕头上,一次次地叫道:"奥莫尔,奥莫尔,奥莫尔!"从大洋的彼岸仿佛传来这样的声音:"嫂子,什么事啊,嫂子?"佳鲁擦了擦湿漉漉的眼睛,说道:"奥莫尔,你为什么生气地走了？我并没有做错什么事啊！你如果面带笑容地告别而去，也许，我就不会这样痛苦了。"就像奥莫尔在她面前一样，佳鲁常常说："奥莫尔，我一天也没有忘记你。一天也没有，一时一刻也没有。我生活中的一切美好的东西，都是你培育的，我每天都要用我的生命为你祈祷！"

就这样，佳鲁在履行她的一切家庭劳作和义务的同时，还在地底下挖了个洞，在那没有光线的幽静的黑暗洞穴里，建起了一座缀满泪珠的隐秘的殿堂。她的丈夫或世界上任何人，都没有权利进到那里面去。那个地方最隐秘，最深邃，最亲切。她进入这座殿堂之门，就脱掉尘世的一切伪装，显露出自己赤裸裸的本来面貌，从那里一出来，又戴上面具，重新登上嬉笑言谈的人生活动舞台。

第 十 六 章

佳鲁就这样停止了与心灵的抗争，在巨大的悲痛中获得了某种安宁，并且怀着一种崇敬的心情，开始一心一意地服侍丈夫。每当普波迪熟睡的时候，她就轻轻地把头俯在他的脚边，将丈夫脚上的尘土撒在自己的分发缝上。在服侍丈夫和操持家务方面，她总是竭力满足丈夫的一切要求，哪怕是细小的要求。普波迪看到自己所收养的人受到某种冷落，就会感到难过，因此，佳鲁对待他们就特别热情，不允许出一点儿差错。就这样，在做完一切家务之后，佳鲁就吃一些普波迪吃剩下的食物，以此来度过每一天。

由于妻子这种服侍和关心，心神憔悴的普波迪仿佛又恢复了青春。他和妻子以前仿佛就没有过新婚燕尔，经历了这么多时日之后，今天仿佛才开始。普波迪把一切烦恼都抛在了一边，华贵的装饰和欢声笑语，使他心花怒放。就像病愈康复之后的人食欲大增一样，普波迪警觉地感受到自己体内享乐欲望的增强，一种前所未有的强大激情在过了这么久之后又在他心里萌发了。普波迪瞒着朋友们，甚至瞒着佳鲁，开始阅读起诗歌来。他在心里默默地说："报纸的事已经成为过去，在经受了许多痛苦之后，我才得到了我的妻子。"

普波迪对佳鲁说："佳鲁，你现在为什么完全放弃了写作？"

佳鲁回答道："我会写什么呀！"

普波迪说："我说句实话，在当代孟加拉语作家中，我真没有见过还有像你这样的作家。《世界之友》上所写的观点，我是完全同意的。"

佳鲁说："唉，不说这个了。"

普波迪一边说着"你看这篇"，一边拿出一份《荷花》，并且对佳鲁和奥莫尔的语言开始比较起来。佳鲁满脸绯红，急忙从普波迪的手里夺走了那张报纸，藏在自己的衣襟里。

普波迪默默地想："写作的时候如果没有一个伴儿在身

边，是写不出东西来的。等着瞧吧，我要练习写作，这样我就会慢慢地激起佳鲁的写作热情来。"

普波迪拿了一个笔记本，十分秘密地开始练习起写作来。不断地查词典，反复修改，一次又一次地抄写，普波迪就这样来打发自己无所事事的时光。他如此刻苦如此努力地进行写作，渐渐对艰苦的写作产生了信心，并且有了一定的写作能力。

后来，有一天，普波迪把自己的一篇作品请别人抄了一遍，拿到佳鲁面前，并且说道："我的一位朋友写了一篇新作品。我一窍不通，你来读一下，看看怎么样。"

普波迪把笔记本递到佳鲁手里，就惶惑不安地走了出去。佳鲁很快就看破了单纯朴实的普波迪所玩弄的这个小小骗局。

佳鲁读了一遍，了解了这篇作品的风格和内容，她笑了一下。唉！为了表示对丈夫的崇敬，佳鲁已经做了能做的一切，他为什么还要如此幼稚地来分散她那崇敬的心力呢？他为什么这样迫不及待地渴望得到佳鲁的赞扬呢？如果他什么都不做，如果他不是常常这样竭尽一切努力来吸引佳鲁的注意力，那么，对佳鲁来说，对丈夫的尊敬就会显得更轻松一些。佳鲁诚心希望，普波迪不要认为，在某些方面自己不如她。

佳鲁放下笔记本，背靠着枕头，凝视着远方，沉思良久。奥莫尔也常常拿来新作品让她阅读啊！

傍晚时分，满怀渴望的普波迪站在卧室前面的凉台上欣赏盆景，不敢向佳鲁问什么。

佳鲁自己主动地对他说道："这是你朋友的处女作吗？"

普波迪回答说："是的。"

佳鲁说："太好了，我觉得不像处女作。"

普波迪非常高兴，于是就思索起来："用什么办法在这篇匿名作品上署上自己的名字呢？"普波迪的笔记本以十分惊人的速度很快写满了。没过多久，他的名字也见诸报刊了。

第 十 七 章

什么时候国外有信来，佳鲁总是记得的。最先从亚丁给普波迪寄来了一封信，奥莫尔在信中向嫂嫂致意；从苏伊士也给普波迪寄来了信，信中也表示向嫂子致意。后来收到了从马耳他寄来的一封信，信中还有再次向嫂子致意的话。

佳鲁没有收到奥莫尔的一封信。她拿出奥莫尔给普波迪寄来的这些信件，翻来覆去地看，一次又一次地读，她发现，除了致意，对她连一点点暗示都没有。

这些天来，佳鲁所获得的一个掩饰自己悲伤的安宁的隐蔽所，由于奥莫尔对她的这种藐视而坍塌了。她的心仿佛也碎了。在她的家庭职责中又爆发了一次很大的地震。

如今，普波迪有时半夜起来发现，佳鲁不在床上。他出去找了找，看见佳鲁坐在南面一个房间的窗子跟前。佳鲁看见丈夫便急忙站起来，说道："今天房间里太热，我来这个有风的地方凉快一下。"

普波迪很不安，于是就叫人在床上安装了电风扇，并且经常关注佳鲁的健康，唯恐她生病。佳鲁常常笑着对丈夫说："我挺好的，你瞎忙活啥呀！"为了展现出这副笑脸，佳鲁不得不用尽自己的全部心力。

奥莫尔已经到了英国。佳鲁认定，奥莫尔在路上大概没有足够的时间给她单独写信，到达英国之后，奥莫尔会写一封长信来的。然而，她期待的长信并没有寄来。

每当邮件到达的日子，佳鲁不论是做事还是和别人谈话，总是显得心神不宁。她最担心普波迪说："没有你的信。"因此，她从不敢问普波迪。佳鲁正是处在这样的心态下。有一天，又是邮件到达的日子，普波迪面带微笑慢慢地走进来，说："有一件东西，想看吗?"

佳鲁十分惊喜地说："在哪儿呢，给我看看。"

普波迪故意逗她，不想给她看。

佳鲁急不可待地想从普波迪的披肩里把她想要的东西夺过来。她在心里默默地想："从早晨起我的心就说，今天会有我的信来——这种预言肯定不会错的。"

普波迪嬉戏逗乐的兴趣越来越高，他为躲避佳鲁开始围着床转起圈子来。

当时佳鲁很不高兴，于是就坐在床上，眼里滚动着泪花。看到佳鲁如此心切，普波迪非常高兴，于是就从披肩里把写有自己作品的笔记本拿了出来，急忙放在佳鲁的膝盖上，说道："不要生气，拿去吧。"

第 十 八 章

尽管奥莫尔已经告诉普波迪，由于学习紧张今后很长时间他都不会写信来了，然而，因为近一两次邮件中都没有奥莫尔的来信，佳鲁就觉得整个生活如坐针毡一样。

傍晚五点的时候，佳鲁面带十分忧伤的表情，用平静的语调对她的丈夫说："你看，是否应该往英国发一封电报，询问一下奥莫尔现在怎么样了？"

普波迪说："两周前接到过他的来信，他现在学习很忙。"

佳鲁说："哦，那就不必了。我想，他一个人在国外，要是生了病什么的，也说不定啊。"

普波迪说："不会的，要是生病了，他会告诉我们的。发电报也要花不少钱呢。"

佳鲁说："是吗？我还以为，顶多一个两个卢比呢。"

普波迪说："你说什么呀，大概需要一百卢比。"

佳鲁说："那就算了吧。"

两天之后，佳鲁对普波迪说："我的妹妹现在住在居丘罗，你能不能前去探望一下？"

普波迪问道："为什么？难道她生病了？"

佳鲁说："不是，没生病。但你可要知道，你要是去了，他们该多高兴啊。"

根据佳鲁的要求，普波迪乘车前往豪拉火车站了。路上一辆牛车过来，把他的车子给挡住了。

就在这时候，一位他熟悉的电报投递员看见了普波迪，把一封电报交给了他。看到从英国来的电报，普波迪非常恐慌。他在想："大概，奥莫尔生病了。"他忐忑不安地打开电报一看，上面写着："我很好。"这是什么意思呢？仔细一看，原来是对一封电报的复电。

普波迪没有去豪拉车站。他让车子开回来，回到家里后，把电报交给了妻子。佳鲁一看到普波迪手里的电报，她的脸刷地一下子变得煞白。普波迪说："我不明白这是什么意思。"经过调查普波迪明白了，原来佳鲁把自己的一件首饰典当了，并用典当首饰的钱发了一封电报。普波迪在想："这样做根本没必要。只要向我提出来，我肯定就会发电报的，让仆人偷偷地到市场上去典当首饰——这样做不好。"普波迪的心里常常出现这样一个问题，佳鲁为什么要作出如此过分的举动呢？一种朦朦胧胧的怀疑开始默默地刺痛着他的心。普波迪不想直接面对这种怀疑，想尽力忘掉它，可是内心的痛苦却无论如何也不肯消失。

第 十 九 章

奥莫尔身体很好，可是他却不肯写信来。怎么能这样无情地彻底断绝关系呢！佳鲁真想去和他面对面地澄清这个问题，但是中间隔着汪洋大海，没有任何可以跨越的道路。这是一个残酷的决裂，无可奈何的决裂，是一个充满种种疑虑的无法挽回的决裂！佳鲁再也无法控制自己了。她把家务事放置一边，做什么事都出错，佣人们开始偷东西；人们看见她那种神不守舍的样子，都在窃窃私语，私下议论纷纷，可是她却一点儿也不省悟。

时光就这样流逝，有时她会突然大吃一惊，说着说着话，她就会大哭起来，甚至一听到奥莫尔的名字，她的脸色就会立即变得煞白。最后，普波迪也看到了这一切，他从来没有想过的事情，现在也不得不考虑了——生活对他来说，已经变得陈腐破败而枯燥乏味了。过去的一些日子，普波迪曾经盲目地陶醉在欢乐中，现在回忆那些日子，他就觉得羞愧不已。一个没有经验的猴子是不会识别宝石的，难道可以用假宝石去戏弄它吗？

过去佳鲁在言谈、关爱、举止中所表现出的一切，普波迪都忘记了，现在回忆起来，仿佛这一切都在说："蠢货，蠢货，蠢货！"同时觉得有一根棍子在他的身上不停地抽打。

最后，普波迪一想起自己辛辛苦苦费尽心血写成的那些作品，就羞得简直想让大地裂开一道缝，自己钻进去。于是，普波迪就像被铁钩驱赶的大象一样，急匆匆地来到佳鲁的身边，问她道："我写的那些东西在哪里？"佳鲁回答说："在我这儿。"

普波迪说："把那些东西给我。"

佳鲁正在为普波迪做鸡蛋土豆饼，她问道："你现在就要吗？"

普波迪说："是的，现在就要。"

佳鲁把锅从灶火上拿下来，从橱柜里把笔记本和稿纸取了出来。

普波迪急不可待地从佳鲁手里夺过笔记本和稿纸，立即把它们扔进灶火里。

佳鲁感到很震惊，一面企图去捡那些东西，一面说："你这是干什么？"

普波迪抓住她的手，大声吼道："算了吧！"

佳鲁简直被惊呆了，她默默地站在那里。普波迪所有的作品都烧成了灰烬。

佳鲁明白了。她深深地叹了一口气，放下没有煎完的鸡蛋土豆饼，慢慢地走开了。

普波迪本来并没有打算当着佳鲁的面毁掉自己的笔记本。可是当他看见面前正好有燃烧着的灶火时，不知怎么他就激动起来了。普波迪再也无法控制自己了，于是他就当着妻子的面，把一个受欺骗的愚蠢的丈夫的全部心血付之一炬了。

　　一切都化为灰烬之后，当普波迪那突如其来的一时冲动平静下来的时候，他才意识到，佳鲁自己是肩负着怎样的负罪感，怀着怎样深切的悲痛，低着头走出去的。看见眼前的一切，他就都明白了，因为普波迪特别喜欢吃鸡蛋土豆饼，所以佳鲁才亲手认真地为他做这种食物。普波迪走进凉台，靠在栏杆上站着。他在心里默默地思考起来：佳鲁为他所做的一切和不知疲倦的努力，通通不过是费尽心力的假象，尘世间难道还有比这更可悲的事吗？所有这些假象，不只是一个善于伪装的女人的一种低劣的骗术，而且为了制造这些假象，这个不幸的女人还必须忍受自己那颗破碎心灵的双倍痛苦，她每时每刻都要为此付出自己的心血呀！普波迪在心里默默地说："唉，女人呐，唉，不幸的女人呐！没有必要啊，我并不需要这些呀！这么长时间来，尽管我没有得到爱情，可是我并没有抱怨过一句呀。我的岁月都是在看清样、写文章中度过的；为了我而制造这种假象，没有任何必要。"

　　于是，普波迪决定让自己的生活远远地离开佳鲁——就像一个大夫望着一个突然患上不治之症的病人那样，他犹如一个毫不相干的陌生人，站在远处瞧着佳鲁，这个孱弱的女人的心灵受到了多么强大的生活之流的撞击呀！没有一个人可以与之倾心交谈，没有一件事情可以向别人诉说，没有一个地方可以让她敞开心扉，放声大哭一场；然而，她又不得不背负着一种不可诉说的、无法逃脱的而又无法避免的与日俱增的痛苦的负担，就像平常人那样，就像她那些心灵健康的女邻居一样，每天操持着家务！

普波迪走进她的卧室，看见佳鲁扶着窗户护栏，用她那双无泪的眼睛凝望着窗外。他慢慢地走过去，站在她的身边，什么也没说，只是把一只手放在了她的头上。

第 二 十 章

朋友们问普波迪："工作怎么样？还那么忙吗？"

普波迪说："报纸——"

"还是报纸？难道你要为办报纸把房子土地通通抛到恒河里去吗？"一位朋友说。

普波迪说："不，我不再办自己的报纸了。"

朋友问道："那又怎么样？"

普波迪说："在迈索尔要出版一种报纸，叫我去当编辑。"

朋友问道："你要彻底离开家，去迈索尔？带佳鲁一起去吗？"

普波迪说："不，舅舅他们要来这里住。"

朋友说："你当编辑当上了瘾，再也戒不掉了。"

普波迪说："不管怎么说，人总该有点儿嗜好哇。"

临分手的时候，佳鲁问道："什么时候回来？"

普波迪说："如果你感到孤单，给我写信，我就会回来。"

普波迪说完就和佳鲁告别，当他走到门口的时候，佳鲁突然跑过来，拉住普波迪的手，说道："带我一起去吧，不要把我留在这里。"普波迪站住了，久久地凝望着佳鲁的脸。佳鲁紧握着的手松弛了，慢慢地放开了普波迪的手。普波迪离开佳鲁，走进凉台站住了。

普波迪明白了，对奥莫尔的思念包围并烧毁了这个家，而佳鲁就像被森林大火围困的一只母鹿，她想逃出这个家。

"可是她曾经为我想过一次吗？我往哪里逃呢？一个女人的心里总是在思念别人，难道我连到外地去，把她忘掉的机会都没有吗？即便我到一个没有朋友的荒无人烟的地方去住，难道也要每天陪伴着她吗？劳累了一天后，傍晚当我回到家里的时候，我还要面对着一个呆木的愁眉苦脸的女人，那么，这种黄昏该多么可怕呀！对于一个内心里压着沉重负担的女人，要我把她放在心上，这我又能坚持几天呢？还有多少岁月要我每天都这样生活呀！栖身之所已经坍塌，难道我都不能抛弃那些坍塌下来的破砖烂瓦，而倒应该把它们背在肩上带走吗？"

普波迪走过来，对佳鲁说道："不，这我做不到。"

瞬间，佳鲁的所有血液仿佛都向下流淌了，她的脸变得像纸一样的苍白，她用手扶着床边勉强地站着。

这时，普波迪又立即改口，说道："走吧，佳鲁，和我一起走吧。"

佳鲁说："不，算了吧。"

1901 年拜沙克月—阿格拉哈扬月

（董友忱　译）

四 个 人

伯 父

一

我考取了大学，从一个偏僻的农村来到了繁华的城市加尔各答。当时沙奇士是在文艺专科学院就读，我们的年龄差不多一般大。

初次与沙奇士相遇，我心中就暗想，他仿佛是一颗闪亮的星星！他的眼睛炯炯有神，他的纤细修长的手指宛如火舌，他的肌肤有光泽。不，仅以光泽来形容是不够的，而应该说是一团耀眼的光辉！就在我见到沙奇士的那一瞬间，我仿佛看见了他的内心世界，因而，立即对他产生了好感。

然而，奇怪的是，与沙奇士一起读书的同学，大多对他怀有某种特殊的敌意。说实在的，他如果和大家一样，完全是一个普普通通的学生，是不会引起大家对他进行无缘无故攻击的。但是如果有人敢于冲破传统的愚昧，显示人类内在的光辉和独特的个性时，便会有一部分人对他一味盲目崇拜，而另外一部分人就会不分青红皂白对他进行攻击和蔑视。

与我同住一个宿舍的同学都知道，我在心中暗暗地崇拜沙奇士。这似乎总是使他们感到不舒服。一有机会，他们就对我讲沙奇士的坏话，从不放过任何咒骂他的机会。我知道，眼睛里落进了沙子，只会越揉越痛；对那些不堪入耳的诽谤之辞，不予理睬是很好的对策。然而，有一天他们对沙奇士的人品进行指责和诽谤时，我再也不能无动于衷地保持沉默了。

我感到困惑的是，我对沙奇士过去一点也不了解。相反，攻击他的人不是他的近邻，就是他的远亲。他们总是异口同声言辞凿凿地说，这绝对是事实。我也毫不示弱愤愤不平地说，我对这些一点儿也不相信。后来，我宿舍里的所有同学都摩拳擦掌地对我吼叫起来："你呀，真是虚伪透顶！"

那天晚上，我躺在床上愤愤不平，不禁流下了眼泪。第二天课间休息时，沙奇士在圆湖旁边树荫的草地上半坐半躺，正在聚精会神地读着一本书。我未经介绍，就贸然地坐在他的身旁，聊了起来。沙奇士合上书本，朝我的眼睛凝视了一会儿。没见过他的眼睛的人，是不会明白他这种注视是什么样子的。

沙奇士说："那些搬弄是非造谣生事的人，喜爱的就是诽谤，而不是真理！所以，如果急于想向他们证明什么是诽谤，什么是真理，那又有什么用呢?!"

我说："我看，那些撒谎的人……"

沙奇士打断我的话说道："他们并不是撒谎者。我们街坊有个开油坊的邻居，孩子患了病，他的身躯和手颤抖不止，不能工作。去年冬天，我给他一条相当贵重的毛毯。当天，我的仆人西布怒气冲冲地跑来，对我说：'先生，那家人的儿子颤颤巍巍完全是假装出来的！'我做了点儿好事，那些爱诽谤他人的人，不但会视而不见，反而会与西布一样，放出流言蜚语。他们只相信他们说的完全是事实，根本不想去弄清真实情况。我幸运的是，有这么一条贵重而多余的毛毯。可是西布一类的人物认定，我没有占用毛毯的权利。要是为这些事情和他们争争吵吵，我真是感到羞愧，难以启齿。"

对于这个问题，我没有作任何回答。我只是问他："这些人说你不信神，这是真的吗？"

"是的，"沙奇士说，"我是一个无神论者。"

我低下了头。我与我宿舍的人争论时，从来都认为沙奇士不可能是个无神论者。

在我与沙奇士建立友谊、交往的过程中，遇到了两个致命的打击：首先，初次见面时，我认为他出生于婆罗门种姓，因为他的面孔白皙得如大理石雕的神像一般。

另外，又听说他姓马利克，而我们村里有家姓马利克的望族，而且还是高贵的婆罗门种姓。但是，后来才知道沙奇士的家世，他家是开金店的商人。而我们固守正统的迦耶斯特种姓，一向认为自己高贵，对于第三种姓——商人，向来是不屑一顾的，甚至还有一种发自内心的仇视。另外一点，我们一贯认为，无神论者比杀人犯还坏。不仅如此，而且认为，这比吃牛肉的人①更罪恶滔天。

我再也不说话了，只是目不转睛地凝视着沙奇士的面孔。我看到他脸上有一种特殊的光泽，仿佛是灵魂深处崇高的火光在闪闪燃烧。

无论如何，谁也不会想到，我经过多少次轮回转世之后，才会与一个金店商人的儿子一起同桌进餐，而且，我那种对无神论的盲目狂热，远远地超越了老师。可是，在我的命运中，这两者后来都成了事实！

威尔金斯是我们学院的文学教授。他虽有渊博的学识，但对学生却是极为蔑视的。他认为，到印度来给一群孟加拉孩子们讲授英国文学，简直是一种极苦的差事。他在讲授约翰·密尔顿②和莎士比亚③的课堂上，连遇到"猫"字时，也要作一番注释——猫，是猫科的四足动物。这位教授对沙奇士特别宽容，他可以上课时不记笔记。他还常常这样说："沙奇士，我会补偿你在课堂上的损失的。你到我家里来吧，在我家里你可以换一换口味。"

---

① 印度教徒认为牛是神圣的，从来不吃牛肉，而吃牛肉被认为是最大的罪恶。——译者注

② 弥尔顿（John Milton，1608—1674），英国 17 世纪一位杰出的诗人。——译者注

③ 莎士比亚（William Shakespeare，1564—1616），出生于英国的欧洲文艺复兴时期伟大的戏剧家和诗人。——译者注

这样一来，学生们更加愤怒不已。他们说，这位先生之所以特别喜欢沙奇士，是因为他皮肤白净。而沙奇士为了更加讨得这位洋大人的欢心，就更加肆无忌惮地自称是无神论者。学生中也有一些自以为绝顶聪明的人，装出非常殷勤的样子，去找威尔金斯教授借阅有关实证论哲学的书籍，洋大人对他们说："你们不懂，连研究无神论的资格也没有。"

正因为如此，学生们反对无神论以及反对沙奇士的情绪就更加高涨。

二

有关沙奇士生活中遭人指责的种种想法和行为，我进行过搜集，并记录了下来。有些是发生在与我交往之前，有的则是发生在与我交往之后。

乔戈莫洪是沙奇士的伯父，他是当时有名的无神论者。说他不信神，显然还不够，他根本就不相信神的存在。正如战舰舰长的主要职责不在于驾驶舰船，而是击沉敌舰一样，乔戈莫洪一遇机会，就以自己的宗教哲学，对虔诚的印度教徒进行猛烈的攻击，使他们遭到灭顶之灾。他与有神论者总是以下述方式辩论：

如果有神的存在，那么，我们的智慧就是神的恩赐；

但是智慧告诉我们说，神是不存在的；

因此，等于神自己说，神是没有的。

乔戈莫洪接着又说："可是，你们都当着他——神的面撒谎，偏要替他回答说，神是存在的。对于这种罪恶的惩罚，便是三亿三千万神灵使劲拧你们的耳朵。"

乔戈莫洪结婚的时候还是一个小孩，年轻时妻子就过世了。由于他读过马尔萨斯人口学说，所以他就没有再结婚。

乔戈莫洪的弟弟霍里莫洪，是沙奇士的父亲。他与兄长的性格是如此截然相反，也许有人怀疑我在编造什么故事。但是，编写故事时为赢得读者信任，必须小心谨慎地进行。而事实上，我却没有这种负担，因而也就不怕稀奇古怪。世界上并不缺少兄弟俩正如白天和黑夜一样恰好相反的事例。

霍里莫洪幼年时体弱多病，因而从小就与避邪符、太平经、苦行者头发上挤出来的洗头水、名山圣地之处收集来的尘土、法力无边的神仙祭品、擦洗毗湿奴神像抹布的圣水以及花费昂贵的贤哲们的祝福等等打交道，好不容易才突破层层障碍，安全无恙地活下来了。

霍里莫洪长大后，虽然身体健康，并没有什么病痛，但是家里人总是抹不掉"他身体太弱"的观念。全家只是千方百计地让他活着，对他再也没有什么其他要求了。在这方面，他也并未使家人失望，总算天遂人愿，好好地活下来了。但是他时常以身体不适或蔫不唧儿的样子吓唬大家。特别是他父亲年轻夭亡的先例，总是把母亲、姨妈的所有关怀，都吸引到自己这边来了。吃东西，总是在全家人之先，并经常与众不同，单独给他准备些好吃的东西；干事嘛，却总是比大家少，比别人清闲得多。不仅是母亲和姨妈，而且三界中一切神灵，都对他另眼相看，特别关爱，对此他总是念念不忘。不仅是三界中的神灵，而且社会上一切有钱有势的人，如警察长官、有钱的邻居、高级官员、报纸编辑，他总是以从他们那里得到多少为标准，来报以尊敬或恐惧之情，至于对牛以及婆罗门的尊敬就更不用说了。

乔戈莫洪与弟弟恰好相反，唯恐怕别人怀疑他想从那些有钱有势的人那里沾光，讨一星半点好处，他对那些有权势的人物总是敬而远之，一概不理。他在敬神方面，也存在同样的想法，因此，他敢于向神挑战。他在人间以及非人间任何势力面前，从来没有屈服过。

可以结婚的时候，也就是说远还没有达到结婚实际年龄①的时候，霍里莫洪就已结婚了。他先有三男三女之后，沙奇士才出生。大家都说，沙奇士的相貌与伯父极其相似，乔戈莫洪也就把他当作自己的儿子看待。

霍里莫洪经过一番盘算，认为这有利可图。开始他也感到很高兴，因为这样一来，兄长就可肩负起教育沙奇士的责任。当时，乔戈莫洪是有名望的学者，特别是在英语方面享有盛誉。有人称他是孟加拉的麦考利②，也有人认为他是孟

---

① 印度过去盛行童婚制，很小年龄就结婚。——译者注

② 麦考利（T. B. Macaulay，1800—1856），英国维多利亚时期著名历史学家和诗人。——译者注

加拉的约翰逊①。像蜗牛背负着笨重的壳一样，他也被层层英文书籍所包围。凭着一片片冲积而成的鹅卵石，人们可以找到山间溪流的来路一样，凡是看到什么地方从地板直至天花板的书架上堆着英文等书籍，就可知道，那里一定是乔戈莫洪的活动范围。

霍里莫洪一向宠爱长子普龙多尔。他想要什么，从来没有得不到的时候。为了长子，霍里莫洪似乎总是两眼泪汪汪的。他认为，大儿子遭受任何打击都会活不下去似的。普龙多尔没有念过什么书，早早地就结婚了，不过婚姻的樊篱并未限制他在外面寻花问柳。

霍里莫洪长媳常常对普龙多尔的放荡行为不满，可是霍里莫洪却对儿媳大发脾气。他认为正是儿媳的欺压，才使他儿子在外面放荡不羁，以寻求安慰。

乔戈莫洪看到溺爱的恶劣后果，为了不使沙奇士重蹈覆辙，他义不容辞地担起了照看侄儿的责任。他不让沙奇士离开自己一步。从小开始，沙奇士就学习英语，而且学得很不错。但他并没有就此止步。他还阅读穆勒②和本瑟姆③的著作，使他脑海里充满了无神论的火炬，并在熊熊燃烧。

乔戈莫洪不是把沙奇士看作晚辈，而是当作朋友。他认

---

① 约翰逊（Samuel Johnson，1709—1784），英国著名的辞书编纂者。——译者注

② 穆勒（J. S. Mill，1806—1873），英国著名哲学家。——译者注

③ 本瑟姆（J. Bentham，1738—1842），英国著名哲学家。——译者注

为，对长辈的过分尊敬是一种虚伪、盲从，由此只会培养人的奴才心理。家里有位新婚侄女婿给他写了一封信，使用了旧式信函的套话——"致慈祥美妙尊足之前"，乔戈莫洪回给他下面一篇忠告：

亲爱的诺伦：

　　我不知道为什么要用"慈祥美妙"来形容脚？你大概也未必知道。因此，那一套全是废话。因此，你完全抛开我本人，而只是对我的脚有所表述。你应该知道，我的脚只是我身体的一部分。当它还与整体联系在一起，就不应该把它"肢解"出来，另眼相待。另外，脚这部分，还不如手，还不如耳朵——具有取东西和听觉功能，你却对它那样恭维，未免太荒唐透顶。最后还要提及的是，你对我的脚是用的复数，而不是双数，可能你想表示特别的尊敬。某些四脚兽原本就是你们的崇拜之物。至于在生物学上的分类问题，你显然是无知的。所以，我想还是有必要加以指出。

你的乔戈莫洪

　　乔戈莫洪和沙奇士，常讨论一般人缄口不言或遮遮掩掩不敢公开讨论的问题。要是有人反对他这样肆无忌惮地与青年人谈话，他就会说，只有捣毁蜂窝才能把大黄蜂赶走。去除羞怯也是如此，只有揭示羞怯的根源，才能真正铲除羞怯。我早就把羞怯的根源从沙奇士心中彻底铲除了。

三

沙奇士大学毕业了，现在霍里莫洪正在为把自己儿子从伯父手里解救出来而开始上窜下跳。但是，既然绳扣已套在脖子上了，就只会愈拉愈紧。因此，霍里莫洪越是使劲儿地拉，沙奇士就更加剧烈地挣扎。这样一来，霍里莫洪对自己兄长比对自己的儿子更加恼火。于是，关于乔戈莫洪的五光十色的流言蜚语就到处传开了。

如果兄长和儿子只是口头上谈谈信仰无神论，霍里莫洪并不会反对。甚至他们吃了老母鸡①，替他们在人前称是吃了小山羊肉，霍里莫洪也是可以忍耐的。但是，他们毕竟走得太远了，甚至连撒谎也不可能拯救他们。下面只是选择最为重要的几个方面来谈一谈：

乔戈莫洪无神论主要的一章就是"为人造福"。对于一个无神论者来讲，在"为人造福"中有什么乐趣呢？主要乐趣就在于在"为人造福"之中抛开了一切私利，除此之外，再也没有什么了。这其中，没有什么神圣事业和报酬奖

① 正统印度教徒不吃荤腥，但在孟加拉可以吃鱼和羊肉，但是一般高种姓的人不吃鸡，认为鸡不洁。——译者注

赏，也没有什么神灵或经典的赐予荣光或给予惩处。如果有人问乔戈莫洪在"给广大的人们谋最大的幸福"之中，对个人来说有什么好处呢？他就会回答："没有任何好处，对我来说就是最大的好处！"

乔戈莫洪常对沙奇士说："孩子，你看吧！我们是无神论者，这就要求我们成为最纯洁的、一尘不染的人。由于对一切都不盲目崇拜，我们才会有更多的精力来尊重自己。"

"给最广大的人们谋最大的幸福"，主要的追随者就是他的侄子沙奇士。

他们街区附近有几家主要的大皮货店，那里的穆斯林店员和"不可接触"的制革工人，与他们伯侄二人建立了最亲密的友谊，并热情地为他们服务。

这样一来，霍里莫洪额头上的印度教徒的圣痣，仿佛如熊熊烈火一般在他头上燃烧，骨髓里也燃烧着憎恨的火焰。

他愤怒至极，必须与他们做斗争。他知道，在兄长面前引经据典或抬出风俗习惯是不会有什么作用的，只会适得其反。为此，他只好抱怨兄长不应该随随便便滥用祖传遗产。乔戈莫洪说："我的花销与你的花销还差得远哩！你花在那些大腹便便脑满肠肥的婆罗门法师身上的开支降到我的花销水平之前，我们免谈此事。只有我赶上你的花销之后，我再与你谈判。"

一天，家里有人看到乔戈莫洪的院子里正在操办一个盛大宴会，那些厨师、仆役全都是穆斯林。霍里莫洪大怒不止，忙把沙奇士叫来，问道："你们今天是不是要在家里宴请你们那些皮匠老爷？"

沙奇士回答说："我要是有钱，早就宴请他们了。可是我却手无分文，那是伯父邀请他们来的。"

普龙多尔也气急败坏，坐卧不宁。他说："我倒要看看，他们敢不敢到这家里来吃饭！"霍里莫洪向哥哥正式提出抗议之后，乔戈莫洪答复道："你每天给你们的偶像献祭，我什么话也没有说过。我偶然一次邀请一下我的神，你不应该来阻拦。"

"你的神？"

"对，我的神！"

"你又突然成了梵教的信徒了？"

"不，梵教的信徒只相信一位无形无影，眼睛看不见的神。你们崇拜的形象有耳朵却听不见。我们信仰的是活生生的神。我们有眼睛，可以看到其形象，有耳朵可以听见其呼吸。对这样的神要是不信，那就真是不可理喻了！"

"你是说，那些皮匠、穆斯林是你的神！"霍里莫洪嚷道。

"对，我的这些皮匠、穆斯林就是神！"乔戈莫洪回击说，"若是把供品摆在他们面前，就会明白无误地看到，他们是多么神通广大、十分惊奇！他们真会伸出手来轻而易举地把东西吃个干干净净。你们的神就没有这样的本领。我喜欢看这种非常惊奇而又有趣的事情，所以我把我的这些神请到家里来了。如果你那瞻仰神灵的眼睛没有失明的话，你看到这种情况，说不定也会很高兴的。"

普龙多尔来到伯父跟前，扯着嗓子大叫大嚷了一通，并声明说，今天他要有一个严厉的举动。

"嗨，小猴子！"乔戈莫洪说道，"你要是敢碰他们一下，你小子就会立即明白，我的神是多么灵验！他们可不要我想什么办法加以保护。"

普龙多尔只不过挺起胸脯说一番大话而已，其实他比他爸还胆小。只有在他可以撒泼的地方，他才能显示自己的本领。至于对这些穆斯林邻居们进行挑衅，他是没有这份勇气的。最后，他只好跑来对沙奇士大骂了一通。沙奇士瞪着他那双惊愕的大眼睛，凝视着长兄的脸，什么话也没有说。

那天的宴会，没有遇到任何障碍，一切都很顺利。

四

这一次，霍里莫洪扎紧腰带，挺起胸脯决定向自己哥哥开战了。他们家的经济来源主要是靠祖传祭产的收入。霍里莫洪已向地方法院提出诉讼，说他哥哥乔戈莫洪是印度教的叛徒，而且伤风败俗，因此他不配当祭产的受托人。体面而有声望的证人不少——所有邻里的印度教徒都准备出庭作证。

关于诉讼，没有让霍里莫洪费多少心思。乔戈莫洪就公开声称：他不承认什么偶像和天神；他不考虑什么东西可以吃，什么东西不可以吃，只要能吃的他都吃；至于穆斯林是从大梵天身上哪一部分产生出来的，他从没有仔细考虑过，也不想知道，而且这并不妨碍他与穆斯林一同吃饭和交友。

法官判决，乔戈莫洪不宜担任祭产受托人。乔戈莫洪的辩护律师告诉他，这种判决在高等法院是一定会被推翻的，建议他上诉高等法院。乔戈莫洪说，他不打算上诉。虽然他不相信那些神灵，但也决不打算去欺骗他们。只有那些崇拜天神的人，才会绞尽脑汁想方设法去欺骗天神。

朋友们问乔戈莫洪："今后吃什么呢？"

他回答得很干脆："要是没有什么吃的，那就只好咽自己的唾沫吧！"

霍里莫洪并不想大肆炫耀这次法庭上获得的胜利，因为他担心长兄背后怨恨而诅咒他，由此产生不良后果。不过普龙多尔一天也没有忘记，他没能把那些皮匠从家里赶出去的耻辱。至今那股愤怒之火还在他心中燃烧，现在到底谁的神最有灵验不是得到了证实吗！于是普龙多尔一大早就搬出锣鼓大敲大擂起来。这天刚好有乔戈莫洪的一位朋友——对他们兄弟之间的争端一无所知的朋友，前来拜访。他见此情况就惊愕地问乔戈莫洪："喂，老兄，这到底是怎么一回事？"

乔戈莫洪告诉他："今天是我的神下水开光，所以才这么隆重地敲锣打鼓。"

普龙多尔自作主张，连续两天在家里宴请婆罗门。大家一致称赞：普龙多尔将是重振家风的一盏耀眼明灯。

两兄弟分家后，在加尔各答市的住房中间砌了一道墙，把院子分成了两半。

霍里莫洪在对人的认识上有这样一种坚定不移的信念：人们尽管对宗教的意见各不相同，但对吃穿及金钱却有一种天赋慎重考虑的本能。他毫不怀疑，他儿子沙奇士，如今闻到家里饭菜的香味，一定会离开空空如也的伯父乔戈莫洪，回到他的金丝笼子里来。不过，沙奇士并没有获得父亲无论是宗教上的智慧还是工作上的智慧的遗传细胞，他仍然与伯父住在一起。乔戈莫洪始终把沙奇士当作自己的孩子。因此，在分家时，把沙奇士归入他的门下，他丝毫也不感到惊奇。

霍里莫洪对哥哥是非常了解的。可他在人前总是讲，乔戈莫洪之所以紧紧地把沙奇士抓住不放，只是为了自己衣食有着落而使用的一种手段。霍里莫洪装得非常诚恳，几乎眼泪都要掉下来似的，对人们说："难道我会让自己亲生兄弟挨饿吗？但是他却把我的儿子牢牢地掌握在自己的手里。他采用这样的恶劣手腕真使我难以忍受。我倒要看看，他还会耍出多少新花招。"

亲戚朋友把霍里莫洪的这些无理责难传到乔戈莫洪耳朵里时，乔戈莫洪惊呆了。他真是恨自己太愚蠢，竟没有想到可能会传出这种话来。于是，他对沙奇士说："再见吧！沙奇士！"

沙奇士明白，伯父说"再见"时，是一种如何痛苦的心情。18年来，从没有与伯父分离过的沙奇士，知道一切都无法挽回了，今天只好与伯父告辞。

当沙奇士把书籍和行李装上马车乘车走了之后，乔戈莫洪关上房门，躺在地板上。到了晚上，他的老仆人要到房里点灯敲门时，他也没有回答。

哎，对绝大多数的人来说，最大的幸福是什么呢？关于人，科学上很难衡量。按人口数目来说一个人只是"一"，但对于人的心灵来讲，他可能是数学上的全部乃至一切。沙奇士难道可以用"一""二""三"来计算？他在乔戈莫洪破碎的心中，是无法估量的，甚至掩盖了心中的整个世界！

沙奇士为什么要一辆马车来运自己的行李，关于这一点，乔戈莫洪没有问他。沙奇士并没有回到隔壁父亲家里，而是到一位朋友的宿舍里去住了。

霍里莫洪一想到自己的儿子竟变成了陌生的路人，他就一次次地抹眼泪。他的心也是很慈爱的嘛！

分家之后，普龙多尔一意孤行，竟在自己院子里建了一座神堂。普龙多尔一想到每天早晚祷告时法螺鸣鸣、钟鼓齐响的聒噪传到乔戈莫洪的耳朵里时，一定会使伯父烦躁不安，他就感到非常快活。

为了维持生计，沙奇士去当了一名家庭教师，乔戈莫洪在一所中学担任校长。霍里莫洪和普龙多尔父子俩于是又认为，把那些好人家的孩子从无神论者的教师手中解救出来，是他们义不容辞的责任。

五

过了一些日子，有一天沙奇士来到乔戈莫洪的书房。他们之间没有行触脚礼之类的习惯。乔戈莫洪拥抱着沙奇士，然后要他在椅子上坐下来，并问道："有什么事吗？"

的确有一件极不寻常的事情。

一位名叫诺妮巴拉的姑娘与寡母寄住在舅舅家里。她妈还活着的时候，没有发生什么灾难。过了不久她母亲去世了。她那几个表兄弟，都是些品行不端泼皮无赖似的东西，他们串通一位朋友把诺妮巴拉拐走了。不久，这人又对诺妮的过去产生了怀疑，于是便疯狂地对她进行虐待和侮辱。这件事就发生在沙奇士居住的附近。沙奇士想解救这个不幸的女孩子，而且她已怀有身孕。可是，他既没有钱，也没有自己的住房，所以他只好来找伯父。

乔戈莫洪听了后大发脾气。他真是那么想的：要是能抓到那个男人，非敲碎他的脑袋不可。乔戈莫洪并不是一位能从各方面冷静全面思考问题的人。于是他马上对沙奇士说："这样吧，把我那藏书的屋子腾出来，让那女孩子就住在那里。"

沙奇士惊讶地说："藏书室？那些书放到哪里去？"

在没有找到工作时，乔戈莫洪已陆陆续续卖了不少的书借以维持生计，现在剩下的书已经不多了，他的卧室完全可以容纳得下来。

乔戈莫洪对沙奇士说："现在就把那姑娘接过来。"

沙奇士说："我已经把她带来了，她就在楼下等着呢。"

乔戈莫洪匆匆下楼来。他只见小姑娘坐在楼梯旁屋角里，蜷曲着身子，像一个布包裹。

乔戈莫洪像一阵旋风似地跑到那屋里，声音极其沉痛地说："来吧，我的小母亲！为什么要坐在灰尘里呢？"

那姑娘用面纱蒙着脸，放声号啕大哭起来。

乔戈莫洪是不轻易掉泪的，可现在泪水也从他的眼里簌簌滚落下来。他对沙奇士说："沙奇士，这姑娘今天蒙受的耻辱，既是我的耻辱，也是你的耻辱。哎，是谁把如此重担压在她身上的呢？"

乔戈莫洪对那姑娘说："小母亲，你在我面前不必害羞。我们学校里的学生经常叫我'疯乔戈'。直到今天，我还有些疯疯癫癫呢。"

他一边说话，一边毫不犹豫地拉着姑娘的双手，把她扶起来。面纱从姑娘头上落了下来。

这是一张非常年轻稚嫩的脸。年纪不大，她脸上没有一丝一毫堕落的痕迹。正如鲜花不怕灰尘玷污一般，她这马樱花般美丽的姑娘，她内心的纯真并没有遭到摧残。她那两只漆黑的大眼睛里，流露出受伤小鹿般的恐惧；她那藤蔓似的娇小身体在羞涩中颤抖。虽然她遭到如此磨难，却并不显得黯然憔悴。

乔戈莫洪把诺妮巴拉领上楼去，并对他说："小母亲，你看看，你是我屋里的吉祥天女。房子七辈子没有打扫过，一切都颠三倒四乱七八糟。至于我个人生活，毫无规律。什么时候吃饭，什么时候洗澡，都没有固定时间。你到我这里来了，就是我房子里的吉祥天女回来了。连'疯乔戈'也会变成一个正常人了。"

在今天之前，诺妮巴拉从来没有体验过有人把她当人看。即使母亲在世时，也是如此。因为母亲不是把她当一般女儿看待，而是当作守寡的女儿看待。在母女关系这条曲径上处处布满了恐惧、猜疑的荆棘。可是，乔戈莫洪这个完全的陌生人，竟不管她的全部好坏，而是如此以全部心思来接纳她呢！

乔戈莫洪请了一个老女仆来照看姑娘，不让她感到有任何不便和畏惧。诺妮起先非常担心乔戈莫洪不会从她这堕落女人的手里接受食物。可是，情况却恰恰相反。乔戈莫洪只从她手里接受食物，否则一律不接受。甚至姑娘煮好食物后，如果不坐在他身边侍候，他也是不会吃的，这似乎是他进食的条件。

乔戈莫洪早就料到，这次会有一场更大的诽谤浪潮落在自己的头上。诺妮也似乎感觉到了这一点，因此，她总是心慌意乱，提心吊胆。

果不其然，三四天之后，一切便开始了。起先，老女仆还以为，诺妮是乔戈莫洪的女儿。后来有一天，女仆走来对诺妮说了许多不堪入耳的坏话，然后憎恨地辞职走了。一想到乔戈莫洪一定会十分烦恼，诺妮苍白的脸上毫无血色。

乔戈莫洪对姑娘说："小母亲，团圆的满月已在我们家里升起，因此，诽谤的狂涛巨浪必然会席卷而来。然而，不管波浪是如何的浑浊，它也玷污不了我们皎洁的月光。"

乔戈莫洪的一位姑母，从霍里莫洪家那边过来，对他说："哎呀，多么丢脸啊！乔戈，这是怎么回事？还是赶快擦去这罪恶的污点吧！"

乔戈莫洪回答说："你们是信神的人，只有你们才能说出这样的话。如果我把所有罪恶赶出去，那么，那些制造罪恶行径的人又会怎么样呢？"

有一位远房的外祖母来对乔戈莫洪说："把那姑娘送到医院里去，霍里莫洪同意负担一切开支。"

乔戈莫洪回答说："她是母亲呀！难道因为有人肯花钱就可以随便把她送到医院里去吗？霍里莫洪怎么能这样说话呢！"

那位外祖母双手捂着面颊，惊奇地问道："母亲，你称谁是母亲？"

乔戈莫洪说："我称那腹中孕育生命的人为母亲！我称那种不顾生命危险而使婴儿出世的人为母亲！至于那孩子没有良心的爸爸，我是不会称他为'父亲'的。那混蛋制造危害后，躲得远远的，自己什么危险也没有。"

霍里莫洪认为这是一件十分丢脸的事，他的全身仿佛被仇恨的污水浸透了似的。在圣洁的祖宗遗产的墙那边，竟住着一位堕落的姑娘！这怎么能够容忍呢?!

霍里莫洪毫不迟疑地坚信，在这件罪恶的事件上，沙奇士大概暗怀一种强烈的欲望，再加上无神论者的伯父的纵容和袒护。于是，霍里莫洪带着恶毒激昂的情绪，到处张扬他的这些毫无根据的臆想。

乔戈莫洪根本就没有打算去消除这种恶意的诽谤。他说道:"在我们无神论者的法典中，为了做好事而进诽谤的炼狱，是必然的规律，这毫不奇怪。"

谣言传得越是稀奇古怪而又花样翻新，乔戈莫洪与沙奇士就越是高兴得哈哈大笑。对于这样一件名声不佳的事情乔戈莫洪与晚辈侄子毫无顾忌地议论，这对霍里莫洪或与他类似的那些有身份的人们来说，也是难以想象和闻所未闻的。

自从分家后，乔戈莫洪这边院子里连普龙多尔的影子也没见过，他却大言不惭地声明:如果不把那个姑娘赶出去，他就决不罢休。

乔戈莫洪每次去学校之前，总是把进他屋里的所有通道严实地关闭好，而且稍有空闲，他总忘不了回家来看一看。

一天中午，普龙多尔通过自己这边屋顶女儿墙，搭上梯子，跳到了乔戈莫洪那边的院子里来了。当时，诺妮巴拉敞开房门正在午睡。

普龙多尔走进房里看到诺妮正在酣睡，于是又惊又气地怒吼着："果真如此！你就躲在这里！"

诺妮发现吼叫的普龙多尔站在自己面前，脸色立即变得死人一般的惨白，她连说话和逃跑的力气都没有了。普龙多尔大声地吼叫着："诺妮！"

就在这时候，乔戈莫洪走进房里，在普龙多尔背后大声叫道："出去！马上从我屋里滚出去！"

普龙多尔气得像只发怒的猫。乔戈莫洪继续吼叫道："如果你不立即滚出去，我就去叫警察！"

普龙多尔朝诺妮狠狠地盯了一眼，愤愤地走出去了。诺妮当时就晕了过去。

乔戈莫洪终于明白了事情的真相。他把沙奇士叫来，经过询问后明白：沙奇士早就知道是普龙多尔把诺妮毁了。由于怕伯父盛怒之后大闹起来，所以就暂时对他隐瞒了这些情况。沙奇士当时想，除了伯父家里之外，加尔各答城里，再也没有什么地方可以使诺妮能逃脱普龙多尔的迫害了。

一场惊吓，使诺妮几天来就像一片竹叶似地颤抖不止，随后，生了一个死胎。

普龙多尔有一天用木棍痛打了诺妮一顿，然后半夜三更又把她从家里赶出来。这之后，虽然普龙多尔多方寻找，但再也没有找到她。这次，当他在伯父家里看到诺妮时，他的妒火从脚心一直到脑门燃遍全身。他心里想，沙奇士把诺妮从他手里抢过来，是为了满足自己的情欲。更使普龙多尔不能容忍的是，竟把诺妮安置在他住房的隔壁，这对他简直是奇耻大辱。普龙多尔无论如何忍受不了，咽不下这口气。

霍里莫洪可能已知道了所有情况。普龙多尔把这样的事情告诉霍里莫洪，是不会感到有什么羞耻的。对普龙多尔的一切卑劣行径，作为父亲的霍里莫洪从来都是不怎么介意的，而且一再纵容和包庇儿子。

相反，霍里莫洪倒认为，沙奇士把姑娘从自己哥哥手里夺走倒是大逆不道，违背伦理。普龙多尔不能忍受这种污辱，并决心把属于自己的女人夺回来。他当时自己花钱买通了一个中年妇人，冒充诺妮的母亲，哭哭啼啼地到乔戈莫洪那里去大吵大闹。但是乔戈莫洪硬是非常凶狠地把那妇人赶了出来，并使她再也不敢去惹他了。

诺妮一天比一天变得更加憔悴，几乎消瘦得和影子差不多。圣诞节放假的那些日子里，乔戈莫洪寸步不离地守候在诺妮身旁。

一天黄昏，乔戈莫洪正在把司各特①的一篇小说翻译成孟加拉语讲给诺妮听的时候，普龙多尔带着一个年轻人，像一阵暴风雨似地突然闯进了乔戈莫洪的家里。乔戈莫洪打算

---

① 司各特（Walter Scott，1771—1832），英国历史小说家和诗人。——译者注

去叫警察时，那年轻人说："我是诺妮的兄弟，我要把她领走。"

乔戈莫洪毫不理会，走上前去抓住普龙多尔的脖子，把他拖到楼梯口推了下去。随后他对年轻人说："混蛋！你不感到羞耻吗？诺妮需要你保护的时候，你却什么人也不是，而她遭到摧残后，你倒成了她的兄弟？"

那年轻人见势不妙，也马上迅速地溜走了。但是，当他跑到远处感到安全后，便大声喊道，他要去找警察，来帮助他解救他的妹妹。

这个年轻人倒真是诺妮的兄弟。普龙多尔这次叫他来乔戈莫洪家里的目的，就是为了证明正如他所说的那样，正是沙奇士毁了诺妮。

诺妮在心中暗自祈求：大地母亲啊！你裂开一条缝把我接纳吧！

乔戈莫洪把沙奇士叫来，对他说："我带诺妮到西部随便哪个城市去，在那儿找份工作。在这里住着，再吵下去，我怕姑娘活不下去了。"

沙奇士说："随你搬到哪里去住，我哥哥一得到消息，马上又会去捣乱的。"

"那怎么办呢？"

"办法是有的，就是我与诺妮结婚。"

"结婚？"

"对，依照法律手续办理结婚。"

乔戈莫洪紧紧地把沙奇士搂在怀里。他的泪水吧嗒吧嗒直往下掉，他这一生中从来没有激动得如此泪如泉涌。

六

自从分家后，霍里莫洪一次也没来看过乔戈莫洪。一天，他蓬头垢面，衣冠不整地走过来，说道："哥哥，我听到一个非常不幸的消息。"

乔戈莫洪回答说："过去确实很不幸，不过，现在已有了挽救的办法了。"

"哥哥，沙奇士就像你的亲生儿子一样，你忍心让他和那个堕落的姑娘结婚吗？"

"我把沙奇士当作自己的孩子哺育成人，今天我终于得到了报答。他使我脸上增添了光彩。"

"哥哥，我在你面前自认失败。我拿出一半财产，记在你的名下。请你别对我进行这样可怕的报复！"

乔戈莫洪从座椅上站起来，说道："啊！你想用一半财产——像用残羹剩饭喂狗一样——来笼络我？我可不是你们那些虚伪的虔诚信徒！我是无神论者！你记住这一点。我既不怕愤怒的报复，也不要怜悯的施舍！"

霍里莫洪又匆匆忙忙跑到沙奇士住的宿舍，把他叫到偏僻无人的地方说："我想听听，这到底是怎么一回事？难道你再也找不到什么方法来毁灭你自己吗？你就这样下决心要毁灭我们这个清白之家？"

沙奇士回答说："我并没有要结婚的愿望。我之所以打算这样做，正是为了抹去我们家里的污点。"

霍里莫洪又大声嚷道："你难道一点天理人伦都不懂吗？那姑娘就像你哥哥的妻子一样，你却要她……"

沙奇士打断父亲的话，说道："什么？像妻子一样？这样的话最好不要说出来为好！"

这之后，霍里莫洪就信口雌黄语无伦次，把沙奇士骂了一通。沙奇士一声不响，懒得作任何回答。

更使霍里莫洪感到不幸的是，普龙多尔竟恬不知耻地扬言，如果沙奇士真与诺妮结婚，他就要去自杀。普龙多尔的妻子倒说得爽快："要是那样，眼看就要发生不幸了，不过，我看他根本就没有自杀的勇气。"

霍里莫洪也不完全相信普龙多尔的恐吓。不过，他总是免不了提心吊胆。

沙奇士这些天以来，总是有意回避诺妮——从来没有单独和她谈过话，是否在有人场合下和她说过一两句话，也是值得怀疑的。当沙奇士提出和诺妮结婚时，乔戈莫洪曾对沙奇士说："结婚之前，你最好私下和诺妮好好谈一谈。现在最需要的是两人彼此心灵上的相互了解。"

沙奇士同意了。

乔戈莫洪定好日期后，对诺妮说："小母亲，今天我想按我的心意好好地把你打扮一新。"

诺妮羞涩地低下了头。

"不，不，小母亲！没有必要害羞。我的最大心愿，就是看你今日收拾打扮的模样！喏，你把这些漂亮的衣服全都穿在身上吧！"

乔戈莫洪一边说，一边把自己看中买下来的用金丝银线织成的贝拿勒斯纱丽、上衣和薄纱围巾交给了诺妮。

诺妮躬下身来要对乔戈莫洪行最尊敬的触脚礼。乔戈莫洪赶忙把脚挪开，并说："唉，诺妮！我这么长时间，都未能打破你对长辈的盲目崇拜。虽然我一大把年纪，但是，小母亲！你作为母亲是比我大的啊。"

乔戈莫洪这么说完，低下头来，在诺妮头上轻轻吻了一下，说道："婆波多什先生今天请我去他家作客，很可能要晚一点才能回来。"

诺妮紧紧握着乔戈莫洪的手说："爸爸，今天请你给我祝福吧！"

"小母亲，我看得出来，你非要使我这无神论者在晚年变成虔诚的宗教信徒不可！尽管我根本就不相信什么祝福，不过，看到你这亲切的小脸，我还是愿意衷心祝福你！"

说着，乔戈莫洪轻轻托起诺妮的下巴，默默地注视着她。诺妮两只眼睛里的泪水，如断线的珍珠滚落下来。

黄昏时，有人跑到婆波多什先生家里，来叫乔戈莫洪回家去。乔戈莫洪回到家里一看：床上躺着诺妮的尸体，身穿着他给她买的纱丽和上衣，手里捏着一封信。沙奇士站立在床边。乔戈莫洪拆开信念道：

爸爸：

　　我不能呀，请你原谅我。这些天以来，我一直在心里仔细琢磨着你的话，可是直到今天我还不能忘却他。我向你慈爱的脚，致以千万个敬礼！

　　　　　　　　　　　　　　　有罪的诺妮巴拉

沙 奇 士

一

　　无神论者乔戈莫洪临死前，吩咐侄子沙奇士说："如果你喜欢大张旗鼓操办丧事的话，你父亲死的时候，再施展才能吧！伯父死时，完全没有这种必要。"

　　乔戈莫洪致死的原因是这样的：

　　那年，加尔各答市瘟疫流行。疫情最初发现时，人们对那些身穿制服、佩戴皇家徽章、到处封门检疫的政府官吏，比对瘟疫更害怕。沙奇士的父亲霍里莫洪认为，他的那些皮匠邻居们肯定最先染上瘟疫，而他们全家老小如果不采取措施，必然最后与他们同归于尽。他在离开家时，去见了哥哥一次，并说："哥哥，我在恒河岸边的卡洛纳租到了一栋房子，如果你……"

　　乔戈莫洪打断他的话说："别说了！我怎么能抛弃他们而一走了之呢！"

"抛弃谁呢?"

"那些制革工人!"

霍里莫洪板着面孔走了。然后他到沙奇士的住所,并对他说:"走吧!"

沙奇士回答说:"我有事,离不开。"

"搬运那些皮革工人的尸体吗?"

"嗯,可能吧!如果有这种需要的话……"

"嗯,可能吧!当然啰,如果需要,你会把你十四代祖宗送进地狱!你这混蛋!厚颜无耻的东西!不信神的逆种!"

那天,霍里莫洪目睹世界末日的不祥征兆后,就心灰意冷地回家去了。那一天,他在几刀草纸上,用蝇头小字密密麻麻写满了杜尔伽女神的名字。

霍里莫洪走了。街区发生了瘟疫。为了怕被捉到医院去,人们病了连医生都不敢去请。乔戈莫洪亲自到瘟疫病医院巡视了一遍后,回来说:"人们生了病,这是事实。可是他们没有犯罪,并不是犯人呀!"

乔戈莫洪想方设法,在自己家里开办了一家私人医院。沙奇士和我们几个学生是医院的护理人员。所幸的是,我们之中还有一位医生。

我们医院收进来的第一个病人是个穆斯林,抢救无效,最后他死了。第二个病人就是乔戈莫洪本人,他也没能活下来。临终前,他对沙奇士说:"我一向严守'为人造福'的信条。今天我得到了最后的赏赐，我死而无憾。"

沙奇士一生中没有给伯父行过大礼。乔戈莫洪死后，今天第一次，也是最后一次对他行了触脚大礼。

后来，霍里莫洪见到沙奇士时说道："这就是你们不信神灵的下场！"

沙奇士自豪地说："不错！"

二

正如灯"噗"的一下被吹灭了，灯光也就立即消失了一样，沙奇士在乔戈莫洪死后不久也突然不知去向了。

沙奇士对自己伯父有着多么深厚的感情，我们是根本无法想象的！他既是沙奇士的父亲，也是沙奇士的朋友，甚至可以说还是沙奇士的孩子！由于乔戈莫洪对自己一向那样地漠不关心，待人接物方面又是那样外行，因此，时时事事关心他，照料他，使他摆脱一切困境活下来，就成了沙奇士的一项义不容辞的主要工作。

沙奇士与伯父相处的日子里，一方面，从伯父心灵深处吸取最重要的东西作为自己的营养；另一方面，他又把自己内心中所有美好的东西无私地献给了伯父。伯父的死对沙奇士的打击到底有多么强烈，那是谁也无法想象的。沙奇士在无法忍受痛苦的包围中，唯一感觉到的就是空虚，一种从未有过的空虚，一种事实上从未有过的、哪里也不存在的可怕的空虚！的确，当一个人从某方面想象得出的结果是

"无"，而从另一方面想象得出的结果却又不是"有"的话，那么，他的整个世界，就会滚进空虚的无底深渊而遭到毁灭。

在两年期间内，沙奇士在全国各地到处流浪，我们无论怎样寻找他，都没有得到任何消息。然而，我们这伙人团结一致，更加努力地工作。我们专门向那些维护宗教和社会传统习俗的人挑战，使他们从骨髓里燃烧起对我们的怒火。同时我们也专门干一些这样的"好事"，使国内那些上等人家的青年人，除了对我们攻击之外，就没有什么好话可讲。沙奇士是我们之中的一朵艳丽的鲜花。他既然出走了，就只剩下我们这些尖刺，而且更加显得锐利和光秃。

三

已经过去整整两年了，没有得到沙奇士的任何消息，不过我们从来也没有对他进行任何一点责备。但是，我们又不能不时常想到，奋发有为的沙奇士遭受沉重打击之后渐渐消沉了，这是多么令人惋惜啊！

记得有一次，乔戈莫洪对一位苦行者说过：社会就好像是个钱币兑换商，每个人都要经过一番敲打——悲惨的、破损的、渴望自由的种种敲打，当打击发出的声音不悦耳动听，货币兑换商就把他扔到一边去了。这些出家人就是被扔到一边去了的赝币，在生活市场上不能流通的东西。然而，这些人却高傲地声称，是他们抛弃了社会。然而，凡是有生存能力的人，无论如何都不会与社会脱节。枯叶从树上飘落下来，是树把它们抖落下来的，因为它们已是毫无作用的废物了。

世上有这么多人生活着，难道沙奇士最后注定要沦为废物吗！在痛苦的黑色试金石上，难道真的写着这样的话：在生活的市场上沙奇士是没有任何价值的？

就在这个时候，听说在查特村附近一个地方沙奇士出现了。我们的沙奇士沉醉在基尔侗歌声里，他使劲儿敲打着铙钹，载歌载舞地陪着利拉农多师父四处云游。

有段时期，我们无论如何也料想不到，沙奇士这样一个人怎么会成为无神论者？而现在，更不明白，他这样一个无神论者怎么会在利拉农多师父的麾下？他师父用什么魔法、如何使他一路载歌载舞跟着自己到处漂泊的？

另一方面，我们如何在人前露面呢？我们的敌人，不仅仅是几个敌人，他们会如何嘲笑我们啊?！

我们这伙人真对沙奇士又痛恨又惋惜，甚至有些怕他。好多人说，他们从第一次与沙奇士接触起，就感觉到他脑子里并不存在"实体"或"真理"，只是一些虚幻的遐想。

现在我才明白，我对沙奇士的感情有多么深厚！尽管他对我们这伙人射来了一支致人死命的毒箭，但我们仍然对他一点也不生气，依然是念念不忘，恋恋不舍。

四

我出发去寻找利拉农多师父，以便找到我们的沙奇士。

不知渡过了多少河流！不知穿过了多少田野！也不知在多少个小店里熬过了多少个漫长的夜晚！

终于，我在一个村庄里找到了沙奇士，当时将近下午两点钟。

我本来想单独与沙奇士会面谈一谈，可是根本没有那样的机会！当时他师父正暂住在一个学生的家里。院子里人山人海，基尔侗赞歌唱了整整一个上午。现在远方来的客人正在吃午饭。

沙奇士从人群里发现我后，马上跑了过来，并紧紧地拥抱我。我真是惊呆了。沙奇士一向很沉着，在冷静中显示心灵内在的深厚情感。而今天，我感到，沙奇士似乎是喝醉了！

沙奇士的师父正在屋里休息，屋门敞开着。他看见我了，于是马上低声地叫道："沙奇士！"

沙奇士赶忙走进师父卧室。师父问："那人是谁？"

"我的一位朋友，斯里比拉斯。"沙奇士回答说。

当时社会上早就传颂着我的名字。曾经有位英国学者听了我的英语演讲后说过："那个人，这样啊……"

算了吧，这里没有必要把那位英国人的话全都记录下来，这样做只会徒然增加别人对我的敌视。我是一位名声显赫的无神论者，而且能讲极其地道的英语，就像一辆一小时可跑25英里的四轮马车。这一切早就在青年学生们中间传开了，而且通过他们，一直传到了他们父辈的社会圈子里。

我深信，我的到来，师父是非常高兴的。他想见见我，于是我走进房间，向他行了"南无"礼①。所谓"南无"礼，只不过双手合拢像刀一样举至齐眉，甚至连头也不低一下。我们这些乔戈莫洪伯父的门徒，行礼时向来抛弃了"南无"最重要的部分——就是把身体弯成了弓形，而是身体笔直地站着。

师父注意到了这一点。他对沙奇士说："喂，沙奇士，给我装袋烟吧！"

沙奇士坐下装烟。烟锅里的火一闪一闪，我心中仿佛也怒火中烧。我当时没有想到该坐在哪里。我来到的那个房间里有一张木床，床上有师父的一块坐垫。假如我在那张床的一边坐下，我想那也不算失礼。但是，我也不知是怎么搞的，当时并没有坐下，而是一直站在门旁边。

我看得出，师父知道我曾经获得过普列姆昌德—拉伊昌德奖学金②。他对我说道："孩子，潜水员要采到珍珠，必须潜入海底。但是他在海底又不能待很久，因为必须浮上来呼吸空气。孩子，如果你想活下去，就应该从知识的海底爬上岸来，换口气。你天赋聪颖，你获得过普列姆昌德—拉伊昌德奖学金。现在暂且抛开它，看一看另外的世界吧。"

---

① "南无"礼（namaskaar），本来系孟加拉人的一种问候用语，其意思是"您好"。——译者注

② 普列姆昌德·拉尹昌德（Premchaand Raaychaand）：是孟买一位热心于教育事业的有钱人。他给予加各答大学 20 万卢比。这笔基金就命名为"普列姆昌德—拉尹昌德奖金"，奖励科研人员及成绩优异的学生。——译者注

沙奇士装好烟后把烟袋递到了师父手里，然后坐在师父脚边的地上。师父则立即把脚伸向沙奇士，沙奇士就用手轻轻揉搓与按摩他的脚。

　　我看到这一切，心中仿佛被人狠狠地打了一拳。我不能待在这房间里了。我心里很明白，他故意命令沙奇士装烟和按摩，是为了狠狠打击一下我的高傲气焰。

　　师父开始休息了。客人们都吃过了饭。从下午五时，又开始唱基尔坦赞歌，一直要唱到晚上十点钟。

　　夜里，趁无人之际我对沙奇士说："你从出世那天起，你就是一个无拘无束的自由人。现在你为什么要给自己套上枷锁呢？伯父之死竟给你如此致命的打击吗?!"

　　沙奇士常在表示对我的亲昵或者开玩笑时，根据我的面貌的奇特，故意把我名字前面两个音节颠倒过来，再去掉后面两个音节，当作我的称呼。这样一来，我的名字"斯里比拉斯"，就变成了"比斯里"①。

　　沙奇士对我说："比斯里，伯父在世的时候，他使我在生活、工作等各个领域里都自由自在，就像小孩子自由自在地躺在母亲的怀抱里一般。白天的那种自由我享受过，现在你为什么要我放弃黑夜的这种自由呢？你当然知道，这两种自由都是我伯父一个人赐予我的。"

---

　　① 在孟加拉文中，斯里比拉斯（shreebilaas）可分为两部分，斯里（shree）和比拉斯（bilaas）；"斯里"，有漂亮，美丽等之意；而"比斯里"，意思正好相反，意为丑陋。——译者注

我说："走吧，你说说，像装烟、揉脚这类事情在你伯父那里可从来没有过呀！自由可不是这副尊容！"

沙奇士说道："那是一种岸上的自由。当时伯父把我送到工作领域，使我充分活动手脚。而这是感情的海洋。在这里只要能把船系住，就是自由，就是解脱的大道。所以尊师才用这种种服务把我羁绊，把我系住。我通过按摩、揉搓他的脚，才能获得解脱。"

"从你嘴里说出的这些话还不算刺耳。"我说，"不过，他能那样对你伸出自己的脚，他……"

沙奇士打断我的话，说道："正因为他不需要侍候，才能把脚伸出来。如果他真有这种需要，那他会感到羞耻的。我倒是很有这样一种需要。"

现在我算弄明白了：沙奇士生活在另外一个世界里。在那里，"我"就根本不存在。当我们再次重逢时，沙奇士拥抱在怀里的那个"我"，并不是我——斯里比拉斯。那个"我"是"所有众生"的一个代表，那个"我"只是一种观念。

这种观念就好比是醇酒一样的东西，畅饮这种醇酒而酩酊大醉的酒徒，在精神恍惚、欢喜欲狂、昏昏欲睡的状态下，肯定会是——逢人便拥抱，时刻泪汪汪。当时我——斯里比拉斯是他的好朋友也罢，还是别的什么人也罢，都会如此拥抱的！然而，在那种紧紧的拥抱中，我丝毫也感觉不到酒徒们的那种狂喜。我不想成为那种洪流中抹杀了差别的、一个模式的一朵浪花，我就是我。

我深深懂得，辩白争论于事无补。但要我扔下沙奇士不管，我又做不到。由于沙奇士的牵扯，我也卷入了这股潮流，开始从一个村庄漂泊到另一个村庄。这样一来，我也逐渐地迷醉了。我也常常把众人拥抱在胸，我也会簌簌地滴泪，我也开始按摩师父的脚。甚至，有一天，我在某种朦胧状态下突然看到了沙奇士的一种超自然的、似乎如众天神一样的形象！

五

利拉农多师父能把像沙奇士和我这样两位很有名气、英语流利、桀骜不驯的无神论者吸引到他的门下，立即声望大振，名扬四方！现在住在加尔各答的信徒们都一再请求师父到城里去，并一再催促他赶快动身。

他来到了加尔各答。

希波多什是他的一位最虔诚的信徒，过去师父到加尔各答时就住在他的家里。供养他们师徒大队人马，是他一生中的主要乐趣。

希波多什临死前，把他在加尔各答的房子和财产全部交给了尊师，甚至连年轻无子的妻子也托付给师父照看。他希望这座房子，随着时间的推移，将成为他们这一社团的主要圣地。

现在师父和我们就在这座房子里落脚。

当在农村到处漂泊时，确实容易沉醉于一种傲然自得的心理。来加尔各答后，对我来说，那种沉醉就不那么痴迷了。

在农村的那些日子里，我们生活在这样一种感情的王国中：在那里，我们演出的总是男人心目中永远对无所不在的女人的求爱戏耍①。那放牧牛群的农村原野，那渡口榕树浓密的树荫，那烈日炎炎中午天空的宁寂，那蟋蟀颤鸣黄昏的静谧……这一切与剧情的展开完全合拍。我仿佛是在梦中行走，在广阔的天空中畅行无阻——来到冷漠的加尔各答，人群摩肩接踵，到处熙熙攘攘——我的梦幻被彻底打破了。我曾想起，有段时期在加尔各答学生宿舍里，日日夜夜苦读钻研学问，在圆湖边与朋友们欢聚，畅谈国家大事，国民大会党举行群众集会时积极参加，好几次差一点儿被抓到监牢里去。正是在这里，我响应乔戈莫洪伯父的号召，曾发誓宁可献出自己的生命，也要推翻社会上的强暴势力，冲破各种奴隶意识的罗网，唤醒千百万国民的觉悟。也是在这里，我多少亲戚朋友、相识的与不相识的人对我进行诽谤与谩骂，然而我却挺起胸膛，像一艘扬帆逆流而上的小船，无所畏惧，勇往直前。

现在，我年轻时的那种朝气蓬勃至今依然如故。在这个

---

① 前面已经说明，基尔伺颂歌就是歌唱黑天与罗陀相爱的一种歌舞剧。这是信奉黑天神教派教徒的一种狂热的宗教文娱活动。——译者注

充满饥饿与干渴、痛苦与欢乐、好与坏的城市里，在这个光怪陆离的、社会问题丛生的和人们头昏脑涨的加尔各答，我竭尽全力想保持那种泪流满面的感情激愤的状态。我常常感到，我很柔软，我在犯罪，我缺乏虔诚敬拜神灵的毅力。我瞧看了一下沙奇士就发现，从他的脸上表情中根本看不到世界上某个地方还有一个加尔各答这样大城市的存在，对于他来说，一切都是幻影。

六

我和沙奇士这位好友与师父一起在希波多什的家里住了下来。我们俩是师父的得意门徒。他要我们陪同左右，不愿意让我们离开他身边。

我们与师父以及兄弟们，日日夜夜都在讨论着感情、感性理论等各方面的问题。在这些玄妙难懂、深奥莫测的谈话中间，时常从后面院子里突然传来一个女人的高声大笑，有时候也可以听到有人在叫"芭米"。在我们艰深的思维、海阔天空的心中，这本来是渺小得不值一提的。然而，我忽然感到，我那干涸的心灵仿佛碰上了一场及时的瓢泼大雨，真是久旱逢甘霖啊！

当从我们墙壁的那边看不见的地方传过来的像零星花瓣似的、琐碎繁杂的细微生活的实感，轻轻地触动了我们，这时候我突然感悟到：感情以及具有感情的人是在那边。从那里传来一位名叫"芭米"女人的衣服上一串房门钥匙发出的叮当响声；从那里飘过来饭菜的香味；从那里传来打扫房间扫帚发出的沙沙声。这一切虽然琐碎、细小甚至微不足道，可是我听到的一切是那么真实而亲切。只有混合着甜蜜和辛酸、粗犷和细腻的地方，才是感情的天堂，人生的乐园。

后院住着一位年轻的寡妇，孤孀的名字叫达米妮。我们通过敞开的房门或风吹起来的窗帘，时常可以看到她。由于我们俩与师父如此亲近，没过多少时间，达米妮就不再回避我们了。达米妮①的确是名副其实的雨季乌云密布的闪电，外表看全身洋溢着青春的活力，内心里闪耀着永不熄灭的火花。

在沙奇士的日记中有一段这样的描写：

"从诺妮巴拉身上，我看到女人的一种类型——这种女人承担了全部罪恶的污浊斑痕，甚至为那犯罪而捐弃了自己的生命。这种女人只有以死亡来斟满生命之杯。从达米妮身上，我看见了女人的另一种类型——这种女人不知死亡为何物，她是品尝生命情趣的鉴赏家。她如春天的花丛，充满艳丽的色彩，扑鼻的芬芳，旺盛的活力，只期待着完全的绽放。她不想丢弃任何东西。她的房间里没有苦行者的位置。她发誓决不给冷酷无情的北风交半个铜板的赋税。"

关于达米妮，我想简明扼要地谈谈她过去的情况：正当

---

① 达米妮，孟加拉文的词义为"闪电"。——译者注

她父亲安纳达·普罗萨德在生意场上所获得的利润犹如突然暴发的洪水滚滚而来的时候，他把自己女儿达米妮嫁给了希波多什。希波多什只不过种姓高贵而已，现在他却时来运转。安纳达不仅送给女婿一座位于加尔各答的深宅大院，而且还给了他一大笔现款，他不仅吃穿不用愁，甚至一辈子也花不完。此外，陪嫁的珠宝首饰也是一笔可观的数目。

安纳达曾多次劝说希波多什，在自己的公司里学习经商。可是希波多什却天生地对尘世生活不感兴趣，对一切都心不在焉。有个星相家对他说过，某一天当木星与某一星辰相遇时，他将获得生命的解脱，离开尘世。从这次算命的那天起，他就开始拒绝财富和放弃其他一切美好的物质欲念。正是在这段时期，他成了利拉农多师父的信徒。

过了一段时期，生意场上逆风劲吹。安纳达扯满风帆、满载货物之舟，全都被吹翻沉没了。这时候，他把房子、产业全卖完了，甚至连生活都很艰难。

有一天，希波多什傍晚时分回到家里后，对妻子说："师父来了，叫你到他那里去一下，有事要吩咐你。"

"不，现在我不能去！"达米妮拒绝说，"我没有时间。"

"没有时间？"希波多什走上前去，看到达米妮正在昏暗的房里，坐在保险箱前面，打开首饰箱往外拿首饰，于是问道："你这是干什么呢？"

达米妮回答说："我正在查看首饰。"

"为了这个就说没有时间！原来如此啊！"希波多什感到不满意。

第二天，达米妮打开保险箱一看，大吃一惊。她问丈夫："我的首饰哪里去了？"

丈夫回答说："首饰嘛，你不是把它们献给了你师父吗？他是我们心灵的主宰。他无所不知，正是在你清点首饰时才叫你去。他为了把你从金银财宝的诱惑中拯救出来，才接受了你的献礼。"

"把首饰还给我！"达米妮真发火了，大声说道。

丈夫问她："为什么？你要它们干什么？"

"那是父亲给我的嫁妆，"达米妮说，"我要还给父亲。"

希波多什说："它们去了一个更好的地方。不是去填饱商人的肚皮，而是变成虔诚的信徒赠给师父的献礼。"

就是这样，开始了虔诚信仰的争夺！为了尽力征服达米妮心中形形色色欲念的魔鬼，那位降魔师施加的压力也一步步地在加紧加大。正当达米妮的父亲以及她小弟妹快要饿死的时候，她家里却每天要供养六七十位信徒的食物，而且非要她自己动手制作不可。达米妮故意在菜里不放盐，有意在牛奶里撒灰，即使是这样，也不能使她从苦行中得到短暂的休息。

就在这时候，希波多什去世了。临死前他对妻子缺乏虔诚信仰给予了最后的惩罚——把所有财产、房子连同妻子，以一种特殊方式，献给了师父。

七

　　希波多什的家里掀起了无休无止的虔诚信念的巨浪，人们从遥远的地方不断地来到这里顶礼膜拜、祈求师父的祝福和庇佑。可是，毫不费力就可接近师父的达米妮，却不愿意接近他。相反，却是鄙视这种难得的幸运，并时时刻刻表现出不屑一顾的蔑视态度。

　　一旦师父特意叫她前来，给她说法，她就说："我的头痛得很厉害！"

　　每当师父指出他们晚祷准备有什么不足而质问她的时候，她就说："我去看戏去了，我不知道。"

　　这些回答并不真实，而且很不中听，非常无礼。那些虔诚的女信徒看到达米妮的这种态度，很是吃惊，并双手托腮，百思不得其解。首先，她的穿着打扮根本就不像个孀居的寡妇；其次，她完全不理会师父的说教；最后，达米妮和这样一位伟大人物近在咫尺地相处，在他身心圣洁光辉普照之下，竟没有受到丝毫感染，反而自行其是、我行我素、举止乖张，简直到了不可思议的程度！大家对她议论纷纷："真是阔小姐派头！厚颜无耻！我们见过多少不懂规矩、缺乏教养的粗鲁女人！可是还从来没有见过像她这样放荡不羁，桀骜不驯的！"

　　师父总是微笑着说："神总是喜欢与那些自认有力、坚强不屈的人打仗。这种人总有一天会承认自己的失败。到了那时候，就会张口结舌或哑口无言，俯首就擒，无条件投降的呢！"

师父对达米妮总是特别宽容，对她的无礼举止全都原谅。然而，这种"原谅"使达米妮感到更加难以忍受。在她看来，这种"原谅"倒是一种巧妙的、变相的"惩罚"。

师父在与达米妮的交往中，显得特别温柔，与她谈话时语调、声音也特别亲切和甜蜜。有一天，师父突然听到：达米妮在她一位女友面前模仿着他的说话声调，然后竟哈哈大笑。

尽管如此，利拉农多师父仍不加责备，而是说："最终的结局会出人预料的。那种被绝对认为不可能发生的事情，迟早总是会发生的。为了显示这种神奇力量，达米妮被神当作故意作对的工具。在这方面，达米妮是无罪过的。"

我们来到加尔各答后不几天，我所看到的达米妮的情况就是这样。之后，不可能发生的事情终于开始出现了。

我不愿再写下去，即使要写，也是困难重重。生活幕后那双看不见的手所编织的痛苦之网，其图案是不按任何经书来描绘的，也不是由我们自己设计出来的。因此，每当内心要求和外部环境发生矛盾时，人们就会受到如此大的打击，就会抱头痛哭。

这一天终于到来了。叛逆的粗糙的硬壳在某种晨曦朝晖的照耀下，悄没声儿地裂成四瓣，自我牺牲的花朵带着朝露的容颜，仰望着天空钻了出来。现在，达米妮对我们师徒服侍得是如此周到而轻盈，如此美好而亲切，竟使师父的信徒认为她那和蔼亲切的侍奉，是天神鉴于他们的虔诚而赏赐给他们的一种特殊的恩宠。达米妮由一道耀眼夺目的闪电，变成一团文静安宁的亮光之后，沙奇士开始注意到了她所发出的光辉和天生丽质。不过，我认为，沙奇士仅仅是看到那美丽的光彩，并没有注意到达米妮的本身。沙奇士住的房间的墙上，曾挂着一幅利拉农多师父闭目进入禅定状态的瓷质肖像。有一天，他发现这肖像掉在地上摔得粉碎。沙奇士以为，这一定是他所饲养的那只猫所干的好事。可是，后来又接连不断发生比这更加厉害得多的恶作剧，这样的事，甚至连野猫也是干不出来的。

四周的天空仿佛孕育着一场不安的风暴，一道看不见的闪电在云层里做游戏。别人的情况我不了解，说不上来，但我感觉到自己的心在隐隐作痛，在不安地激烈颤动。我常常在想，这样日日夜夜沉溺在这宗教的激烈感情的波涛中，真是难以忍受。我应该跳出这个旋涡，赶快逃走。我情愿像过去那样教皮匠的孩子们去，用各种方式去教他们，对我来说，教授孟加拉文字母拼音是非常枯燥无味的。

在一个冬天的中午，师父去休息了，徒弟们也都疲倦了。沙奇士为了一件什么事，不适宜地回到自己的卧室。他刚一进门，就突然惊呆了，木然地站在那里。他看到达米妮披头散发跪在地板上，头叩着地板低声呻吟着："石头，啊！石头，怜悯我吧！请把我砸死！"沙奇士吓得浑身颤抖，飞快地跑掉了。

八

按照惯例，师父每年都要到一处人迹罕至、难以通行的地方去云游。当时正是玛克月，外出旅行的日子到了。沙奇士说："我也跟着去吧！"

我也要求一同前往。无休无止的过度兴奋，使我从骨髓里一天天消瘦下去。几天旅途的疲劳和宁静的休息，对我来说，是十分必要的。

师父把达米妮叫来，对她说："小母亲，我们马上就要到外面旅行去。过去每到这个时候，你都住在你姨妈家里，现在仍然照旧这样安排了。"

达米妮说："我要陪你们一起去。"

"这怎么可能呢？"师父说，"我们的路程是非常艰苦的啊！"

达米妮回答说："我能去，请不要为我担心。"

师父看到达米妮这样热忱，心里感到很高兴。以往每年这个时候都是达米妮的假期，她整年都盼望这一时期的到来。师父心里暗想，真是难以想象！在神的奇妙的炼丹炉里，石头也会融化，变成炼乳了！

无法甩开她，达米妮与我们一起出发了。

九

那天烈日炎炎，大约经过六个小时的长途跋涉，我们来到海湾中的一个小小海岬。这里杳无人烟，一片寂静。椰林嫩叶的勃勃生机与几乎波平如镜的懒洋洋的海水，有机地交织在一起了。我心里想，这个小小海岬仿佛是沉睡的大地母亲向海里伸出的一只疲倦的手臂。当然，这只是个比喻而已，并不很确切。在这只手的手掌上有一座翠绿的小山丘。山上有个不知是多少年代以前开凿的石窟。这到底是属于佛教的还是印度教的石窟呢？洞里的雕像到底是释迦牟尼还是黑天？那些雕塑是否受到古希腊的影响等等问题，考古学家至今还在争论不休、莫衷一是！

我们原来计划参观完石窟就返回村庄，但现在不可能实施原来的计划了。天色已晚，而且又是一个没有月色的夜晚。师父说："今晚我们就在这石窟里过夜。"

我们三人与师父在海边沙滩上坐下来。落日在西边天际逐渐逼近黑暗，好像是在向白昼致以最后的敬礼，然后最终沉没了。

师父兴致颇高，唱起歌来了。这是当代一位诗人创作的优美歌曲：

日暮黄昏，
我与你路边相逢；

125

本想细看，
顷刻间夜色迷蒙。

那天的歌唱得很感人，达米妮的泪水不断滚落下来。接着，师父又无头无尾地唱起来：

不管看见你与否，
我都不会为此忧愁。
请暂停片刻时分，
让长发拂去你的脚尘。

当师父停下来的时候，那种充满天空和海洋的黄昏宁静，犹如熟透的金黄色果实，默默地散发着神奇的情味。达米妮垂下头来，向师父顶礼。她好长时间都没有抬起头来，长发披散飘落在地上。

十

沙奇士在日记里写道：

石窟中有许多小石室。我在其中的一间铺了条毯子就睡下了。那石窟中的黑暗，似乎是一头黑色的野兽。它那湿润的呼吸好像触摸着我的躯体。我心中暗想，它或许就是洪荒时代第一批创造出来的第一头野兽。它没有眼睛，没有耳朵，它只是满脑子的饥渴。它永远是这洞穴里的囚徒。它没有心，它什么也不知道，但它只有痛苦——它在无声地暗自饮泣。

疲惫困倦像一副千斤重担整个地压在我的身上，然而睡眠却无论如何不肯光临。一只什么鸟儿，也可能是只蝙蝠从里面向外飞去，或许是从外面向里飞来，急速地扇动翅膀，呼呼地从黑暗飞向黑暗。它扇起的凉风使我全身颤抖起来。

我想到外面去睡，可是洞口在何方已经忘记了。我努力摸索着向一个方向走去，碰着了头，于是又朝另一个方向走去，又碰着了头。在向另一个方向转移时，踩进了一个小泥坑，里面积满了从缝隙中渗出来的水。

最后，我只好摸回原处，重新在毯子上躺下。我心里想，一定是头原始野兽把我吞进它那辘辘饥肠中去了。我已晕头转向，找不到出路，只有让这黑暗的饥渴一小口一小口舔吃我，并慢慢地消化着。它那唾液的销蚀作用使人无声地缓慢消瘦。

能够睡一大觉多美啊！我那清醒的意识显然已不能被这令人窒息的黑暗紧紧拥抱，这只有"死亡"才能承受。

不知又过了多少时间，一条朦胧的薄纱盖住了我的知觉——我感觉到那不是真正的睡眠。这时候在那似睡非睡的状态下，我感到我脚边第一次出现的频频的呼吸声。恐惧使我全身发冷。这大概就是那头原始的野兽！随后，感到有什么东西紧紧抱着我的脚。开始，我感到可能是什么野兽之类的东西。可是野兽身上是长有毛发的，但抱我脚的却没有毛发，我全身的汗毛都竖起来了。我想，或许是一条我不知道的蛇一类的爬行动物。它的头是什么样子？它的身躯是什么样子？它的尾巴是什么样子？这些全不知道。我也想象不出它要用什么方式吞食我。它是那样的柔软，又是那样令人作呕，它是一团饥渴。

恐惧与憎恨情绪堵住了我的喉咙，连一点叫喊声也发不出来。我开始用两只脚蹬它。我心里感到它的脸扑在我的脚上——频频呼吸的气流碰到我的双脚。但是，我不知道这是什么样子的一张脸，我仍然一脚接一脚地踢它。

最后，我终于从迷糊状态中完全清醒了。首先我感到它身上没有毛发。但是，我突然又感到压在我脚上的是一团蓬松的鬃须。我马上一骨碌坐了起来。

有什么东西在黑暗中溜走了，似乎还听到一种奇怪的很低的声音。难道那是一种压抑着的嘤嘤啜泣？

达 米 妮

一

我们从石窟返回乡村，住在师父的一个弟子的家里。这是一栋两层的楼房，就在村里神庙的附近。

从石窟回来之后，我们就不常见到达米妮了，尽管她为我们烧饭，依旧服侍我们，但却似乎尽可能地避开我们。她与村里的姑娘们交上了朋友，整天和她们在一起，这里逛逛，那里转转。

师父有些发火了。他认为达米妮向往的是土屋茅舍，而不是辽阔天上。有些日子，达米妮侍候我们就像天上神灵一般，现在却看得出来，她有些怠倦了。她精神也有些恍惚，也常出些差错。她在工作中也不是那么轻松愉快和那么用心了。

师父又在心里暗暗开始害怕她了。这几天，达米妮的眉心里凝聚着一团乌云。她的脾气性格也变得捉摸不定，乖巧多变。

达米妮的蓬松头发覆盖的脖子上、嘴唇中、眼角里以及时常挥动的手臂上，流露出一种难以制服的叛逆征兆。

师父又重新全神贯注地投入到基尔侗的歌声中去了。他希望，以蜜一般的香甜，诱使飞离的游蜂重新返回巢中定居下来，因而这个短短的冬天，就要在歌曲香醇的翻滚泡沫中过去了。

但是，达米妮在哪里？她并没有被捕获！师父注意到了这一点。一天，他微笑着说："天神外出打猎去了。由于母鹿奔跑不停，这就使天神打猎的雅兴更为浓厚。不过，母鹿是逃不掉的，非死不可。"

最初，我们与达米妮相识的时候，她还不属于我们虔诚信徒圈子中的人物，而且我们也想象不到她的存在。现在不同了，再也不是原来那样了。对于我们来说，她是非常醒目的——要是看不见她，就好像一阵飓风把我们吹得东倒西歪，神情恍惚。师父认为，达米妮的缺席不仅有伤他的尊严，而且还是对他尊严的一种打击。而我呢，是不打算说什么话的。

有一天，师父鼓起勇气，尽可能温柔甜蜜地对达米妮说："达米妮，今天下午你有时间吗？要是……"

"没有时间！"达米妮不假思索迅速地回答道。

"为什么？能说给我听听吗？"

"要到邻居那里帮助做纳鲁①。"

"做纳鲁，为什么？"

"农迪家要举行婚礼。"

"非得你去不可吗？"

"是的！我答应了他们。"

达米妮不再说什么了，像一阵旋风似的走了。沙奇士坐在那里，他感到惊愕。多少有地位、有才能、有钱有势的聪明人，都拜倒在师父脚下；可是，这么一个微不足道的女人，却敢这样顶撞师父！多么令人不可理喻、惊讶不已！

有一天傍晚，达米妮正好在家。那天，师父特别严肃地给我们讲了一个重要问题。讲演没有进行多久，师父好像朝我们瞥了一眼，从我们脸上发现了心不在焉的神情。他似乎明白了什么，于是转过身一瞧，原来达米妮坐在那里钉纽扣

———————————

① 纳鲁，一种用大米粉做成的团子，再沾上芝麻，经过油炸所做的甜点心。——译者注

的地方，早已空无人影。师父知道，我们两人都在想着同一话题——达米妮早就起身走了。

师父内心十分烦恼，仿佛有个铃铛儿在不断地摇着——达米妮不在了，她也不听讲经，她不听师父讲课就走了。他一想到这些，他的讲演也就毫无头绪，理不出线索了。过了一会儿，师父再也待不住了。他走近达米妮房间，说道："达米妮，现在一个人做什么呢？怎么不到那边屋里去呢？"

"不去！"达米妮回答得干脆利落，毫不含糊，"一点也没有必要去！"

师父碰了钉子。他经过达米妮房门时，还看见一只鸟笼里关着一只小鹰。大概是两天前，这只小鹰撞在一根电线上掉到了地上，当时成群的乌鸦虎视眈眈地围着它，而且正要扑上去。达米妮正好路过那里，她把小鹰救了出来，带到家里，一直小心地饲养和看护着它。

除了这只小鹰，达米妮还养了一只小狗崽。这小狗既不是什么优良品种，外表又非常难看，简直是丑恶的化身。每当我敲打铜鼓，开始唱基尔侗颂歌时，小狗就朝天汪汪乱叫，就像是对天神控诉什么似的。天神可能听不到它的控诉，可是，凡是听到它狂吠的人，都忍受不了。

一天，达米妮正在阳台上浇破瓦罐里种的一种什么花。这时，沙奇士走过来问她："今天你怎么不到那边去？为什么完全放弃了苦练修行呢？"

"到哪里去？"

"到师父那里去。"

"为什么？我去不去与你们有什么关系？"

"与我们倒是毫不相干，但与你可是关系重大啊！"

达米妮发火了，说道："与我没有关系，什么关系也没有！"

沙奇士惊讶地注视着她的脸。过了一会儿，又说："你看，你的思绪很不平静，如果想要获得平静，就应该……"

达米妮打断他的话说："你们能给我平静？你们只是日夜手舞足蹈地掀起波涛，都快变成疯子了，请保护我——我过去生活在平静中，将来我也要生活在平静中！"

沙奇士告诉达米妮说："表面上看来，那是波涛汹涌。但是，如果你能耐心地透过表面深入到里面，你将会看到那里一切都很平静。"

达米妮又双手合十再次恳求说："哎，请求你们！别把我作为牺牲品，投入那无底的深渊。我希望你们放开我。这样，我倒能继续活下去。"

二

了解女人内心世界秘密的学问和经验，对于我来说，一点也没有。不过，事实上，仅仅根据我表面的观察，就足以使我产生这样一种信念：姑娘们情愿把自己的心奉献给那些可能使她们遭受痛苦的地方。她们可能为这样一些衣冠禽兽编织色彩斑斓的花环，而这样的男人又把花环踩在肉欲的污泥浊水里，使它变得面目全非。还有一种情况，姑娘们如果不想按照上面所说的那样去做，她们就永远也不能把花环戴到自己所中意的人身上的。因为在女人的思想深处，那些男人，或者说她们心中的白马王子，是如此的虚无缥缈，仿佛是不可谈及、不可企求似的。女人们选择丈夫时，往往遗漏像我们这样的中庸人物——精致与粗糙的混合物。我们认为女人就是女人。也就是说，她们不是用污泥捏制的可爱的玩具娃娃，也不是维那琴上弹奏出来娓娓动听的婉转悠扬的乐曲。女人们之所以舍弃我们，因为在我们身上既找不到难以压抑的情欲之强烈冲动，也找不到沉溺在深刻思维中五彩缤纷的幻想。我们既不会在肉欲激情的压榨下把她们捣毁，也不懂得在沉思的烈焰中把她们融化，然后再根据自己的想象来重新塑造她们。她们是什么，我们只知道名副其实地叫她们什么。为此，如果可能的话，她们会喜欢我们，但不可能爱上我们。我们是女人真正的避难所、保护人。她们对我们的忠诚可以充分信任和依赖。我们这样轻易地、傻乎乎为她们作出牺牲，竟使她们忘记了这种牺牲的价值。我们从她们那里能获得的唯一恩赐，就是当她们需要时，可以按自己的意愿来利用我们。有时，也可能获得她们的一点尊敬。但是，尽管如此，这些很可能是她们一时激动的话语，并不是发自内心的钦佩。在她们那里，很可能我们什么也得不到。这倒是我们的胜利——最后我们这么说，至少可以聊以自慰。

达米妮不是接近而是疏远师父，是因为她对师父怀有愤怒的情绪。而达米妮有意回避沙奇士，正是她心里对他有一种与上述情况完全相反的感情。在周围的人们中，对达米妮来说，大概只有我——既谈不上恨，也谈不上爱。正因如此，达米妮一有空暇，就找我闲聊邻里什么时候发生了什么或者看到了什么——诸如此类的日常生活中的琐事。

我们二楼房前有一小间有顶的凉台。达米妮正坐在那里一边用小刀切着槟榔，一边跟我闲谈。这在世界上本来是一件极不起眼的小事，但我怎么也没料到，这件小事会落到沙奇士充满沉思的眼睛里。即使事情不算平常，可我曾经知道，在沙奇士所处的世界里，根本就没有什么惊扰他的"事件"存在。在沙奇士的那个世界里，什么霍拉迪妮或松迪妮或乔戈马娅——这些乡村姑娘所发生的一切，对沙奇士来说，始终只不过是一场游戏，并不能算作"事件"，因为，这些是非历史的。在那个世界里，沉湎于贾牟拿河边轻风里永恒的笛声中的人们，对周围发生的琐事，总是视而不见，充耳不闻。至少从石窟回来之前，沙奇士的眼睛和耳朵是相当迟钝和闭塞的。

我也犯了一个小小的错误。在我们宗教讨论会上，我开始时常缺席。我不到会当然瞒不过沙奇士。

有一天，他来找我。看到我从养牛人家里买了一小罐牛奶，跟在达米妮饲养的一只鼬后面，在喂它。用这种理由来作为不参加会议的理由，是万万行不通的。因为散会之后再去喂它也是可以的，而且鼬饿了自己也可以找食物吃呀。当然，我也可以爱护动物之名来为自己开脱。但是，当突然看到沙奇士时，我是毫无思想准备而有些手忙脚乱、无所适从。我打算放下小奶罐，自动走开，以避免自己的尴尬。

但是，达米妮的举动令人吃惊。她满不在乎地对我说："斯里比拉斯先生，到哪里去？"

我搔着头发，含糊不清地应声："我去参加这次……"

达米妮说："他们的颂歌早就结束了。请坐下吧！"

当着沙奇士的面，达米妮以这种方式邀请我入座，使我头脑发昏，两耳嗡嗡作响。

达米妮转向沙奇士说："这只鼬给我带来不少麻烦。昨天夜里它偷吃邻居一家穆斯林的鸡，我不敢再把它撒开饲养。我对斯里比拉斯先生说过，请他买一个大竹笼，把它关起来饲养。"

买牛奶、喂鼬、买个大竹笼等等，斯里比拉斯先生表现得多么殷勤！达米妮故意在沙奇士面前大肆宣扬。这些事使我想起来了，我初来时师父当着我的面要沙奇士给他装烟和揉脚的事情。实际上，这两回事，其目的是一样的。

沙奇士什么话也没有说，转身就飞快地走了。我注意到达米妮的脸，她一直盯着沙奇士远去的背影。她眼里射出一股怒火，而她的心中却是一丝苦笑。

达米妮心里到底是怎么想的，只有她自己清楚。不过结果却是这样的——达米妮常以一些微不足道的小事作借口来叫我，并隔三差五特地亲手做些点心给我吃。

我说："让沙奇士……"

达米妮打断我的话说："如果叫他来吃，他会发脾气的。"

沙奇士时不时地看到我吃着达米妮做的糕点。

三个人中间，只有我的处境最坏。这出剧中的男女主角，他们的表演主要是从头至尾暗中独白，而我呢，非站在舞台中间亮相不可。这只有一个原因——我只是一个无足轻重的配角而已。由于这样，我常常一次又一次地对自己的命运发火。然而，我又舍不得抛弃担任这一角色所得的那一点点实惠和好处。我真是陷入了进退两难的尴尬境地哟！

三

过了些日子，沙奇士比过去更加使劲儿地敲着铜钹，载歌载舞地唱着基尔侗赞神歌曲。这之后，有一天，他来找我并对我说："我们不能再让达米妮留在我们这里了。"

"为什么？"我反问道。

他回答说："我们应与异姓完全断绝往来。"

我说："如果这样的话，我将会明白，我们修炼的道路上存在一个极大的错误。"

沙奇士睁大眼睛，凝视着我的脸。

我又说："被你称作'异姓'的，它是客观存在的大自然的产物。即使你自己摒弃她们，你不见她们，但社会不会摒弃她们，她们仍然存在，而且必不可少。因而，如果你想象她们仿佛不存在，照这种方式修炼下去，以求得精神上的宁静，那只是自己欺骗自己。总有一天，你会被欺骗所作弄，那时候你即使想逃，也是逃不脱的。"

沙奇士说："收起你那套哲学辩论吧！我说的是确凿的事实。很显然，女人是色相界的神秘使者，为了完成色相界的使命，她们费尽心机地乔装打扮，总是千方百计企图迷惑我们的心。如果我们理智不被蒙蔽，她们就完不成主人的使命。因而，为了使我们的理智始终保持清醒，就应该尽量避免与色相界的任何使者接触。"

我正要准备说什么，沙奇士阻止我并接着说道："比斯里，兄弟，你还没有看穿色相界的虚幻，因为你被这虚幻的网将自己套住了。今天以俏丽的形象把你迷惑的东西，一旦需要了结的那一天，其形象的假面具就会剥落。戴上'贪欲'的有色眼镜，你就会把形象看得比世上的一切都伟大都重要，可是，时候一到，你就会连'贪欲'一并抛弃。那里明明张着一张'虚幻的网'，有什么必要硬充好汉，自投罗网呢？"

我回答说："朋友，你所说的一切，我完全同意。不过，我要告诉你，色相界那张遍布宇宙的网，并非由我亲自织成，而且我也不知道如何割破罗网冲出来。当我们不能否定它的时候，我们应该在承认有色相界存在的前提下进行修炼，然后才能超脱色相界。总之，朋友，我们还远没有走到

137

尽头，只认识了部分真理。如果硬要扔掉另一部分真理，必然是自寻烦恼，辗转不安。"

"好啦，好啦！"沙奇士说，"我想听听你用什么方法求得解脱，请你说得更明确一些。"

我说："生命之舟载着我们在色相的洪流中疾驶。我们的问题不在于如何避开洪流，而是在于如何使舟不沉没而抵达彼岸。为此，就一定需要一个好的舵。"

沙奇士说："由于你们不尊敬师父，你们怎么能知道，师父就不是我们所需要的那样的舵呢？如果只凭自己的意念去建造修炼的空中楼阁，最终只能是死亡。"

说完这番话，沙奇士就匆匆走进师父房里去了，并坐在师父身边，开始轻轻按摩揉搓师父的脚。就在那天，沙奇士在给师父装烟时，提出了对色相界的控诉。

那天向师父提出的话题，绝不是一袋烟的工夫可以解决的。师父为此已从多方面考虑了好多天了。把达米妮带在身边，使他忍受了巨大的痛苦。现在发现，这个唯一的女人，在他奔腾的信徒虔诚洪流里，掀起了一个危险的浪花。可是，希波多什毫无保留地把房子、财产连同达米妮一起托付给他了。现在如何安置达米妮才好呢？对师父来说，真是一个较困难的问题。此外，更困难的是，师父有些惧怕达米妮。

至于沙奇士，尽管他把双倍甚至四倍的精力投入到基尔侗赞歌里，频频给师父揉脚、装烟，但他还是念念不忘女人要在他的修行道路上建造堡垒，进行阻挠。

有一天，村里来了一支外地著名的基尔侗歌手队伍，他们晚上就在黑天神庙里演出，并要到很晚才散场。我在开始唱歌的时候，就迅速溜了出来，回到家里。我万万没有想到，在那拥挤不堪、人头攒动的人群里，谁还会注意到我不在场呢！

那天晚上，达米妮敞开心扉，毫无保留地向我讲述了一切，甚至连那些平时想说又难以启齿的话以及已到唇边常常又咽回去的话，都十分轻松娓娓动听地从她嘴里说了出来。说着说着，她仿佛发现自己心中有许多不曾发现的暗室。那天，她仿佛获得了一个自己将自己仔细观察一番的机会。

沙奇士是什么时候回来并站在我们身后的，我们两人谁都没有察觉到。当时达米妮流着眼泪，其实，她的哭泣并不是为了什么特别的事情，那天的谈话很平常。但是，那天她所有的话，仿佛都是从泪水深处流出来的。

沙奇士回来时，肯定离散场还早着呢。我知道，他内心一定被一种什么意念所萦绕，心情难以平静。达米妮突然发现沙奇士站在附近，立即揩干眼泪，起身向另一个房间走去。沙奇士以颤抖的嗓音招呼她："请等一下，达米妮！我有话对你说。"

达米妮又慢慢走回来，重新坐下。我很不安，打算离开，可是达米妮如此地盯着我的脸，我一步也挪不动了。

沙奇士说："我们来到师父身边，是因为有特殊的需要。可是，你却不同，你来这里，没有那些需要。"

达米妮说："对！没有什么需要。"

"这么说来，你为什么要混在我们这些虔诚修行的人群之中呢？"沙奇士问道。

达米妮愤怒了，双眼仿佛在燃烧。她说道："什么混在一起？难道我心甘情愿与你们待在一起吗？你们这些信徒把我这个毫无信仰的女人囚禁在信仰的监牢里，不许挪动一步。你们可曾为我逃走留一条生路吗？"

沙奇士说："我们决定，如果你愿意到任何亲戚家里去住，我们负责一切开销。"

"你们决定了？"

"对！"

"我还没有决定呢！"

"为什么？这对你并没有什么不方便的地方呀？"

"难道我是粒棋子？任你们一些信徒今天随心所欲地这样摆布，而明天又由另外一些信徒独出心裁另作安排？"

沙奇士惊呆了，默默地注视着她。

达米妮接着说："我绝不是为讨你们喜欢，才到你们这里来的。你们不满意也罢，我绝不会按你们的意愿挪动一步！"

说着说着，达米妮双手扯着衣襟把脸蒙上号啕大哭起来。随后，她急忙走进房间，"砰"的一声把门关上了。

那天，沙奇士没有去听基尔伺赞神歌。他默不作声地坐在阳台上，陷入沉思。那天，西风从远处的大海带来汹涌波涛的呼啸，仿佛是大地内心的哭泣，直至星光灿烂的天际。我来到外面，在黑暗中行人断绝的村中小路上徘徊。

四

师父曾殚精竭虑地想把我和沙奇士二人囚禁在神秘的天堂里。然而，今日泥土的世界为粉碎神秘天堂已开始摩拳擦掌了。在这些日子里，师父一直以象征之杯斟满理想的美酒，让我们一杯接一杯地畅饮。如今，现实与象征发生了冲突。看来，现实要把象征之杯摔到地上才肯罢休。

现在，沙奇士完全变成了另一个样子：他像一只断了线的风筝，虽然如今仍在空中飘荡，但随时有可能盘旋而后跌落下来，而且跌落之时似乎已为期不远了。从外表看，沙奇士并没有疏忽日常例行功课，照旧念经、苦修、祷告和参加讨论。可是，只要看看他的眼神就会明白，他的心里充满惶惑、动摇，因而总是步履蹒跚。

至于达米妮与我们的关系更是变得不可思议了。当她知道师父愈是心中怕她以及沙奇士心中愈是暗自忧伤，她就愈是把我抓得更紧了。最后竟发展到这样的地步——正当我和沙奇士陪师父在谈论什么的时候，达米妮就来到门口叫喊道："斯里比拉斯先生，请你出来一下！"

她甚至不屑说明需要斯里比拉斯给她做什么。师父抬头看着我的脸，沙奇士也抬头看着我。我到底是去还是留，迟疑了一会儿，但当朝门外一看，我就立即起身出来了。我出来之后，他们虽勉强找些话闲聊，但这种勉强的谈话，要比一般闲谈困难得多，随后谈话就停止了。这一切就这样被弄得乱七八糟，不可收拾，我们三人紧密关系的纽带也就松弛了。

　　沙奇士和我，是师父这教派的两根重要支柱。正如因陀罗天神，离不开他的坐骑艾拉瓦塔大象和乌杰斯拉瓦战马一般。师父离不开我们，不会轻易让我们离开身边。于是他把达米妮找来，并对她说："达米妮，这次我们要到一个遥远而又难以通行的地方去旅行，你最好现在就回去。"

　　"到哪里去?"

　　"到你姨妈那里去呀!"

　　"我不能去她那里。"

　　"为什么?"

　　"第一，她不是我的亲姨妈;其次，她难道有让我在她家居住的责任吗?"

　　"如果你去，你的生活费用，不要她负担，由我们……"

　　"责任仅仅是生活费用吗? 要知道她并没有照看和照顾我的责任和义务呀!"

　　"难道我可以永远把你带在身边吗?"

　　达米妮反问道:"这个问题，难道该由我来回答吗?"

　　"如果我死了，你到哪里去?"

"你们谁都未讲过要我考虑让谁负起这个责任的话题。我只是十分清楚：我没有妈妈，没有爸爸，没有兄弟，没有家，没有房屋，没有财产，没有，没有，什么也没有。这样，我这副担子是非常沉重的。您既然承担了下来，您就不应该把它推到别人身上去！"

　　达米妮说完这番话转身走了。师父长长地嘘了一口气，说道："毗湿奴大神，怜悯我吧！"

　　一天，达米妮又对我发布命令：为她买几本孟加拉文的好书来。不用说，达米妮的所谓"好书"，决不是指我们教派的圣典《敬信宝藏》。她对我总是提出要求，却从来没有表示过感谢。可能她本人认为，这些要求本身就是一种对我的最大恩宠。听说有一种树，只有经常修剪它的树叶，才能长得更好。在达米妮的眼中，我似乎就是属于这样一类的生物吧！

　　我替达米妮订购的那些书，作者都是当代的名家。在他们的作品里，人的影响比《摩奴法论》①威力大得多。寄书的邮包落到了师父手里。他皱着眉问我："斯里比拉斯，这是你买的书？这些书有什么用？"

　　我沉默不语。

　　师父随手翻了两三页，说道："这里面一点也闻不到神

_____

　　① 摩奴法论，是古代印度流传下来的一部告诫人们怎么为人处世的法典。——译者注

143

圣伟大的气息。"

大概是师父不喜欢这个作家。

我马上说道:"如果认真仔细地阅读,可能会闻到真理的芬芳。"

事实上,我的内心早就充满了叛逆的想法。思想上的沉醉和麻木,已使我完全疲惫不堪。对人的漠视,只是日日夜夜刺激着人的心。这些早就促使我产生了反感。

师父朝我凝视了一会儿,说道:"好吧,那就留下来,让我仔细读一读吧!"

说着,师父就把书塞到他枕头底下去了。我知道,他是不想还我这些书的。

毫无疑问,躲在门外的达米妮把一切都看在眼里了。于是她过来并对我说:"我请你给我订购的书,现在还没有到吗?"

我只好一言不发。

师父说:"达米妮,那些书不适合你阅读。"

"您怎么知道这些书不适合我阅读呢?"达米妮毫不客气地反问道。

师父皱着眉头说:"怎么?莫非你知道书中的内容?"

"我从前读过,您大概还没有读过吧?"

"既然已经读过,有什么必要再读呢?"

"您有什么要求,都可以畅行无阻地得到满足。难道我就不能有一点点需要吗?"

"我是出家人，苦行者，这你是知道的！"

"我不是出家人——女修道者，这您也是知道的！我喜欢读书！请您把书还给我！"达米妮简直是针锋相对。

师父无可奈何，把书从枕头底下掏出来，扔到我手里。我把书交给了达米妮。

这场纠纷总算结束了。可是后来竟出现了这样的结果——起先，达米妮只准备把书带回房里独自阅读；可现在她改变主意了，非要我念给她听不可。我们在走廊上一边读书，一边闲聊。沙奇士走过来又走过去，他心中大概在想，希望坐下来与我们一起阅读。可是未被邀请，当然不好径自坐下来。

一天，书中有一段非常有趣的描写，达米妮听了后忍俊不禁，便咻咻地大笑起来。我们知道，当天是有庙会的，沙奇士去赶庙会去了。忽然听到后面有开门的声音，沙奇士进来了，并与我们坐在一起。

顷刻之间达米妮的笑声完全停下来了。我也大吃一惊，心里想，与沙奇士聊点什么。可是怎么也想不出任何话题，只好无声地翻着书本。沙奇士正像他突然进来坐下一样，又突然站起来走了。这之后，那天的阅读活动，我们再也无法进行下去了。

沙奇士大概想，达米妮与我毫无隔阂，无话不谈，因而有些嫉妒我。可是他并不了解，正是因为我与达米妮之间有一层微妙的隔膜，我才嫉妒他呢！

那天，沙奇士对师父说："尊师，请允许我独自去海滩散散步，一两个星期内一定回来。"

师父满面笑容地说："这是最好不过的主意，你好好独自去散散步吧！"

沙奇士走了。达米妮再也不叫我给她念书了，也没有其他任何事要我为她效劳。她整天待在房里，房门紧闭着。

几天过去了。一天中午，师父正在午睡。我在阳台走廊处坐着写一封信。就在这时候，沙奇士突然回来了。他连看都不看我一眼，就径直朝紧关着门的达米妮房间走去。他敲了敲门叫道："达米妮！达米妮！"

达米妮立即打开房门，走了出来。站在她面前的沙奇士是怎样一副模样——简直像遭暴风袭击，折断桅杆、撕破风帆的一艘破烂不堪的船！他的两只眼睛怪诞，头发凌乱蓬松，满脸倦意，衣服污浊肮脏。

沙奇士说："达米妮！我曾说过叫你走开，我错了，请你原谅我！"

达米妮双手合十说："你何必提这些呢！"

"不，请饶恕我。为了我们修炼方便，而任意驱赶你或留住你的如此卑鄙的念头，在我心中再也不会出现啦。不过，对于你，我也有个小小的请求，请你答应我。"

达米妮立即躬下身去向沙奇士行了触脚礼，说着："请你吩咐吧！"

沙奇士说道："你一定要和我们在一起，不要再这样躲着我们了。"

达米妮说："我一定与你们在一起，再也不冒犯和顶撞任何人！"

说完后，达米妮再次向沙奇士行触脚礼，而且再次重申："我再也不会冒犯任何人了。"

五

顽石又一次熔化了。达米妮那股令人难以忍受的烈焰，只剩下了它的光辉，而灼热已经不复存在。在敬拜神祇和服侍信徒时，那朵甜蜜温馨的鲜花又开放了。无论是唱基尔侗赞歌或师父和我们闲聊，还是师父讲解圣诗或《薄伽梵歌》①，达米妮再也没有缺席过。她的衣着也完全变了样，又穿上了褐色的粗布纱丽——女出家人的服装。她是这样的容貌整洁，任何时候见到她，就感觉到她仿佛刚刚沐浴归来。

对于达米妮来说，如何对待师父是一场最严峻的考验。当她向师父躬身行礼时，我似乎看到她那眼角上，总还是有股强力压抑着的怒火喷射出来。我很清楚，师父的任何命令和吩咐，在她心中都是难以忍受的。但她还是努力克服一切障碍，尽量遵令去做。有一次，师父居然提到那位他认为非常坏的孟加拉现代作家和不能让她阅读那作家作品的反对意见。第二天，师父看见他白天休息的床上摆满了花朵，这些

---

① 《薄伽梵歌》，是印度教的经典，《摩诃婆罗》中的一章。——译者注

花朵就是用那位作家作品撕碎的书页装饰折叠而成的。

经过多少次的细心观察，达米妮最不能容忍的是师父叫沙奇士为自己干什么。因此，她总是想方设法预先去做那些可能叫沙奇士去做的事情。但是，并非所有时间、所有事情她都是可以代替的。因此，每当她看到沙奇士蹲在地上，为师父呼哧呼哧吹烟锅里的火时，达米妮只好竭力控制自己，在心中暗自默祷：别犯罪，不要冒犯别人！

然而，沙奇士所想象的并未成为事实，达米妮曾经屈服过。那一次，她是如此的恭顺。沙奇士在其中仅仅只看到柔顺之美，并非美的本身。这一次达米妮拨开了一切音乐的旋律，去掉一切哲学思辨的掩饰，在沙奇士跟前真实地显示了出来，再也不允许对她有任何压迫。沙奇士也清楚地看到，他想象中的幻影破灭了。如今，无论如何不能把达米妮仅仅看作是一种思维感情的象征。现在，达米妮不需要音乐旋律的衬托，相反，这音乐旋律倒是主动地去装饰达米妮。

在这里，我不能放弃这样一件微不足道的事情不谈，那就是——达米妮再也不需要我了，突然停止了对我的一切要求。

我的那些供她消遣的同伴，各有不同的下场——小鹰死了，鼬逃跑了，至于那怪模怪样的小狗，因为它不断地汪汪乱叫惊扰师父，达米妮一气之下把它送人了。就这样，我既无事可做，又失去了同伴，只好像从前一样又重新回到师父的课堂上凑热闹。尽管那里的谈话和演唱对我来说完全变得走了形，变了样，索然无味。

六

在沙奇士的精神实验室里，一切都可以不服从客观规律的支配。一天，他把东方的和西方的、古代的和现代的一切哲学和科学、感情和理念，一股脑儿投入到他那想象的蒸馏器里，准备从中提炼出前所未有的精华，就在这个关键时刻，达米妮突然闯了进来，并气喘吁吁地说："啊，你们快来呀！"

我急忙站了起来，问道："发生了什么事？"

达米妮回答说："诺宾的妻子大概服毒了。"

诺宾是我们师父一个信徒的亲戚，是我们的邻居，也是我们基尔伺歌唱班的一位歌手。我们赶到他家里时，他的妻子早就断气了。

从人们的纷纷议论中，我们终于弄明白了事情的真相：诺宾的妻子有个失去母亲的妹妹，她把妹妹接到自己家里来住，以便关照。她们出生于婆罗门最高贵的种姓，准备找一个合适的新郎，把妹妹嫁出去。姑娘长得很漂亮。诺宾的弟弟十分迷恋她，很想与她结婚。不过他现在还在加尔各答上大学，过几个月毕业后，就打算在阿沙拉月举行婚礼。但就在这期间出事了，诺宾妻子发现自己丈夫诱奸了她的妹妹，于是立即要求丈夫马上与她妹妹结婚。这对于她丈夫来说正是求之不得的好事，并不需要说服，更不需要强迫，他马上就同意了。婚礼刚一结束，诺宾的第一个妻子就服毒自杀了。

现在一切都无法挽救了。既然无事可做了，我们就回去了。师父身边围着一大群弟子，他们唱着基尔侗颂神曲，师父则随着颂神曲的节拍，如醉如痴地跳着舞。

上半夜，月亮升起来了。在靠近凉台的一角长着一株罗望子树。达米妮就坐在罗望子树下的斑驳阴影里沉思，沙奇士在她背后走廊里踱来踱去。我有写日记的习惯，独自一人坐在房里埋头写日记。

那天晚上，杜鹃再也不肯入睡。南风轻拂，树叶沙沙作响，仿佛在低声絮语。月光在枝叶上闪烁。这时候不知沙奇士心中突然想起了什么，他来到达米妮身后站住了。达米妮感到惊诧，放下面纱，准备走开。沙奇士叫住她："达米妮！"

达米妮停了下来站着，双手合十地说："我的主，请听我说一句话。"

沙奇士沉默不语，凝视着她的脸。达米妮说："请对我解释一下，你们日夜疯狂地进行修炼，到底给世界带来了什么好处？你们能解救什么人呢？"

我从房里出来，在走廊上站住了。达米妮继续说："你们日日夜夜谈论着感情呀，激情呀，除此之外，再也无话可说。感情是什么？今天你们不是都看见了吗！在那里面，既没有宗教的虔诚，也没有事业的责任；既没有兄弟之情，也没有夫妻之爱；它里面没有一点高尚的东西，没有同情，没有信任，没有羞涩，也没有廉耻！你们有什么办法能把人们从这无耻的、残忍的、毁灭一切的地狱里拯救出来呢?"

我再也忍不住了，说道："把女人从我们周围赶得远远的，我们就能安全地进行感情的讨论。我们要采用这种手段。"

达米妮对我说的话充耳不闻，全不理睬，继续对沙奇士说："从你师父那里，我什么也得不到。他不能使我烦躁不安的心获得片刻的宁静。用火是不能扑灭火的。你师父正把大家领上这样一条绝路。那里没有坚韧，没有勇气，没有平静。看，那可怜的女人死了。在那'感情'的路上，被那'感情'的魔鬼吸干了血而后被逼死。它的面貌是多么可恶，你们不是都看见了吗? 我的主，我双手合十恳求你，别把我作为祭品献给那狰狞可怖的魔鬼！救救我吧！如果有谁能救我的话，那唯一的人，就是你!"

一时间，我们三人都沉默不语。四周是如此静谧，我心中仿佛感到，整个苍白的天空都在蟋蟀鸣叫声中颤抖起来。

沙奇士开口说话了："你说吧，我能为你做些什么? 我一定尽力而为。"

"请你作为我的精神上的导师!"达米妮回答说，"除了你，我不会皈依任何人。请你给我这样一种咒语——比一切东西的威力高出许多的咒语！从而，使我能够获得解脱！请你别让我的精神和我的肉体一起沉沦。"

沙奇士呆若木鸡，然后回答说："好吧！"

达米妮匍匐在沙奇士脚前，头触地面，长跪不起，只是嘴里喃喃说道："你是我的精神导师，你是我的精神导师！把我从一切罪恶中拯救出来！拯救出来！拯救出来吧！"

补　　遗

又是一场满城风雨！开始时是背后议论，窃窃私语，随后就是在报纸上公开攻击与辱骂。原因是沙奇士改变了主意，又成了宗教的叛徒。有段时期，他公开宣称，他不承认种姓制度，漠视传统和一切社会风俗习惯。可是，后来一段时期，他又以同样热忱公开宣布，对于吃饭、接触、沐浴、敬神、祭祖等社会风俗，对于天上的男女诸神，毫不例外地一律服从和尊重。然而现在，又把所信奉的一切像垃圾似的，大筐大筐地倒了出来，而且突然沉默恬静，以至无人能知道他到底信奉什么，不信奉什么。

另外，还有一事在报纸上遭到人们放肆嘲笑和恶毒诅咒。这就是——达米妮和我结婚了。这桩婚事的秘密大家都不了解。当然，也没有了解的必要！

斯里比拉斯

一

从前，这里是一个蓝靛厂。现在，除了残留的几间破旧房屋外，其他一切都成了一片瓦砾。我把达米妮的遗体焚化之后返回家乡时，经过这里，突然看中了这地方，于是打算在这里停留一段时间。

从河边通到蓝靛厂有条小路，路的两边都是一排排树苗。通向花园的大门被毁坏了，只剩下两根石柱和一截颓垣断壁，花园没有了。在蓝靛厂的一角，留有一位穆斯林经纪人的荒冢。残坟龟裂处长出稠密的荆棘和一丛丛野花，像一群闹新房的姑娘拧着死尸的耳朵，在南风里笑得前俯后仰。昔日池塘的塘坝垮了，池塘早已干涸见底，农民在塘底部种上了香菜和豆子。清晨，当我坐在长满苍苔的瓦砾堆上休息时，香菜的白花那浓郁香味随风阵阵飘过来，令我心醉神迷。

我坐在那里沉思，这蓝靛厂虽然现在成了废墟，正如那葬牛场剩下几根零星牛骨的遗迹，可是它曾有过不可一世的生机勃勃的兴旺时期。它曾在周围掀起过似乎永无休止的悲哀与欢乐的巨浪洪波。在那些曾经奴役千千万万贫苦农民，甚至使他们的血液也变成蓝靛色的英国工厂主大人面前，我这个普通的孟加拉青年又算得了什么呢？然而大地母亲却满不在乎地把绿色衣襟紧裹腰间，像打扫庭院一样，轻而易举地把那洋大人的蓝靛厂统统抹掉了。那残存的一星半点痕迹，如果愿意，只需再抹一两下，就会点滴不漏地完全消失。

事情已经过去，我并不想旧事重提。我的心只是说：

"不，不可能像时间女神每天清早打扫庭院那样，把过去的一切全都抹掉！当然，蓝靛厂的那些洋大人以及他们的罪行，如尘粒一样，被抹得一干二净，全无踪影了——可是，我的达米妮呢?!"

我知道，我的话谁也不会相信。我们的大哲学家商羯罗大师对谁都不赦免。他提过"何谓妻室，何谓儿女"的问题，并给了这样一个答案——"浮生若梦，四大皆空"。他是个出家人，虽说了这番话，但未必了解其真正含义。我不是出家人，因而我十分清楚——达米妮绝不是荷叶上的一滴朝露！

可是，我听说，某些娶妻生子的在家人，也持这种苦行者的论调。这是可能的。他们是一家之主，他们可以失去妻子。他们的家庭事实上是虚幻，他们的妻室儿女何尝不是一个泡影！这些都是他们的手制品，一堆垃圾，用扫帚一扫，就干干净净了。

我嘛，既没有成为一家之主的机会，也不具备成为出家人的气质，这倒是帮了我的大忙。所以，我所得到的最亲近的人，她既不是我的"妻子"，也不是什么"幻影"；她是实实在在的，她就是我的达米妮。谁胆敢称她为"泡影"呢！

对于达米妮，如果我只把她当作家庭主妇，或一般人心中的"妻子"来理解，我就没有什么好写的了。正因为我把她看得比家庭主妇、妻子更伟大更真实，我才敢于把有关她的经历，开诚布公、坦率地写出来。人们爱说什么，就让他们去说什么吧！

假如我命中注定：我与达米妮也能像常人一样共同生活过日子，那么，我对抹油洗澡、饭后咀嚼蒟酱叶休息等一成不变的日常生活琐事也会感到心满意足，乐此不疲的；达米妮死后，我也常常叹息："生命何渺茫，变化实无常！"而后为再一次体验变化无常的生活，听从姑母或姨母的劝告，再次结婚成家。

但是，我进入家庭，并不像把双脚伸进一双旧鞋那么容易。达米妮死后，我就完全放弃了幸福生活的希望。不，不，这话不准确，未免太过分了，我并不是能够放弃一切幸福的伟大超人。我当然希望幸福！但我没有擅自要求幸福的权利。

为什么呢？因为是我亲自说服达米妮，使她同意与我结婚的。我们拜堂相见的仪礼，不是在什么红色的面纱下以及欢乐的歌曲旋律中进行的，而是在大白天，在众目睽睽之下，大家能看得见、听得着、能了解感知的情况下完成的。

我们三个人离开利拉农多师父之后，才开始考虑今后如何生存的问题。以前那些日子，我们一直跟着师父，饱餐着信徒们向师父提供的贡品。与饥饿的人相比，我们早就得了消化不良的病症了。人活在世上，应该建造房子，应该保护房子，最坏的情况下应该租赁房子——这样才能有地方安身。有关这方面的情况。我们早就忘得一干二净。我们只知道要住房子。一般家主那种随便找一处地方就能够伸手蜷腿、仅可容身的想法，我们从来都没有过。我们所想的，只是应该有人给我们房子住，我们只是伸腰舒臂安闲地住下来，休息就是了。后来，当我们想起乔戈莫洪伯父把房产赠给沙奇士的那张遗嘱。如果遗嘱在沙奇士手里，也许它像一只纸船一样，在思想感情的惊涛骇浪中，早就沉没不知去向了。幸好遗嘱在我手里，因为我是受托人。遗嘱上附带了几个条件，我负责这些条件的执行。我记得最重要的有三点：第一，任何时候都不准在家宅里拜神献祭；第二，楼下房子要作为附近皮革工人子弟的夜校；第三，沙奇士死后，整个房产要捐献出来，作为皮革工人子弟的教育福利基金。世界上最不能使乔戈莫洪伯父容忍的是——对宗教的虔诚信仰！他认为这比世俗的七情六欲更为卑劣。伯父采取这些措施，可能为了防止隔壁那种浓厚的宗教气氛的扩展！伯父曾幽默地用英语把这叫作"Sanitary Precautions"（预防传染的卫生措施）。

"走吧！"我对沙奇士说，"现在我们可以回到加尔各答去，在你伯父的房子里住下来再说。"

沙奇士回答说："现在我还没准备好，不能回去。"

我真不明白，沙奇士的话是什么意思。

沙奇士解释说："有段时期，我把自己完全交给'理智'，可是却发现'理智'承受不了生命的全部重担。又有一段时间，我把自己完全托付给'感情'，可是又发现'感情'是个无底的深渊。'理智'是我自己的，'感情'也是我自己的。人仅仅依靠自己是站不起来的！在我还未找到使我生活下去的避难所或庇护所之前，我是没有勇气返回城市的。"

我问他："那么，我们应该怎么办呢？你说说看！"

"你们两人先走吧！"沙奇士回答说，"我想独自游历一些日子再回去。在茫茫之中，我仿佛看到一线海岸似的东西，如果现在让它逃出我的视线，就可能永远也找不到它了。"达米妮把我拉到一边，悄悄地说："绝对不行！独自游历，谁来照看他？那次他一个人出游才几天，回来是一副多么可怕的模样！回想起来，我都感到恐惧。"

要我说实话吗？达米妮的这种担忧，仿佛像黄蜂在我心中蜇了一下，留下火辣辣的剧痛。"伯父死后，沙奇士不是漫游了将近两年吗！他并没有死啊！"我不想掩盖自己心中的想法，于是气冲冲地脱口而出，讲了上面的想法。

达米妮说道："斯里比拉斯先生，我知道，人的死亡要有好长一段时间。但是，既然有我们两人在，为什么要使他遭受更多的痛苦呢？"

我们！在这复数中有一半就是我这位倒霉的斯里比拉斯。在这个世界上，为了要拯救一部分人脱离痛苦，就必然要有另一部分人遭受痛苦，社会上只有这两类人。我到底应该属于哪一类？达米妮是很清楚的。好吧！我属于那一类，这也是我的幸福。

与达米妮谈完话后，我对沙奇士说："好吧！我们现在暂不进城。我们就在河边那栋老屋里暂住几天吧。不过听说，那屋里闹鬼。也好，可避免别人的骚扰。"

沙奇士说："那么，你们两个人呢？"

我回答说："我们也像鬼一样，尽量藏起来睡吧！"

沙奇士又朝达米妮投来不安的一瞥，在一瞥中可能隐藏着担心。

达米妮双手合十，恭敬地说道："你是我的师父，尽管我有不少罪过，请不要因此而剥夺我侍候你的权利。"

二

必须承认，我怎么也不理解，沙奇士对修炼的探索表现得如此的执着和顽强。有段时期，我嘲笑他的狂热。现在，再也不能嘲笑了。沙奇士不是日常的一盏灯，而是一团烈火！当我看到烈火正在焚烧沙奇士时，作为伯父的弟子就没有勇气与他进行争辩了。引用赫伯特·斯宾塞①的学说来驳斥所谓神秘论，说它只不过是起源于蒙昧时期人们对自然的原始崇拜与迷信而形成的一种荒诞无稽的奇特信仰，这又有什么用？！我清楚地看到沙奇士在燃烧，而且从头到脚从里到外浑身都烧得通红，我却无可奈何。

---

① 赫伯特·斯宾塞（Herbert Spencer, 1820—1903），英国哲学家。——译者注

前些日子，沙奇士日日夜夜处在忙着唱歌跳舞、泪流满面以及侍候师父的激动之中，这可能还是一种较好的方式。因为那样一来，精力耗尽，也就无暇顾及自己内心的追求。现在，他表面上平静了，他的心不能承担增加的压力，他现在再也不追求感情上的兴奋与满足，而是在内心深处，为论证自己的认识是否正确而进行顽强的斗争。这场斗争是如此激烈，甚至连我们都怕看到他的脸。

一天，我再也忍不住了。我说："沙奇士，我觉得你很有必要再请一位导师！说不定经人指点后，会使你的修炼变得更为轻松一些。"

沙奇士听了我的建议大光其火，高声说道："闭上你的嘴，比斯里！谁需要轻松？虚伪是很容易得到的，真理只有通过艰苦的努力才能获得。"

我怯生生地说："找位导师把你引向获取真理之路……"

沙奇士不耐烦地打断我的话说道："哎！你不理解，我不是追求你那种一般地理上的道路，表面上的真理；而是让我心灵之主沿着我自己找到的道路而来。师父指出的路，只能通到师父家自己的院子里。"

从沙奇士的同一张嘴里，多次听过许多自相矛盾的话。我，斯里比拉斯，实际上是乔戈莫洪伯父最赏识的弟子之一。但是，我如果称伯父为师父，他甚至会拿起大棍子打我一顿。沙奇士曾动员我为师父揉脚。可是，过了两天，他又就此事来指责我。我真是哭笑不得，只好保持深沉的沉默。

沙奇士接着说："今天我深切地领悟到'走自己的路虽死犹生，走别人的路困难重重'这句格言的深刻含义。所有的东西都可以作为礼物从别人那里拿来，但是宗教信仰和所选择的道路，如果不是自己的，那只会是死亡，而不是得救。我的神——生命的主宰，不是从别人手里布施而来的。如果我得到他或将要得到他，那是很好的！否则，真是生不如死！"

我的天性就是喜欢辩论。我绝不会轻而易举地放弃这场辩论，于是我说道："只有诗人，才能从自己心中写出诗来。如果不是诗人，那就只好求助于他人。"

沙奇士毫无沮丧表情，说道："我，是诗人！"

好——辩论到此为止。我离开了。

沙奇士不按时吃饭，不按时睡觉，他的行踪总是飘忽不定。他的身体像一把不断磨损的刀子，日益消瘦下来。我们都不忍心看他了，可是我还是鼓不起勇气劝阻他。但达米妮再也忍不住了。她对无所不在的众神大发脾气——因为他们欺软怕硬，谁不信他们，他们就毫无办法，只好恭顺对待；而对于那些信仰他们的人，却总是滥施威风，甚至加倍报复，这真是太不公平了！对利拉农多师父发脾气时，她就常这么说。可是，对她自己的神，却总是找不到办法与之接近。

达米妮一直不放弃努力使沙奇士按时洗澡、按时吃饭的希望。为使这个不守常规的人尽可能遵守日常生活规律，达米妮到底花费了多少心机，那简直是无法估计的！

沙奇士对达米妮的规劝，从来没有明确表示过反对。一天早晨，沙奇士涉过河水，消失在沙丘的背后。太阳越升越高，然后又偏西了，可是仍不见沙奇士的踪影。达米妮一直空着肚子等待他。最后她不能再等了，于是拿着盛饭的铜罐，卷起裤腿涉水过河。

四周是一片无人迹的空旷——没有人烟和任何生物的踪影。太阳火辣辣地照着，沙浪更是酷热炙人。沙浪一排排，像空旷的守卫者，暗中窥视着一切。

在那里，无论达米妮怎么喊叫，也没有回音；提什么问题，也得不到任何答复。她在漫无边际的、苍白的沙滩上站着，心胸几乎快要窒息。她所在的地方，仿佛一切都被完全抹去，一切都变得死气沉沉、苍白无力。她的脚下似乎只有"虚无"——没有声音，没有动作，没有血流的鲜红，没有树叶的碧绿，没有天空的湛蓝，没有大地的赭黄。这苍白的沙滩仿佛就是一具僵尸的头，张开无唇的巨大的嘴，伸出焦干的舌头，向残酷无情燃烧着的天空，提出了解除严重干渴的要求。

达米妮思忖着，该朝哪个方向去寻找。突然沙滩上的脚印映入眼帘。她跟随脚印一直朝前走，来到了一片沼泽地。沼泽地旁边潮湿的泥地上，留下了无数鸟雀的爪痕。沙奇士在一个沙丘阴影下呆坐着。他对面的水塘呈现深蓝色中的蓝色；池塘边上浅水中田鹬舞动着尾巴，扑动着黑白相间的翅膀；稍远一些一群野鸭不停地鼓噪着，并仿佛永不称心地梳理着身上的羽毛。达米妮来到低凹处站着。这些野禽"嘎嘎"叫着扇动着翅膀飞走了。

沙奇士看到达米妮，便问道："你到这里来干什么？"

"我送饭来的。"达米妮回答说。

沙奇士说："我不吃。"

"已经过了吃饭的好长时间了！"

沙奇士只是说："不，我不吃。"

达米妮说："要不，让我坐一会儿，然后……"

沙奇士不耐烦地大声嚷道："为什么你要对我……"

当沙奇士的目光偶然掠过达米妮的脸时，他不再嚷了。达米妮什么话也没有说，手提着盛饭的铜罐起身走了。四周空旷的沙地，像夜晚时分老虎的眼睛，闪耀着可怕的光芒。

达米妮眼中的泪水，并不像眼中怒火容易燃烧，她是很少落泪的。但是，那天当我看到她时——她伸着腿坐在地上，泪水如泉水涌现出来。当看到我时，她便号啕大哭起来。我心中有一种说不出来的滋味，我在她身边坐了下来。

等她少许平静一些后，我问她："你为什么对沙奇士的身体这么关心呢？"

"请告诉我，除这以外我还能为他做些什么呢？"达米妮说，"其他的一切都得他自己想办法。其他情况我既不了解，而且也无能为力呀！"

我对达米妮说："你瞧，当一个人集中精力全神贯注在想某件事情的时候，他肉体上的需要就会相应地减少。因此，人们在极端痛苦和无比欢乐时，经常会忘记饥渴。现在沙奇士就处在这样一种情况下，如果你不去关心他的肉体，也不会有什么损害。"

达米妮说："我是妇道人家，以我的身心去形成另一个身体，是我们义不容辞的责任。全心全意地关照他人，是我们女人的光荣。因此，当我看到遭受折磨的肉体后，我们的心就不会安逸，我们也就会很容易哭泣起来。"

我说："所以，在那些只埋头于精神事业的人的眼里，总是没有你们——肉体的守护人。"

达米妮怒气冲冲地说："当然看不到我们啰！他们无论做什么事，都是颠三倒四、稀奇古怪的。"

我暗自在心中说："女人呀，女人，正是这种颠三倒四的情况，使你们迷失方向的。啊，斯里比拉斯，但愿你下次投胎转世时出生于这颠三倒四的人群里！"

三

那天，在河边沙滩上，沙奇士对达米妮的沉重打击，使他那严厉的目光，在达米妮心里再也抹不掉了。这之后不久，沙奇士抱着一种赎罪的心情，对达米妮表现得特别关心、殷勤和关切。多日以来，沙奇士与我们相处得很好，但很少说话。现在，他有些变化，有时还叫达米妮到身边聊天。他们的话题往往是沙奇士的许多思索和许多想法。

达米妮并不怕沙奇士对她的冷漠，但如今这样殷勤和关切倒使她很害怕。她知道，这种状态不能持久，而付出的代价又特别昂贵。某一天，当沙奇士一旦发现这方面的问题，并算算细账，他就会发现支出过多，那时候就危险了。沙奇士愈是像好孩子一样按时吃饭、洗澡，达米妮就愈是感到惶惶不安，愈是感到惭愧。沙奇士要是不听话，达米妮倒感到放心多了。她暗想："那天你把我赶走，做得很对。你对我们殷勤和关切，意味着你对自己的惩罚。这叫我如何忍受啊！"

达米妮暗下决心：离远一些。就与村里的姑娘们在一起，在村里到处闲逛。

一天晚上，我突然听到沙奇士大声叫喊道："比斯里！达米妮！"

当时大概是夜里一点或两点钟左右，他对此毫无顾忌。深更半夜叫我们，有什么重要事情要告诉我们，我们一点也不知道。可是，这种奇怪举动，连屋里的鬼魂都要被吓跑的。

我们从睡梦中一骨碌爬起来，走到外面。在黑暗中只见沙奇士站在屋前台阶上。他大声说："我已大彻大悟，心中不存任何疑问了。"

达米妮慢慢地坐在台阶上，沙奇士也神情恍惚地坐在她身边，最后我也坐下来了。

沙奇士说："他——我的神——朝我迎面走来。如果我也按他走的方向走去，那只会南辕北辙，离他愈来愈远；如果我从正好相反的方向走去，那么，最终就会会合。”

我沉默不语，只是注视着他那炯炯发光的眼睛。他的话在几何学方面，可能有其正确的一面。但这到底是怎么回事呢？

沙奇士接着说："他喜欢形象，因此他一直朝形象奔走。我们不能仅与形象生活，所以我们要上升到无形无影的精神世界。他是自由的，所以他在束缚中寻找乐趣；而我们是被束缚的，因此我们的欢乐在于解脱。由于我过去不懂得这个道理，曾经是多么痛苦啊！"

天上星辰默默发光，我也像星星一样沉默不动。沙奇士对达米妮说："达米妮，你能明白这个道理吧？唱歌的人，首先他要爱唱，然后注意学习歌的曲调；听歌的人，从那曲调中得到享受。一个人要从自由中进入约束，另一个人要从约束中求得解脱。这样，这两方面才能汇合。他在唱歌，而我们在听歌。他唱歌是想给我们加上束缚，而我们听歌是想获得解脱。"

我不知道达米妮是否明白了沙奇士讲的意思，但她是能了解沙奇士的。她只是双手抱胸，一声不吭地沉默坐着。

沙奇士又说："我一直在黑暗中的一个角落里，默不作声地坐着，聆听着那位导师的歌声。听着听着，忽然明白了一切，再也不能控制自已，所以就把你们也叫来了。以前，我按自己的理解去塑造他，结果我们只有被蒙骗。啊，我的毁灭之神！你把我化为齑粉与你合二为一吧，永远，永远！一切束缚羁绊不属于我，所以我不能忍受约束。再说，束缚羁绊是你的，所以你永远不会放弃给众生制造束缚。这样吧，让你以我的形象存在，而我却隐没在你那无形之中去吧！"

说着说着，沙奇士突然站了起来，一面高呼"法力无边的神啊，你是我的，你是我的！"一面向黑暗笼罩的河边走去。

四

自那天晚上以后，沙奇士又故态复萌，生活变得毫无规律。何时吃饭，何时洗澡，根本琢磨不定。他内心的浪潮时而升入光明，又时而降至黑暗，对这些我已无法猜想。但愿苍天神灵保佑这样的人，能像好人家的孩子一样，按常规进食，健康地成长吧！

那一天整天都很闷热，晚上突然来了一场暴风雨。我们三个人分别睡在三个房间里，房前走廊上点了一盏油灯。风暴把灯吹灭了。河水奔腾翻滚起伏，天像裂开了似的下着倾盆大雨，地上河水浪涛喧嚣与天空大雨滂沱之声汇合在一起，仿佛是敲打着震耳欲聋的铙钹。在凝固的一片黑暗中，虽然看不见什么东西来回走动，但那各种各样千奇百怪的声音，使整个天空如盲童一样，由于恐惧而感到发冷、颤抖。竹林里仿佛有一个寡妇鬼魂，在凄厉地号啕大哭，在芒果林中传出了枝丫"咔嚓""咔嚓"的折断声和树干扑通倒地声。远处还时不时传来河堤崩塌的轰隆巨响。还有，从我们破屋缝隙中吹进来的风，如野兽般地呜呜吼叫着。

在这样的夜晚，我们心灵之窗的插销都挪了位置，狂风暴雨也冲进了心胸，进行大肆破坏。陈设良好的家具被吹翻，窗帘帷幔被撕破，有的还不知刮到什么地方去了。我不能入睡，在床上翻来覆去地胡思乱想。至于想些什么，在这里是否写出来？算了吧，在历史上没有什么意义。

就在这一时刻，沙奇士在自己黑糊糊的房间里叫了起来："谁？"

我听到回声："是我，达米妮。你房里窗子吹开了，雨会飘进来的，我把它关上。"

达米妮正在关窗户。沙奇士突然飞快跑出门外去了。这时黑暗里天上闪电频频，闷雷轰隆。

达米妮在自己房间门槛上坐了很长时间，可是沙奇士一直没有回来。狂风刮得更加猛烈。

达米妮再也待不住了，也跑到外面。在那样的狂风里很难稳步向前移动。她心里想，天神的使者们在责备她，并推她回去。今晚的黑暗特别活跃，到处激荡。雨水仿佛要淹没世界似的哗哗地下着。达米妮要是能像大雨一般，痛哭一场该多好呀！

这时，一道闪电突然从天这边一直亮到天那边，把黑夜撕得粉碎。借助这闪电之光，达米妮看到沙奇士站在河岸边。她竭尽全力跑过去，跌倒，爬进来，再跌倒，再爬起来，踉踉跄跄终于来到沙奇士脚前，并用压倒狂风呼啸的嗓音大喊道："我跪在你脚前恳求你。我并没有在你跟前犯过什么错呀，为什么你要给我这样沉重的惩罚呢？"

沙奇士默不作声地站着。

达米妮说："如果你想打我一顿，想把我扔到河里去，那就扔到河里去吧！但我恳请你回到屋里去！"

沙奇士回到房里。在他进房门时，说道："我只寻找他——我的神，我是十分需要他的。除此之外，我什么也不需要。达米妮，你就可怜我吧！放开我，离开这里。"

达米妮沉默片刻，说道："好吧，我走开！"

五

事后，我从达米妮那里听到了事情的全部经过。确实，我当时什么也不知道。因为当时我从床上看到，他们两人经过走廊各自回自己房里去了。当时我心里想：不幸的命运压在我的胸口，扼住了我的喉咙。我一骨碌坐了起来。那一夜，我再也没有合眼。

第二天早晨，达米妮是怎样一副模样啊！昨夜狂风暴雨的毁灭之舞，在整个世界上，仿佛只选中了这个女人——她身上留下了一切破坏脚印。虽然到底发生了什么，我还不知道，但我对沙奇士是非常生气的。

达米妮对我说："斯里比拉斯，你送我回加尔各答吧！"

这句话从达米妮的嘴里说出来，是多么的沉重，多么的困难，对此我是十分清楚的。但是，我没有问她任何问题。在这沉重的痛苦中，我得到了某种安慰。达米妮离开这里是对的，是比较好的一种选择。小船硬是向岩石不断撞击，必然是非破不可，后果不堪设想。

　　告别之时，达米妮向沙奇士躬身敬礼，并说："在你这双尊贵的脚前多有冒犯，请你原谅！"

　　沙奇士低着头，眼看着地面，说："我也有许多对不起你的地方，首先我要洗涤自己的罪孽，再希望得到你的谅解。"

　　在去加尔各答的路途中，我越来越清楚：达米妮心中那毁灭之火一直在猛烈地燃烧。那炽热的火焰也烧烤着我的心，我都差一点儿被烤焦了。那些天，我的情绪一直不好，对沙奇士进行了激烈的攻击。达米妮愤怒地打断我的话，说道："你竟在我面前这样指责、攻击他！他如何拯救了我，你知道吗？你只看到我痛苦的一面。为了拯救我，他所受的那些折磨，大概你就根本没有想到？'丑'企图破坏'美'，结果'丑'自己胸脯挨了一脚。这一脚是应得的惩罚！很好，很好！真是好得很！"

　　达米妮一边说，一边用拳头捶自己的胸口，我只好把她的双手紧紧抓住。

　　黄昏时候，我们抵达加尔各答。当我把达米妮送到她姨妈家后，就回到一处熟悉的公寓。认识我的人见到我都大吃一惊，忙问："怎么回事？你是不是生病了？"

第二天，邮局第一次送信时，我收到了达米妮的信——"带我走吧！这里没有我的生存之地！"

达米妮的姨母不让她住在家里。因为对我们的诽谤，早已传遍全城，人们议论纷纷。在我们离开利拉农多那伙人后，不久，各周刊报纸的"杜尔伽大祭节特号"就发行了。一切宰杀我们的武器早就准备好了，只等最后执行，让我们血流成河而已。在我们古代的经典里曾明文规定，禁止用母兽献祭；但是，在以人作牺牲的现代，似乎对女性牺牲者更感兴趣。所有报刊上攻击诽谤我们的文章里，虽然没有明确点出达米妮的名字，但陈词滥调的作者们，都具有让人们肯定知道影射的是谁的那种特殊本领，他们深谙此道。这样一来，远房的姨母家要收留达米妮就很感不便了。

这时候，达米妮的父母早已去世。但我知道，她还有几个兄弟。我问达米妮知不知道他们的地址，她摇了摇头说："他们都很穷。"

说实在话，达米妮是不想给他们增加额外负担。她还担心，在兄弟们那里也会得到这样的回答——"这里没有你的位置。"

她是再也承受不了什么打击的。于是我问她："那么，现在你打算去哪里呢？"

达米妮回答说："到利拉农多师父那里去。"

利拉农多！听到这话，令我张口结舌，好久连一句话都说不出来。啊，命运，这是开的什么样的残酷无情的玩笑！

我问她："师父会收留你吗？"

达米妮说："不仅会收留，而且会很高兴。"

达米妮善解人意，很会看人。那些喜欢成群结党以抬高自己身份者，他们到处搜罗的是人！得到人比得到真理还要高兴。当然，达米妮可以在利拉农多师父那里，毫无疑义地得到安身之所，但是——

就在这紧要关头，我说："达米妮，还有另外一条路可走，如果你不感到害怕的话，我就讲出来。"

"你说吧，我听着。"达米妮说。

"如果像我这样的人可以与你结婚的话，那就……"

达米妮打断我的话，说道："啊，斯里比拉斯，你这是说的什么话呀？你难道疯了吗？"

我说："请别介意，我是疯了。正因为疯了，才能产生把好久说不出口的话说出来的能力，把好多难以解决的问题迎刃而解的能力。疯狂就是阿拉伯人的天方夜谭——《一千零一夜》里的那双魔鞋，谁能把它穿在脚上，谁就能从世界上千万种胡言乱语中完全跳出来。"

"胡言乱语！你说说胡言乱语是指什么？"

"诸如人们将会说些什么，将来会发生什么等等。"我回答她说。

达米妮说："还有，真实的话呢？"

我问道："你说说，真实的话是指什么？"

"比如你如果与我结婚，你的情况会怎么样？"

"如果真实的话是指这个，我倒毫无忧虑，因为要比我现在的处境变得更坏是不可能的。我想情况可能会有一百八十度的大转变！若不如此，最低限度，可以使它翻过边，那就会感到舒服多了。"

我不相信，达米妮对有关我心中的信息竟一点也没有得到。不过，这么长时间那种信息，对她来说，不是所需要的信息。至少，她没有必要作任何答复。这么长时间过后，现在该作出答复了。

达米妮默不作声，陷入沉思。

我说："达米妮，我是世界上普通人中间的一个。也许，比他们中间任何一个更渺小，更卑贱。与我结婚也罢，不与我结婚也罢，请你不要因这事而为难。"

达米妮眼睛里出现了晶莹的泪珠，她说："如果你是位普通人，那么，我就没有什么要考虑的。"

沉思半晌，达米妮继续对我说："你了解我吗？"

我说："你是了解我的呀！"

谈话就到此了结。那些没有说出来的话语，更有分量，更为重要。

前面我已经说过，有段时期，我的英语演讲很能吸引听众并深得人心。过了这么长时间，人们对我的印象早已淡薄。但是，诺伦直到现在还认为，我是时代的骄子，天才似的人物。我到加尔各答一个多月以后，就在他家里租了间房子，暂时就在这里安身。

第一天，我心中暗想，我的求婚建议可能如一辆马车掉进了沉默的洞穴。"是"与"否"这两种答案，可能都会因车轮撞得粉碎而滚不出洞口。至少要经过大修和费很大力气，才能把车轮拖出洞来。但是，上苍似乎有意要嘲笑心理学家，而故意制造了一个不可思议的心灵。现在这间租来的房子围墙里，一次又一次响起了上苍快乐的朗朗笑声。

我是怎样一个人，在这么长的时间里，达米妮都没有时间来注意这个问题，我想也许在这段时间里，从某一方向，有一束更为闪耀的光线落入她的眼中的缘故吧！这次她的整个世界变得狭窄多了，在这狭窄的世界上只有我一个人。事实上，睁开眼除了看见我一个人之外，再也没有第二个人了。我的命运不错，正是在这段时间里，达米妮似乎是第一次发现了我。

我们与达米妮相伴，曾游历了许多名山、大川和海洋；也曾一起在长鼓铙钹疾风暴雨的响声中、在感情旋律的风暴中燃烧过；也曾"在你的脚下我的心戴上了爱的枷锁"这行歌词的烈焰下、在我们各自新颖的解释中，迸发出如雨点般的火花。然而，当时阻隔在我们心中的帷幕却并未被烧毁。

但是，在加尔各答这条小巷子里，又会怎么样！四周拥挤的房屋，宛如永不凋谢的鲜花，一齐怒放。事实上，天神显示了他的勇气。他，把这些砖头木块组成了天堂里的圣乐。还有，像我们这样一个极为普通的人，仿佛被点金石点了一下，顷刻间变成极不平常的人了。

一旦两个人中间存在隔膜，就像是隔着千山万水；一旦隔膜消除，他们之间的距离，也就是一眨眼工夫的路程。现在还为时未晚。达米妮说："我一直是处在梦幻之中，只等待着这一声震撼。在过去的你和现在的你中间，我眼前是一片漆黑。我要一而再、再而三地向我的导师敬礼，是他使我驱除了一片黑暗。"

我对达米妮说："达米妮，你别对我抱过多的希望。上苍的这个创造物是如此的不完美，正如你过去所发现的那样。如果说当时忍受过来了，那么现在及今后再要忍受，就需要有更大的毅力。"

达米妮说："我现在发现，上苍的这个创造物是漂亮的，可爱的！"

"你的名字一定会留在历史上的。"我说，"那些在北方沙漠中冒着生命危险插上自己旗帜的人，他们的光辉在你面前也会黯然失色。因为对你来说，这不仅是难以忍受的，而且是根本不可能完成的苦行！"

我从来也没有感到法尔衮月①是如此的短促，只有30天，每天只有24小时，1分钟也不多。在天神手里时间是无穷无尽的，然而，我真不明白，为什么他又这样可恶与

① 孟加拉历的十一月，公历2月至3月间。——译者注

吝啬？

达米妮说："你如果作出这样荒唐的决定，你家里的人会不会……"

我打断她的话，说道："他们是我的亲人，不过这次会把我从家里赶出来的，而且赶得远远的。"

"以后呢？"

"以后，你我结合在一起，同心协力，从房基到屋顶，建造一个崭新的家，这只是我们两个人共同创造的。"

达米妮还说："还有，让那家庭的主妇也彻头彻尾地改造一番，让她是你手中的创造吧！让那过去的破旧痕迹荡然无存！"

我们准备举行婚礼的日子定在恰特拉月①尾的一天。达米妮提出了一个固执的要求：一定要请沙奇士来。

"为什么呢？"我问道。

"请他来做我的主婚人。"

沙奇士那疯子现在在哪里呢？全无消息。我接连给他写了许多信，可是杳无回音。我想，现在他一定还在那鬼魂出没的破屋里住着，要不然信早就退回来了。但是，他会不会连谁的信都不打开看一下呢？这倒是一个很大的疑点。

于是，我对达米妮说道："达米妮，你应该亲自出动去

---

① 孟加拉历的十二月，公历3月至4月间。——译者注

邀请他。这样一来，他就不好说'驰函奉请，恳恕不周'了。本来我打算单独去的，可是，我是个胆小鬼。他可能还在河对岸，观看野鸭梳理背上的羽毛呢。到那里去，除了你以外，谁也没有这样的勇气。"

达米妮笑着对我说："我发过誓，任何时候再也不到那里去了。"

我说："你发誓是不再送饭去。现在不是送饭而是请他来作客吃饭，自然是另当别论了。"

这一次，毫无障碍，我们两人终于"逮住"了沙奇士。我们手牵着手把他带回加尔各答。沙奇士像儿童得到玩具一样，兴高采烈积极地为我们操办起婚事。我们本想悄悄地举行婚礼，但是沙奇士怎么也不同意。特别是乔戈莫洪伯父的那些穆斯林朋友，他们一得到消息，就大张旗鼓、惊天动地开始筹备一切。街坊邻居们还以为，不是阿富汗的王子驾到，至少也是海得拉巴的王公莅临。

报纸杂志上又掀起一股热浪。上次《杜尔伽大祭节特号》捕获的一对牺牲品，又在报刊上露面了。我们不准备诅咒他们。让那些靠杜尔伽女神发财、善于制造耸人听闻消息的编辑们的钞票成捆成捆地增加吧！让那些醉心于用人血献祭的读者们的心情，至少在这次毫无顾虑和障碍地获得满足吧！

"比斯里，"沙奇士对我说，"你们到我家里去享几天清福吧？"

我说:"你也同我们一起共享清福!让我们再次振作起来,努力工作。"

"不,"沙奇士说,"我的工作在另外的地方。"

达米妮说:"在我们的新媳妇宴①举行之前,你是无论如何不能走的。"

应邀出席新媳妇宴的人,不可能很多。实际上,只有一个沙奇士。

沙奇士说"到我们家里去享几天清福",这种"享受"是什么只有我们自己知道。霍里莫洪已把房子收归己有,并把它全部租了出去。他亲自出马主持一切,当然也有替他出主意的人。但他们并不了解内情——在瘟疫流行期间,那里死过穆斯林。有人来租房,他们千方百计隐瞒事实真相。这种时候,他们才不考虑下辈子的福祉报应。

房子怎么样从霍里莫洪手里收回来,说来确实话长。我们的主要帮助者是邻近的穆斯林朋友。我没费多大的力气,只是把乔戈莫洪的遗嘱给他们看了一遍,就用不着我来回到律师家里奔跑了。

在结婚之前,我从家里还陆续获得一点帮助,这时就完全没有了。我们两人没有外援,赤手空拳开始建立起家庭。在困难之中也有我们的欢乐。我曾是普列昌德姆—拉伊昌德

---

① 新媳妇宴(Baubhaat),按印度传统习俗,婚礼一般在女方家里举行。婚礼后,新娘回丈夫家的那一天,要亲自下厨大宴男方亲友,这就称作新媳妇宴。——译者注

奖学金获得者，因此很容易就在大学里找到任教的职位。而且，我还专门研制了一种使人通过考试的特效药——一本厚厚的教科书的问题解答。

我们生活简朴，花销不大。本来用不着这样拼命挣钱，但达米妮建议说：沙奇士太不关心自己的生命，我们应该照看他。

还有一点，达米妮没有告诉我，当然我也没有告诉她——就悄悄地把事情安排妥了。这就是达米妮两个侄女必须出嫁，她兄弟的孩子们应受到良好的教育，但她兄弟自己是没有这种能力的。

他们不承认我们这门亲戚，从来没有登门拜访过。但金钱这东西是不分"种姓"的，特别是需要的时候，当然只有"接受"，"承认"可以不必考虑。

因此，我在教学工作之外，还兼任一家英语报纸的副主编工作。我没有告诉达米妮，就请了一个厨娘兼女仆和一个听差。达米妮也没通知我，第二天就把他们辞退了。我向达米妮提出了反对的意见。她说："你们只是从反面来显示怜悯。你在辛辛苦苦地挣钱，要是我不劳动，有谁为我承担那份痛苦和羞耻呢？"

我在外面努力工作，达米妮在家里忙碌操劳；这仿佛是恒河与贾牟拿河的两股水流汇合在一起，更显得波浪壮阔。另外，达米妮还开始教街坊邻居穆斯林姑娘们学习缝纫。她发誓说，绝不落在我的后面。

加尔各答这个城市仿佛是布林达森林，我们全力以赴的辛勤劳动，仿佛就是竹笛吹出来的悠扬乐曲。很遗憾，我不具有诗人的才能，所以无法用语言来描绘那美妙的乐曲。

　　日子一天天过去，不是缓慢行走，也不是跑步前进，而是完全踩着舞步而飞逝的。

　　又是一个法尔衮月——早春之月，过去了。这之后，早春之月就不再属于我们了。

　　自从那次从石窟归来后，达米妮就得了胸口痛的病。有关病情，她没有对任何人说过。当她痛得越来越厉害时，我问她，到底是怎么回事。她告诉我："这个病痛是我的秘密天堂，这是我的点金石。我是带着这份嫁妆才能来到你的身边。要不然，我哪里能与你相配呢？"

　　医生们对达米妮的病征各有各的看法和解释，而且各有各的处方，简直没有两家的处方是相同的。最后，医生的出诊费以及药店的账单像大火一样，把我的全部积蓄烧个精光之后，医生们建议易地休养——或去南方锡兰①或去北方某地。他们说应该换换空气。那时候，除了空气之外，我已是什么也没有了。达米妮说，我从哪里得的这种病痛，就带我到那个海边去吧！那里不缺少新鲜空气。

　　那天是玛克月的月圆之日，早春又一次到来。我痛苦

_____

　　① 锡兰，即现在的斯里兰卡（国家）的旧称。——译者注

的泪水如整个大海汹涌翻滚的潮水。达米妮向我行了触脚礼，并说："我的心愿没有得到满足，但愿来生再次能得到你！"

（黄志坤　译　董友忱　校）

两 姐 妹

绍 尔 米 拉

我从某些学者那里听说，女人有两种类型：一种是母亲型的，一种是情人型的。

如果将她们与季节相比的话，那么，母亲型的女人是雨季。她给我们送来雨水，送来瓜果，调节温度，她溶化自己从天而降，驱除干旱，满足人们所缺少的东西。

情人型的女人是春天。她很神秘，充满甜蜜的魅力，她很不安分，在流动血液中掀起浪花，又窜到心灵的宝库，在那里拨动金质维那琴上一根寂寞的琴弦，使整个身心弹奏出似流泉般美妙无比的音乐。

绍尚科的妻子——绍尔米拉，就属于母亲型的女人。

她有一双安详的大眼睛，目光坚定而沉着；她那丰满的身体，她那犹如含水的新涌现的雨云般的昏黑秀美；她那分发缝上的朱砂线就像朝霞一样分明；她的纱丽镶有宽阔的黑边；她的手腕上戴着海豹型粗大的手镯。一看她的首饰便知，那不是什么追求时髦的首饰，而是一种通常传统的首饰。

丈夫生活的各个领域，没有什么边远地区不在她强有力的监控之下。由于妻子的过分关怀，什么也用不着丈夫自己管，这就使丈夫变得更为疏忽大意了。放在桌上的自来水笔，一时不知道滚到什么看不见的地方，当需要用它时，也得由妻子帮他找出来。

如果绍尚科忘了洗澡前把手表放在什么地方了，妻子也一定会帮他找到。当他准备出门，两只脚上穿着不同花色的袜子，妻子也会来纠正他粗枝大叶的错误。一旦丈夫在请帖上把孟加拉月份与公历月份搞混了，客人们在不合时宜的时候意外地来到他们家里，也都是由妻子来应付这种尴尬的局面。绍尚科十分清楚，生活中一旦出现什么疏忽大意之事，妻子总是会帮他纠正的。这样一来，各种疏忽好像成了他的本性。妻子有时不免亲切地埋怨他说："我真是毫无办法，你真的什么都学不会吗？"

如果绍尚科真的学会了一切，那么，绍尔米拉的日子就会闲散得如无人耕种的土地一样。

有一天，绍尚科可能应邀去朋友家了。夜里 11 点过了，凌晨两点钟也过了，桥牌还在继续打。朋友们突然都笑起来，说："哎呀，你那个送传票的信使到了。你回家的时间到了。"

大家都很熟悉的仆人莫赫什来了。他的头发还很漆黑，可胡须却灰白了。他穿着一件短上衣，肩上披着染过的小褂，胳肘夹着一根竹棍。

仆人说："主母派我来打听一下，我家主人是不是在这里？主母担心，主人黑夜回去路上不方便，叫我带来了灯笼。"

绍尚科生气了，把牌一扔，站了起来。朋友们取笑他说："哎呀，好一个无人保护的男子汉大丈夫！"回到家里，绍尚科与妻子讲话的语气一点也不温和，态度也很不温顺。绍尔米拉一声不响地听着丈夫的呵斥。她能怎么办呢？丈夫不在身边，她会很不自在的。她总是提心吊胆，生怕自己不在丈夫身边时，一切飞来横祸就会串通一气来暗算他。

又有一天，来了一个陌生人，找绍尚科谈什么生意。小纸条不时地从内室递过来："想着点，你昨天还不舒服呢！今天就早一些来吃饭吧。"绍尚科大发脾气，可是他又一次屈服了。有一次，他实在是太痛苦了，便对妻子说："我求求你啦，你也像乔克里波提家的女人一样，找个什么神道拜拜吧！你这样殷勤地侍候我一个人，真是担当不起啊！与神一起分担你这份殷勤，我可能过得轻松一些。对神来说，随你怎样殷勤侍奉，他都不会反对的。可是，对于凡夫俗子来说，却实在吃不消啊！"

绍尔米拉反驳他说："嗨，嗨，有一次，我与叔父一起去了霍里达尔，你忘了你是什么情况了！"

那种情况是很悲惨的，绍尚科曾亲自对妻子添油加醋地说过。他知道，这样夸大其词的描述，既会使绍尔米拉悔恨，也会使她高兴。可是，今天他怎么能改口，收回自己过分渲染的言词呢！他只好默不作声，乖乖地听着妻子的反驳。不但如此，那天早晨，他有一点伤风感冒。绍尔米拉又逼着他吃了几粒奎宁丸，此外还在茶里加了杜尔西草的叶汁。他不敢反对，因为有过一次类似情况，他没有吃奎宁，结果发起烧来了。这件事成了绍尚科经历中永远抹不掉的记忆。

绍尔米拉在家里，对丈夫的健康与安逸是如此关怀备至，在外面，对丈夫尊严的维护更是特别留心。我不禁想起了这样一个事例。

有一次，他们决定到乃尼达尔去旅行，预先定了火车全程包厢。来到一个换车的小站时，他们下车去吃晚饭。回来时，看到一个身着制服面貌凶狠的仆役，正在倒腾他们的行李。站长走来解释说，一位名声显赫的将军预定了这个包厢，由于他们的疏忽，结果把他们的名单贴到这包厢上了。绍尚科听到后，瞪着两只眼睛干着急，正打算给他们腾地方。这时候，绍尔米拉登上车厢，站在包厢门口说："我倒想看看谁能把我赶下来！快叫你们的将军来吧！"

绍尚科当时是一名政府工作人员，深知切不可冒犯那些达官显贵。于是他赶忙辩解说道："唉，那有什么用呢？包厢有的是嘛！"可是绍尔米拉什么也不回答。后来，那位将军先生从餐车里吃完饭回来，嘴里叼着雪茄，老远看到绍尔米拉怒气冲冲的样子，就赶忙叫人把行李搬到另一个车厢里去了。

绍尚科后来对妻子说道："你知道吧，这是一个多么重要的大人物啊!"妻子说:"我不想知道。在我们所订的包厢里,没有什么人能比你更重要。"

绍尚科问道:"如果他侮辱我们怎么办呢?"

绍尔米拉反问道:"你打算怎么办呢?"

绍尚科是湿婆普尔大学毕业的工程师。尽管在家庭生活方面,绍尚科可能有些疏忽大意,但办起公事来却十分小心谨慎,非常老到。主要原因是,在工作中掌管他命运的不是自己的妻子,是外国人那无情的目光,对大人先生的话不得不言听计从。绍尚科到了工程处之后,情况就急转直下。虽然他资历深,工龄长,可是新近擢升的位置,却让一个嘴上只有几根毫毛、一点工作经验也没有的英国年轻人占据了——显然是因为上面有人要提拔这个青年人的缘故。

绍尚科完全明白:这个毫无经验的上司占着位置,下面的一切工作实际上全得靠他来做。那位年轻上司拍着他的肩膀说道:"非常抱歉,马宗达,一有机会我会很快提拔你的!"

他们两人都是互济会的会员。

虽然那位上司给了马宗达这种希望和安慰,但对于他来说,整个事情毕竟是很不愉快的。他回到家里,不论遇到什么事情,总是找岔子骂骂咧咧。他忽儿发现,自己办公室角落里有烟灰;忽儿又觉得,椅子上的绿色椅套很不顺眼。对仆役也动不动大发雷霆,因侍从在打扫走廊时,让灰尘落到了他的身上。这种飞尘每天都在空中飞舞,这是不可避免的，可是主人大发雷霆，却是一件很新鲜的事情。

绍尚科没有把这件不称心的事情告诉妻子。他想，要是妻子知道了，她非到公事房闹个天翻地覆不可，很可能会与上司大吵大闹，什么粗鲁话都可能说出来的。特别是她对唐纳林早就怒气冲天，因为有一次为了制止猴子在巡回法院里胡闹，唐纳林猎枪打得不准，霰弹把绍尚科的遮阳帽打了好几个窟窿。虽然没有发生什么不幸，但是完全可能发生事故的。尤其是，当听到人们还指责绍尚科的时候，她就更加气愤了。最使她生气的还有这样一个缘由——绍尚科的冤家对头都在哈哈大笑，说什么本来是瞄准猴子的，可是子弹却落到了绍尚科的身上。

绍尚科在职务上的不如意，最终被妻子原原本本地打听出来了。看到丈夫在家中的种种表现，她总感到丈夫在某个方面如芒刺背，很不舒畅。没过多久，她就探知了原因。她没有采取"立宪运动"的办法来解决，而是直接实行了"民族自决"。绍尔米拉对丈夫说："别再干了，立即辞职。"

如果辞职，因职务上的不畅快的心情当然会马上消失。但是，他还念念不忘那点固定收入以及今后年老时可获得优厚的养老金等。

当绍尚科获得理科硕士头衔的那一年，他岳丈毫不犹豫地让他与绍尔米拉结了婚。在这位财大气粗的岳丈帮助下，他又考取了工程师头衔。岳丈拉贾拉姆先生看到，女婿在机关里连连晋升，他相信女婿会一帆风顺，前程无量。他女儿直到今天才看到会发生这种难堪的局面。不过家里并不会感到拮据，依然保持着在娘家时那样的排场。因为家里进进出出的两方面事务，都完全由绍尔米拉当家作主。

他们没有儿女，也放弃了生育的希望。丈夫赚的每一个铜板，全都交到她的手里。绍尚科万一有什么特殊需要，只好向家里的安诺普尔娜①去索要，再也没有什么其他办法。如果要求不合理，妻子是不会同意给钱的，绍尚科只好搔着头皮。不过妻子会在某些方面，用另一种甜蜜的东西来补偿他的失望。

绍尚科说道："放弃这个职务，对我来说，没有什么关系。我是为你着想，怕你今后受苦。"

"再苦也苦不过现在这样，硬是把冤屈往肚里咽。可是，又卡在喉咙里咽不下去！"绍尔米拉说。

"可是，总得干点工作呀，"绍尚科说，"放弃这样有把握的差事，叫我到什么地方去找那没有把握的差事呢?"

"在你的眼里从来就没有其他别的什么地方。你开玩笑地说过，这公务员是打不破的金饭碗。你让它给迷住了。你从来都没有想过，外面还有广阔的世界。"

"我的天啊，那广阔的世界，对我来说太大了。谁去测量它的道路码头? 到哪个市场上去买望远镜呢?"

"你用不着为买大的望远镜操劳。我的表兄莫图尔，就

---

① 安诺普尔娜：印度教徒信奉的供食女神。

是加尔各答的大建筑师。你如果与他合伙经营，我们的生活就会不成问题的。"

"这样的合作不太公平，因为我们这一方的财力薄弱，如果勉强合作也不太光彩。"

"我们这边的实力，决不会比他们的小。你知道，我父亲曾以我的名义在银行里存了一大笔款。这笔钱全都在这里，并且增加了许多利钱。你在合伙人面前，不应该觉得自己不如人家。"

"这怎么可以呢？那笔钱是你的呀！"绍尚科说着，突然站了起来，外面有客人在等他。

绍尔米拉拉着丈夫的衣服，让他坐下后说："我的钱也就是你的钱呀！"

然后，她又继续说："你快把自来水笔从上衣口袋里掏出来吧！信纸在这里，快写辞职信。不把辞职信件放进邮筒，我是不会安宁的。"

"我也觉得很不安宁。"

绍尚科终于写了辞职信。

第二天，绍尔米拉去加尔各答，直接上莫图尔表哥的家里。她见到表兄，就埋怨他说："你从来就没有关心过你的表妹。"

要是一个女人一定会反问道："你也没有关心过我呀！"男人的脑袋想不出这种反驳的回答，他只好承认自己的过失，说道："我连喘气的时间也没有。有时候，我甚至忘了世上是否还有自己这样一个人呢！此外，你们又经常旅行在外啊！"

绍尔米拉说："我在报纸上看到，你准备在莫尤罗庞吉还是在莫图罗贡吉的某个地方承建一座桥梁。当时我非常高兴，心想我应亲自来向你祝贺。"

"且慢，表妹！现在还不是时候。"

事情是这样的——现在正缺少流动资金。他只好找马罗瓦里一家富豪，谈判合伙的问题。最后结果是，合伙的油水都得由那位马罗瓦里人占去，自己只能得到一点残羹剩饭。因此，他正想打退堂鼓甩手不干了。

绍尔米拉急忙站起来说："这无论如何是不行的。如果要找人合作，就找我们合作好啦。这样一笔生意，轻易从你手里放过去是不应该的。不管你怎么说，我可不会袖手旁观的。"

过了一会儿，口头上的承诺，很快就变成了书面的契约。莫图尔表哥心里也非常感动。

业务活动进展顺利。在这之前，绍尚科完全是为人当差，其职权受到很多的限制，自己并非主人，交了差便尽了职责。现在可不一样了。他自己就是自己的上司，一切由自己作主，不由他人支配，责任和权力集于一身。现在所有的日子，不再分什么工作日和休息日，所有的时间都变得很忙碌。由于责任感时刻压在心头，使他更加不敢懈怠，而是把自己抓得更紧了。其他的事情且不说，他至少要偿还妻子的债务，这之后再图从容发展。他左手戴上手表，头上戴着遮阳帽，穿着卡其布裤子，卷起衣袖，拉紧皮裤带，脚踏厚底鞋子，为了保护眼睛戴着一副墨镜——这样一身打扮的绍尚科全身心地投入了工作。

就在妻子的债务将近还清的时候，他仍如锅炉里的蒸汽，丝毫未减，干劲还是鼓得足足的，心里也还是热火朝天。

以前，家中的收入和支出都是在一条水渠里进出，现在却分成两条支流——一条通向银行，另一条通到家里。绍尔米拉仍像从前一样得到她应有的一份。至于她那份的开销情况，对于绍尚科来说始终是个秘密。至于另一方面，绍尚科那本皮面的营业收支账本，对于绍尔米拉来说，是碰不到的，而且也是看不懂的。不过这样并无妨碍。丈夫营业生涯的那条道路，既然在家庭圈子之外，这就意味着她的管辖权力达不到那里。绍尔米拉央求说："你不要操劳过度，那样会把身体累垮的。"

绍尔米拉的央求毫无结果，丈夫依然是没日没夜地工作。奇怪的是，绍尚科的身体并没有受不了。绍尚科不顾妻子的唠唠叨叨、为他的健康担忧、抱怨他没有休息以及为他生活舒适而整天忙乎，总是每天一大早，开着他那辆旧汽车揿着喇叭出门，直到下午两点或是两点半左右才回家。挨妻子一顿埋怨后，就狼吞虎咽，匆匆忙忙地吃着午饭。

有一回，绍尚科的汽车与别人的车相撞了。他自己倒没有受什么伤，但车子却被撞坏了，不得不送到车行里去修理。绍尔米拉异常不安。

"你再也不要自己开车了！"绍尔米拉眼里噙着泪花，声音嘶哑地恳求丈夫。

绍尚科微微一笑，回答道："别人开车闯了祸，坐车的同样危险。"

有一次，绍尚科在监督一项修理工程的时候，一个装箱上的铁钉刺穿了鞋底，把脚扎伤了。他被送到医院包扎了伤口，并打了一针破伤风预防针。那天，绍尔米拉泪流满面，并一再恳求地说："无论如何，你要在家里躺几天。"

可是，绍尚科却回答得非常干脆："我要去工作！"

简直再也找不出比这句话更精练和更直截了当的语言来形容绍尚科的工作热情了。

"可是——"绍尔米拉却表示出了异议，然而，绍尚科这次连一句话都没有说，就带着绷带走出了家门。

绍尔米拉再也不敢使用她的权力了。男人在自己的事业中已显示出自己的力量。现在无论你是争辩，还是恳求央告，他只是一句话——"我有工作要做！"

绍尔米拉开始无缘无故地为丈夫担惊受怕。他回家晚了一点，就以为汽车出了故障；看到丈夫被太阳晒红了脸，就以为他发烧了。她心情不安地劝丈夫去找医生，可是细看丈夫的表情，她就只好打住。现在，绍尔米拉连自己对丈夫的关切心情都不敢再表白了。

眼看着绍尚科被太阳晒得又干又黑。他身上的衣服如同他的空闲时间一样，越来越短，行动的节奏越来越快，就连说话也简短扼要，快如火星。绍尔米拉也不得不调整自己的节奏，以适应丈夫那急促的生活规律。炉子上一直要准备一些吃的东西，说不定什么时候丈夫突然提出来："我要出去，很晚才能回来。"

在绍尚科的汽车里，经常要储备一瓶苏打水和一小盒干的点心。花露水瓶要放在显眼的地方，如果头痛就用得着。汽车开回家，她总要仔细检查一遍，看到什么东西也没有动过，她就会感到心痛。每天都有一套洗得干干净净、叠得整整齐齐的衣服，放在卧室显眼的地方。可是，一个星期里，至少有四天连换衣服的时间也没有。家务事方面的商量，短促到了极点。如果有什么事要商量，三言两语，像发电报那样简短。谈话的方式也极随便，有时候，边走边谈；有时候从后面叫住对方，说道："喂，我有话想要对你说。"

至于在他们事业上的那点点联系，自从连本带利全部还清绍尔米拉的借款之后，也就完全中断了。利率算得清清楚楚，分毫不差，而且还像还其他人债务一样，要了一张正式收据。绍尔米拉叹息道："真可怜，甚至在爱情方面男人们也没能把自己完全摆进去。他们又偏要留一些空隙，来表现男人的高傲。"

绍尚科用所得的红利，在婆巴尼普尔完全按自己的心愿建了一栋房子。这是这位工程师新奇构思的结晶。在卫生、舒适、整洁等方面用了最新的设备，他希望绍尔米拉大吃一惊。绍尔米拉也确实惊讶不已。这位工程师安装了一部带马达的洗衣服的机器。绍尔米拉就围着这架洗衣机来回观看，并赞不绝口。可是她却在心里暗自说："尽管如此，所有衣服仍旧像过去一样，送到洗衣房里去洗。我一向只知道把脏衣服用驴子运走，我不懂得科学可以代替它的工作。"

当她见到削土豆的小机器时，更是目不转睛地看着，并惊奇万分地说："这下可好了，烧土豆时就可以减少四分之三的苦役。"

后来听说，这架机器与裂了缝的铁锅、用破了的铜罐等物品，一起被遗忘而弃置不用了。

房子建好之后，绍尔米拉内心蕴藏的温情，就倾泻在这种稳固的东西上面了。这砖石木头的身躯，成了她任意抚爱的对象。一会儿装这个，一会儿配那个；一会儿这样安置，一会儿又那样摆设。两个搬运工人忙得气喘吁吁，一个工人甚至提出不干了。

屋内的装修处处为绍尚科着想。他现在很难在客厅里坐一坐，可是为了他那疲劳的脊梁，各种时髦的靠垫摆得到处都是；花瓶也不是一个半个，桌子上都覆盖着垂边绣花桌布。如今，绍尚科白天已经不再走进卧室，因为在他现在的日历上，星期天已与星期一成了孪生兄弟。即使是其他休息日，虽然办公室的工作没有了，他也总是找些小事情，带着他的绘图纸或者笔记本坐在书房里。可是卧室里的摆设，依然按照老规矩——那张大尺寸的沙发床前面仍然摆着毛织便鞋。沙发边上那只盛蒟酱叶的盒子，依旧放着蒟酱叶。衣架上放着一套丝绸的围裤，也叠放得有棱有角，准备他随时更换。

要插手绍尚科的书房是需要勇气的。不过，绍尔米拉趁丈夫不在时，手拿鸡毛掸子也闯进去了，把那些摆放得乱七八糟、不管是有用的还是无用的东西都收拾得有条有理。

绍尔米拉继续全心全意地伺候丈夫。可是，现在她这种精心照料，大多是没有人看到的。以前，她直接地向她的服务对象呈献这种关怀，现在只好间接地来表达——收拾房子，照料花园，给绍尚科坐的椅子做个椅套，在他枕头上绣上一些花朵，在他办公室一角蓝色花瓶里插上几枝晚香玉……

她不得不把自己的祭品放置在远离祭坛的地方，但是她感到非常痛苦。不久前所受到的打击，直到今天，仍使她耿耿于怀，泪眼婆娑。那天是迦尔迪克月 29 日，是绍尚科的生日。这是绍尔米拉生活中最为喜庆的日子。这一天，照例是要邀请许多亲戚朋友来家庆贺，房屋大门上要专门装饰鲜花和绿叶。

那天上午，绍尚科工作完了后赶回家里一看，惊诧地说：“这是要办什么事啊？难道是洋娃娃结婚吗？”

“唉，我的天呀，今天是你的生日！你连自己的生日都忘记了？不管你怎么说，今天下午你是不能出门的。”

"除了死亡日子，买卖经商是不会向任何日子低头屈服的。"

"以后我也不谈你的生日了。可是，今天我已经邀请了一些人来！"

"绍尔米拉！你听我说，你别再把我当作玩具，叫许多人来看你耍把戏啊！"

绍尚科说完这些话，就匆匆走了。绍尔米拉关上门，在卧室里哭了好一阵子。

到了下午，邀请的客人陆续来了。他们都容易理解，做生意是至关紧要的。这一天如果是迦梨陀婆的生日，他借口要写《沙恭达罗》的第三幕而不出来见客，那么，大家一定会认为太荒唐，是不能原谅的。可是，做买卖啊，就另当别论了。大家还是玩得很开心。纳卢先生模仿当时许多流行舞蹈动作，逗得大家笑得前仰后合，绍尔米拉也笑了起来。绍尚科的生日绍尚科却没有到场，绍尔米拉只好在绍尚科独立主持的买卖跟前，表示彻底屈服。

绍尔米拉虽然痛苦不堪，但是她的心也不得不在老远的地方对绍尚科驾驶的事业飞奔之车上的旌旗顶礼膜拜。对于她来说，做买卖这件事是遥远得不可企及的，它不把任何人的尊重放在心上，也不理会妻子的恳求，不理睬朋友的邀请，甚至也不顾及自己的舒适。绍尚科这种对自己事业的尊重，造就了男人们对自己的尊敬，这也是他把自己奉献给自己的权力的原因。绍尔米拉站在自己家务日常劳作溪流的岸边，敬畏地望着她对岸的绍尚科的事业。他那深远而广泛的事业，早就跨越了家庭的界限，深入到遥远的国家，抵达辽遥大洋的彼岸，把多少认识的和不认识的人拖进了自己经营之网啊。男人每天都在与自己命运进行斗争，如果女人用柔软的臂膀缠绕着他，那么，男人就会毫不留情地挣脱出来，在崎岖的征途上，他与朋友继续向前迈进。绍尔米拉怀着虔诚的心境爱着他，因而也就能默认这种冷酷无情。有时候，她那温存体贴之心，情不自禁地进入那无权进入的圣地，她遭到拒绝，她也认为这种拒绝是毫无罪过的，因而她忧心忡忡地退了回来。她只好对上苍说，请你保佑他，因为那个地方她自己是无法进去的。

尼 罗 德

正当家业兴旺发达，银行的存款不断增加并突破十万大关的时候，绍尔米拉得了一种莫名其妙的怪病，连站起来的力气也没有了。在此有必要解释一下，为什么这件事引起了大家的恐慌。

绍尔米拉的父亲是拉贾拉姆先生，他在巴里沙尔地区以及恒河河口地区拥有大量的土地。此外，他还是沙利马尔口岸的一家造船厂的大股东。他出生于新旧交替的时代，在摔跤、打猎、舞枪、弄棒等方面是行家里手。而且在演奏两面鼓方面也是闻名遐迩。他能成段地背诵《威尼斯商人》《尤里斯·恺撒》《哈姆雷特》①。他把麦考利②的英文当作自己写作的典范，并热烈地爱慕伯力③的演说辞。他对孟加拉语文学的欣赏一直追溯到叙事长诗《因陀罗耆伏诛》④。在中年时期，他认为喝酒和吃违禁食物是现代文明的必备条件。可是，到了老年，他完全放弃了这些观点。他很注意穿着打扮，人也长得很漂亮，身材修长而壮实。他待人热情和气。如果有人请他帮助，他从来没有说过"不"字。他自己对宗教仪式虽然不怎么重视，但是他家里却很讲究排场，因为豪华的排场可以增加家庭的荣耀。至于这些排场的礼仪自然是由女人或其他什么人来主持，他自己用不着操心。只要他喜欢，是很容易弄个王爷的头衔的。如果有人问他为什么没有兴趣，拉贾拉姆就会粲然一笑，说道："父亲已给了一个王爷的名字⑤，如果再要个王爷的头衔，那就是太不看重原来的荣誉了。"他到政府部门去，官员们总是敞开大门迎接他。每当他家里欢度杜尔伽大祭节时，香槟酒之类的饮料堆

---

① 《威尼斯商人》《尤里斯·恺撒》《哈姆雷特》这三个戏剧都是英国伟大诗人和戏剧家威廉·莎士比亚（1564—1616）的著名作品。——译者注

② 托马斯·麦考利（1800—1859），英国维多利亚时代的著名文学家和诗人。——译者注

③ 埃德曼蒙·伯力（1729—1797），爱尔兰的政治家和演说家。——译者注

④ 《因陀罗耆伏诛》，这是印度近代孟加拉诗人莫图舒顿·杜特（1824—1873）写的著名长诗。——译者注

⑤ "拉贾拉姆"这名字是由"拉贾"和"拉姆"两部分组成，而"拉贾"意思就是"国王"。——译者注

积如山，把那些高级英国官员灌得醉醺醺的。

绍尔米拉出嫁之后，在这位鳏居者的家里只剩下大儿子——赫蒙托和小女儿——乌尔米玛拉。好些教授都称赞他儿子才华横溢，或者用英文单词 brilliant 来赞扬他。儿子的相貌也是超群出众，从他身边经过的人总要回过头来看他几眼。无论哪一门功课总是考第一名。此外，在体育运动方面，他也首屈一指。他身体刚强健壮，真不愧是他父亲的好儿子。

不用说，赫蒙托的四周经常被那些媒人包围着，替那些家境不错的千金小姐说媒，可是赫蒙托对婚姻之事不感兴趣。他目前一心只想在欧洲人办的大学里取得学位。为此目的，他甚至开始学习法文和德文。

有时闲着无事还开始研究起法律来了，其实完全没有这种必要。就在这时候，赫蒙托的内脏或是身体的其他器官得了一种怪病，连许多著名大夫都束手无策，不要说无从下药，就是连症结所在也都很难查找出来。

拉贾拉姆当时对一位英国大夫很信赖，这是一位很有名的外科医生。他对病人进行了仔细检查后，也像其他医生一样，认为毛病藏在药石不可接触到的深处，应该把它连根拔掉。

当那位英国医生借助灵巧的器械剖开外面的肌肉时，内脏全都暴露无遗。在这里既找不到预想的敌人，也未发现一丁点儿破坏痕迹。这个祸闯得太大了，已无法补救。孩子就这样断送了性命。

父亲的心情极其悲痛，怎么也平静不下来。儿子的死固然使他伤心，但是一想到这样一个美丽、活泼、强壮的躯体，就这样被肢解而死，他的心中仿佛有一只黑色猛禽，用那锐利的爪子，日日夜夜撕裂着他的内脏，吮吸他的心血，把拉贾拉姆拽到了死亡的边缘。

尼罗德·穆库吉曾是赫蒙托的同班同学，新近才获得医师证书，他曾协助护理过赫蒙托。他曾一次次强调指出，诊断不对。他自己也做过诊断，并建议易地疗养，到一个空气干燥的地方住一段相当长的时间。

可是，在拉贾拉姆的思想中，老一辈的成见根深蒂固。他相信，只有英国医生才能在与死神的残酷搏斗中作出有力的回击。自从经过这件事，他对尼罗德的怜爱与尊敬大大增加了。他的小女儿乌尔米突然想到，这个人是一个不平常的天才。她对父亲说："你看，他年纪这么轻，对自己却坚信不疑！敢于反对又高又大的外国医生的意见，毫不犹豫地宣传自己的观点，这得需要多么大的无所畏惧的勇气啊！"

父亲说："医生的经验不能完全靠书本，有些人就是一种天生的悟性。我看尼罗德就有这种天赋。"

在悲痛的打击下以及悔恨的痛苦中，尼罗德的这一点点优点，使他们产生了对他的信任。这种信任一旦产生，就不必要有更多的事例来证明，它就会与日俱增。

有一天，拉贾拉姆对自己女儿说："乌尔米，瞧，我仿佛听到赫蒙托在向我呼吁，并对我说'驱除人类疾病的痛苦吧！'我决定建立一所以赫蒙托名字命名的医院。"

乌尔米凭着她那天生的热情大声嚷起来："好极了，派我到欧洲去学医吧，学成回来就可主持这所医院了。"

乌尔米的想法正合拉贾拉姆的心意。

"这所医院，将成为家里的祭产。你将是这一祭产的主持人。赫蒙托经历了巨大痛苦，他非常喜欢你。你这样大修善事，他在阴间也就会获得安慰的。你曾在他病床边日日夜夜守护过，现在你可以把你的服务范围扩展更大。"

老人家的心里想，一个豪门贵族的女儿，以医生为终生职业，并没有什么不合情理之处。因为他在内心里已深深体会到，把人类从疾病的魔爪中拯救出来，其责任是何等伟大！他自己的孩子未能被救活，但是如果能把别人的孩子拯救出来，这似乎可使他的损失得到弥补，并能减轻他的悲痛。他对女儿说："你在这里大学理科毕业后，马上就去欧洲好了。"

从此以后，拉贾拉姆的心里时常想着一个人，这就是尼罗德这个孩子。他认为尼罗德完全是块好料，他越看越高兴和惊奇。尼罗德实际上已经毕业了，越过了考试这段漫长的过程，在医学知识的汪洋大海里没日没夜地畅游。虽然他年纪轻轻，却对年轻人的娱乐没有什么兴趣。他专心致志地研究和试验当前的最新发现，甚至不惜拿自己事业上的前程去冒险。他鄙视那些只在行医方面有些经验积累的医生。他常说："蠢才有所进步，俊杰获得荣誉。"这一警句是从某本书上摘引下来的。

终于有一天，拉贾拉姆对乌尔米说道："我思考了很长时间，我们的医院，如果你和尼罗德结为终身伴侣，携手合作，共同担负起这项工作，那么事业一定会非常圆满，而且我也会了却一桩心事。他这样的好孩子，我到哪里去找啊！"

拉贾拉姆无论干什么事情，总是不能不考虑儿子赫蒙托的意见。赫蒙托常说，做父母的不管女儿愿意不愿意，硬逼她嫁给父母所选定的人，是一种野蛮的行为。有一次拉贾拉姆辩解说，婚姻不仅是个人的事，而是与全家紧密相联，因此，婚姻不能单靠爱好倾向，但由于他是如此深深地钟爱自己的儿子，所以在处理家务方面，赫蒙托的意见总是占上风的。

尼罗德·穆库吉已成为这一家的常客。赫蒙托曾经给他取了个绰号，叫他"猫头鹰"。如果有人要他解释其含义时，他总是说："这个人是《往世书》中的神话式的人物。他不分时代，只有学识，所以我把他称作米涅瓦①的使者。"

尼罗德时常来与他们家里人一起吃茶点，并常与赫蒙托进行激烈的争论。他心中当然早就看上了乌尔米，但在行动上却没有表现出来，这主要是他的性格使他不宜作这类表

---

① 米涅瓦是古罗马智慧女神，她的使者就是猫头鹰。——译者注

示。他只会进行讨论，而不善于交谈。如果说，他内心也有青年人的热情，但这种热情却不发出一点儿光亮来。因此，他特别藐视一些锋芒毕露的年轻人，并把他们驳得体无完肤，无话可说。由于这些原因，所以谁都没有认为他在有意追求乌尔米。可是，他这种表面上的漫不经心，却使乌尔米对他的尊敬上升到崇拜的地步。

后来，当拉贾拉姆明确表示，如果女儿不反对，那么，他极乐意将她嫁给尼罗德。当时女儿欣然赞同地点了点头。不过，与此同时，她说："只有在国内和国外学业完成之后，才能完婚。"

父亲说："这话说得很好。只要双方讲妥，正式把婚事定下来，就再也没有顾虑了。"

很快尼罗德就表示同意，虽然他的神气仿佛表现出这样一种意思，对于科学家来说，结婚是一种舍身行为，无异于自杀。好像为了减轻这方面的一些灾难，他提出了一个条件——乌尔米的学业以及其他一切方面的事情，要由他来指导。这样，以便他亲手把乌尔米逐步塑造成一个理想的妻子。这种训练必须是科学的、严格按章程办事的，像实验室的准确无误的程序一样。

尼罗德还对乌尔米说："飞禽走兽从大自然工厂里出来时已经是制成品，但人却是一块等待加工的材料。因此，人类的责任就是，要亲自把这块原材料仔细琢磨好，塑造好。"

乌尔米温顺地说："好吧！你就大胆进行试验！你在这方面不会遇到什么障碍的。"

"在你的体内生命力已经分散。"尼罗德继续说，"应该把它们集中起来，围绕着自己生命的唯一目的聚合在一起，并且使用它们。只有这样，你的生命才有意义。应该把分散的东西引向单一目标，让它浓缩，让它成为动力，这样才能称它为品学兼优的有机体。"

乌尔米很感动。她想，青年人常来她家喝茶或是打网球，可是他们从来没有说过这样令人深思的、感人肺腑的话语。即便碰巧有人说了，他们也只会在一旁打呵欠。

说实在话，尼罗德无论讲什么话，都有办法使人感到高深莫测。随便他说一句什么话，乌尔米都能在其中找到一种奇妙的意思！尼罗德确实是个非常聪明的人。

拉贾拉姆时常邀请他大女婿到家里来。他这样频频约请，是希望他的大女婿与未来的女婿彼此交流，相互了解，更加亲密起来。绍尚科对绍尔米拉说："那孩子是个少年老成、厚皮老脸的、令人讨厌的家伙。他以为我们全都是他的学生，而且都是些专坐后排调皮捣蛋的低能儿。"

"你嫉妒他。"绍尔米拉笑着说，"不知怎么搞的，我倒是很喜欢他的。"

"怎么样？你要不与你妹妹交换一个位置？"绍尚科有些不满地回击妻子说道。

绍尔米拉说："要是那样，你也许松了一口气，活得自在。可我就另当别论了。"

尼罗德对绍尚科的感觉也不怎么好，也没有增进什么兄弟情谊。他心里暗自说："他只不过是个工人，根本谈不上什么科学家。他只有一双手，脑袋又在哪里呢？"

绍尚科拿尼罗德来与小姨子开玩笑："现在你该彻底换个名字了。"

"英文名字？"

"不，纯粹是梵文的。"

"我倒想听听什么新名字。"

"比杜特—洛达①，尼罗德一定很喜欢！他在实验室里，对这种东西很熟悉。现在他又把这熟悉的东西摆在家里了。"

绍尚科随后在心中暗自说："事实上，这名字对她是很合适的。"他在内心感到隐隐作痛："唉，这么好的一个姑娘，可惜落到了一个冒称学者的大骗子手里。"

至于让小姨子落到什么人手里，才能使绍尚科感到满意和安慰，就很难说了。

过了一些日子，拉贾拉姆先生病故了。尼罗德——乌尔米未来的合法权益的主宰，就全心全意地担起了改变和造就乌尔米的责任。

乌尔米玛拉本来就长得很漂亮，可是给人的印象就更加

---

① 意思是"闪电—藤蔓"。——译者注

漂亮了。她身体的每个动作，都闪耀出一种心灵的咄咄逼人的光彩。她对每件事都很好奇。她爱好科学，但对文学的兴趣却更胜一筹。她到体育场去观看足球比赛的兴致极高，看电影的机会也决不会放过。外国物理学家到省立大学来讲课，她也是每次必到。她常常收听无线电广播，虽然有时她吓得胆战心惊，可兴趣依然很高。有什么迎亲队伍在街上走过，并由新郎带队吹吹打打，她一定会跑到阳台上去观看的。乌尔米还经常去动物园，尤其喜欢站在关有猴子的笼子前，目不转睛地观望。父亲去钓鱼时，她也总是陪伴着坐在身旁。她会打网球，羽毛球也打得很不错。她的一切嗜好都是从哥哥那里学来的。她很娇嫩，像细软的藤蔓，微风轻拂即东摇西摆。她服装穿得简便整洁，可是却很典雅讲究。她穿纱丽时，懂得东折一下，西折一下，这边抽抽紧，那边放放松，把浑身的优美曲线完全显露出来，她这种打扮的个中奥秘是谁也猜不透的。乌尔米虽然不大会唱歌，但西塔尔琴却弹得很好。当她弹奏时，大家真不知道，是该用眼睛去看好呢，还是用耳朵去听好。她那柔软的手指弹起琴来，其姿态非常优雅，时而轻抚慢拨，如行云流水，时而节奏急促，仿佛波浪起伏，奔腾呼啸。她从来不缺少谈话的题材，想笑就笑，从来不等待什么适当的理由。她有这样一种用之不尽、取之不竭的才能，能在沉闷的环境中创造出热烈而融洽的气氛。她待在哪里，哪里就不会有寂寞与孤单。不过，她在尼罗德面前，则完全变成另外一个人似的，犹如帆船失去了劲风，只好叫人拉着纤，不疾不徐地行驶着。

大家都说，乌尔米的性格很像她哥哥，充满了生机与活力。乌尔米知道，正是她哥哥使她的思想洪流得以解放。赫蒙托常说，我们的家庭是一个制造人的模子。多少年来，一个外国魔术师一直轻松地使我们三亿三千万傀儡按照他的音乐起舞。赫蒙托还常说："一旦时机成熟，我就做一个迦拉巴哈尔①的信徒捣毁这个傀儡世界。"那样一个时机始终没有到来，可是乌尔米的心情却被她哥哥鼓动得非常活跃了。

不过，麻烦出现了。问题就在于尼罗德的工作方法过于刻板与严格。他为乌尔米定下的学习规程非常严格，还常训诫她说："乌尔米，听着！如果在前进的道路上，让你的思想一路滴洒下去，当到达终点时，你的水罐里还会有什么东西可以剩下来呢！"

尼罗德还常说："你好像一只蝴蝶，忽儿飞到东，忽儿飞到西，盘旋游逛，什么收益也不会有。你应该像只蜜蜂，珍惜每一分钟，生命绝不是儿戏。"

最近，尼罗德一直在钻研从皇家图书馆里借来的教学法方面的书籍，许多警句都是从那些书上摘抄下来的。他所讲的话，全是书本上现成的话。因为他不懂得用自己的话，把事物简明扼要地说出来。乌尔米被他说得完全相信自己真有

---

① 迦拉巴哈尔（Kaalaapaahaar）是 16 世纪孟加拉的一位军事统帅。原来是婆罗门，后来皈依伊斯兰教，成了一位大将军。在孟加拉、阿萨姆等地摧毁了印度教庙宇、神像。——译者注

什么不对的地方。她自己的使命是如此伟大，可是自己的思想却时常走神溜到一边去了，她只好时不时地责备自己。

尼罗德是她面前的好榜样！他的意志是多么惊人的坚定！他做事情又是多么的倾心专注！对各种形式的嬉笑消遣又是多么不屑一顾、坚决地拒之门外！他如果看到乌尔米桌子上有什么通俗小说或者轻松的文学作品，就会立即没收。

一天傍晚，尼罗德对乌尔米进行监视性的访问时，听说乌尔米到英国戏院看沙利文的歌舞剧《天皇》的晚场去了。她哥哥在世时，她是从来也不放过这样的机会的，这次却遭到尼罗德狠狠的训斥。他以极端严肃的口吻用英文说道："听着！你不是已经决定把整个生命献给纪念你哥哥的伟大事业吗？你难道忘了这一点吗？"

乌尔米听了后心里很难受，非常后悔。她暗自想："这个人确实非同一般，能洞察人的内心世界。说真的，我心中的哀思已明显减弱，可是我自己却未发现。我的行为如此放纵轻浮，性格这样反复无常，实在惭愧！"乌尔米开始严格要求自己了。在衣着上，一切惹人注目的服饰都去掉了，身上穿的纱丽是粗劣的料子做的，也不挑选鲜艳的颜色。她的抽屉里虽然仍放着巧克力，可是并不再拿出来吃。她把自己那颗无拘无束的心紧紧地约束在一个极小的范围内，系在那义不容辞的虚伪的朽木上了。乌尔米的姐姐开始责备了；绍尚科更是指名道姓大骂尼罗德，而且那些骂人的话非常尖刻、生僻，连字典上都查不到，听起来当然不太高雅。

在一个地方绍尚科与尼罗德相融合。绍尚科是在气急败坏、大发脾气的时候讲英语；而尼罗德则是在做指示提建议的时候，讲极为高级的英语。尼罗德最讨厌的是，乌尔米姐姐邀请乌尔米去她家里。乌尔米不仅仅去，而且是非常喜欢去。乌尔米与他们的手足亲情，似乎有碍于尼罗德对乌尔米的管束。

有一天，尼罗德脸色阴沉地对乌尔米说道："乌尔米，你听着！不要认为我说得不好听。你说说，我该怎么办？我要对你负责呀！由于这些义不容辞的责任，使我不得不说些你不爱听的话。我要提请你注意，与绍尚科先生过多地接触，对你性格的形成是毫无益处的。你不要被亲情所迷惑。我把一切都看得真真切切，这简直是一种堕落。"

所谓"乌尔米的性格"的第一张抵押票据，已经装进了尼罗德的保险箱。万一她的性格出了什么岔子，这无疑是他尼罗德的损失。因此，下了禁令，不许乌尔米去婆巴尼普尔那里去。乌尔米虽然找过种种借口，但还是不能去看望姐姐。乌尔米把这些硬加给自己头上的约束，看作是对庞大债务的部分补偿：尼罗德担负起照看她生活的责任，并要终身去管教她，对于一个科学的信徒来说，还有比这更大的牺牲吗？

乌尔米长期忍受着，压制自己内心不受各种引诱的痛苦，可是还时不时地冒出来一种期待的愿望，并很难把它压抑下去。尼罗德只是指导她，可是为什么哪怕一瞬间也没有表示过对她的爱意呢？乌尔米的心中对这种爱情是热切地期待着。由于缺少这种爱情，她的心就得不到甜蜜的满足，她的一切义务也就变得枯燥和平淡无味了。

有时候，乌尔米突然发现，尼罗德的眼睛里有一股爱慕的表示，似乎他会毫不迟疑地立即将自己内心深处的秘密吐露出来。可是，只有天知道，即使他有一股深切的感情，他也不知道用适当的话语表达出来。正因为他自己有话表达不出来，所以他才把那种急于自我表现看作是一种缺陷。甚至，对于自己这种心里热外面冷的性格，竟认为是自己刚强的表现，并为此而自豪。他说过："我的性格里没有伤感的成分。"

遇到这种情况，乌尔米真想痛快淋漓地大哭一场。可是她被自己对他的依赖所蒙蔽，居然有时还认为，这是他大丈夫气概的表示，于是她又残酷无情地惩罚自己那颗脆弱的心。尽管她仍然不断地努力，但她很清楚——自己在那极度悲痛的情况下，承担艰巨义务的热情正随着时间的推移而不断衰退，而且由于自己意志的减弱，现在还不得不依靠另一个人的意志来维持这种热情。

尼罗德对她明确地说："乌尔米，你要明白，你不能从我这里得到一般女孩子从男人那里得到的谄媚与夸奖。你一定要记住这一点。我给你的东西，要比他们的全部花言巧语真诚得多，珍贵得多。"

乌尔米低着头沉默不语，但心中却暗自思量："在他面前，什么话都是瞒不过他的。"

乌尔米思绪很乱，静不下心来，于是独自来到阳台上散步。天色暗下来了。从城市中高低错落房屋的屋顶望去，只见夕阳落到遥远恒河码头上船桅下面安息去了。长长的五彩缤纷的云霞，在白天尽头的天际筑起了一道栅栏，然后那栅栏也渐渐地消失了。月亮爬上了教堂的尖顶。在暮色苍茫之中，城市仿佛进入了梦境，又仿佛是超凡脱俗的幻景。乌尔米内心深处疑窦丛生，难道生活真是这样毫不妥协的严峻吗？还有，它真是如此这般吝啬，连一点空闲、一点娱乐也不给我们吗？突然她心中涌起了一种冲动，一心只想去干点什么坏事，只想高声大叫——"我什么也不管不顾了！"

乌尔米玛拉

尼罗德完成了手头上的那项研究工作。他把他的论文寄给了欧洲一个科学学会，这使他获得了不少荣誉，同时还得到了一笔可观的奖学金。尼罗德决定远涉重洋，到欧洲一个大学里去深造，取得更高的学位。

尼罗德来告别的时候，没有任何依依不舍的缱绻言词，他只三番五次反复地叮咛："我这一走，真担心你在学业方面会懈怠下来。"

"没有什么值到担心的！"乌尔米说。

尼罗德说："应该如何行动，应该怎样学习，我把我的意见都详细地写下来，给你留作指导。"

"那我就诚心诚意地按你的意见去做。"

"我想把你书柜的这些书，搬到我那里锁起来。"

"那就搬吧。"乌尔米一边说，一边把钥匙交到他手里。

尼罗德的目光落到了西塔尔琴上面，他有些迟疑不决。最后尼罗德觉得自己有责任给乌尔米提出忠告，于是说道："我只是担心，你会常去绍尚科先生那里。要是你们往来频繁，你的决心就会动摇，这是毫无疑义的。请你别以为，我是有意中伤绍尚科先生，他是一位很不错的好人。我在我所接触的孟加拉人中间，很少看到在经商方面有他那样热情和才干的人才。他唯一的缺点就是——他不肯承认有什么崇高的理想。说实在话，对于他，我经常是很不放心的。"

说到这里，自然又提到绍尚科的许多缺点。虽然现在表现得还不十分明显，但是日子长了，就会一一暴露出来。尼罗德对此不能不表示担忧和焦虑不安。尽管如此，他毕竟是一个很不错的人才——尼罗德最后又不得不提高嗓音，热切地承认。

与此同时，尼罗德又特别谆谆告诫，乌尔米一定不要沾染绍尚科的那些缺点，千万不要沾染他们家庭的那种习气。要是乌尔米的思想水平降到他们那种地步，无疑是一种堕落！

乌尔米说："你为什么要这样忧心忡忡呢？"

"要不要我讲给你听？你不会生气吗？"

"从你那里我已获得听取真理的力量。我知道，那不会轻松，但我是能忍受得了的！"

"那好，请听我说。我已经发现，你的脾气与绍尚科的脾气有许多相似之处。他那种无忧无虑的样子和好动的性格，使你很有好感，不是吗？"

乌尔米暗想，这个人真是无所不知！确凿无疑，她是很喜欢姐夫的。其主要原因是，绍尚科喜欢哈哈大笑逗乐以及喜欢做一些恶作剧。此外，他还非常了解乌尔米喜欢什么花样以及什么颜色的纱丽。

"对，你说的是实话，我对他很有好感。"乌尔米承认道。

尼罗德继续说："绍尔米拉姐姐对绍尚科的爱既投入又深沉。对丈夫的照料，如同伺候神灵般的虔诚。在她尽义务时从来没有什么空闲。正是受到绍尔米拉的这般关照，绍尚科才能这样全身心地投入工作。但是，只要你去婆巴尼普尔那里，绍尚科似乎就会撕掉脸上的假面具，显出十足小丑的模样：与你打打闹闹，取下你头上的发针，解散你的发髻，抢走你正在读的书，把它藏在柜顶上……他对网球的兴趣也会骤然增加，甚至会放下手上的工作，去陪你打网球。"

乌尔米心里暗自承认，正是由于绍尚科这样放荡不羁、顽皮的样子，她才很喜欢他。在绍尚科身边，她自己无牵无挂的孩子气也就活跃起来了，他也同样成了乌尔米恶作剧的对手。她姐姐看到他俩的撒野胡闹，一般只是平静地莞尔一笑，偶尔也温和地斥责几声，但那显然是装装样子罢了。

"你应该待在你自己性格不会过分放纵的地方。"尼罗德最后总结说，"当你在我身边时，就完全不必担心，因为我的性格与你的性格完全相反。只要有我的保护，你的心情才会保持平静，你的思想才能永远保持清醒。"

乌尔米低着头轻声地说道："你说的这些话，我一定时时刻刻记在心上。"

尼罗德又说："我给你留下几本书，你好好读一读。特别是我作了记号的那些章节，更要仔细地看，深入地领会。这对你是大有好处的。"

对于乌尔米来讲，这些帮助是很有必要的。因为，她心中近来时不时地冒出一些疑惑，怀疑当初凭热情选择医学为终身事业是不是个错误，医学事业是否符合自己的特点。

尼罗德做了记号的那些书，对于乌尔米来说是强有力的纤绳，能把她拽到上游。

尼罗德走了之后，乌尔米更加严格地约束自己。除了到大学上课之外，其他所有时间简直连门都不出，仿佛把自己禁闭在闺阁里。每天傍晚回到家里，不管头脑多么需要休息，她仍然毫不放松，逼着自己整个心思集中于功课的学习方面。可是学习并没有什么长进。虽然一次又一次地想把思想集中在书本上，可是一个字也看不进去。不过，她并不承认失败。尼罗德虽不在身边，但他那遥远的思想反而对乌尔米发生了效应。

最使乌尔米讨厌的是，每当她工作学习时，心里时常回忆起往事。在年轻人中间，她曾有过许多的追求者。有些人她根本就看不上。对个别的追求者，她心里还是有好感的。当时虽然那种好感并没有发展成为爱情，可是对爱情的渴望当时却像温柔甜蜜的春风，时常抚弄她的心灵。因此，自己独自在心里哼起了歌曲，把自己喜爱的诗歌抄在笔记本上。当心情特别激动的时候，她就弹弹西塔尔琴。

可是如今连续有好几次，在晚上坐在那里读书的时候，眼前突然出现过去一位熟悉青年的面孔。此人当初并没有给她留下什么深刻的印象，他只是炽烈地追求过她。他的无休无止的纠缠曾惹她生气。而现在，他那炽烈追求的热情，却在乌尔米内心深处引起了一种莫名失意的隐痛，仿佛如蝴蝶的轻飘飘的翅膀，在花蕊上留下一丝春意。

乌尔米越是想把这种念头从脑海里驱逐出去，这些念头却越是奋力负隅顽抗，总在脑海里回旋。于是，乌尔米拿出尼罗德一张照片放在书桌上，不眨眼地凝视着照片。她只是在他脸上看到闪现的智慧光芒，却看不到一丝一毫的热情痕迹。要是他不来召唤她，她的心灵又会对谁给予回应呢？乌尔米心中毫无办法，只是心里默念着："他是多么伟大的天才！多么严肃的苦行者啊！多么纯洁的品质！我是何等难以想象的幸运！"

应该提及一下，实际上，尼罗德在某些方面已获得了胜利。当乌尔米与尼罗德订婚的时候，绍尚科以及其他一些持怀疑论者就在背后讥笑。他们说，拉贾拉姆先生太老实太单纯了，竟然把尼罗德看成是一个有崇高理想的人物。而尼罗德的理想不管如何用冠冕堂皇的言辞加以掩饰，其目的就是在乌尔米的钱袋里下蛋。虽然他想把自己当作祭品作出牺牲，不过他崇拜的神道之庙是在帝国银行里。我们一般人都会态度老实而坦白地向岳丈要钱，并保证说不会浪费掉，而是用在他女儿身上。可是尼罗德这位伟大人物，却是说为了一个伟大的目的，才屈尊答应了这桩婚事。随后他将会把岳丈账簿上的钱财一点一点地转到这伟大的目的上来。尼罗德知道，这类闲言杂语肯定是无法避免的。所以他与乌尔米讲明：我结婚有一个条件——决不用你钱财的一分一毫，我要全靠自己的收入来维持生活。

拉贾拉姆先生早就打算，把未来的女婿送到欧洲去学习。尼罗德无论如何不同意，虽然他明明知道，为此需要多等好长时间，才会有别的机会。他告诉拉贾拉姆先生："您创办医院无论用多少钱，请全部用你女儿的名义。我今后来医院主持工作时，也决不取一点报酬。我是一个医生，我不会为生计发愁的。"

拉贾拉姆先生看到尼罗德如此清高廉洁，更坚定了他对尼罗德的信任。乌尔米也为此感到非常骄傲，当然这种骄傲并不是毫无根据的，因而也使乌尔米对尼罗德产生了某种反感。她说："哼！我倒要看看，你这种自尊到底能维持多久。"

从此之后，每当尼罗德高傲地发表他的那些宏论时，话还没有讲完，乌尔米就扭头走开了，从远处都可以听到，她那沉重的脚步声。为了乌尔米的关系，尼罗德什么也没有说，但是，他这种沉默无言的表示，也是叫人难以忍受的。

　　最初，尼罗德在每封信里都有四五页非常冗长的指示。隔了不久之后，突然来了一封令人吃惊的电报——要求汇一大笔款项，因学习上很需要这样一笔经费。这封电报虽然使乌尔米一向作为无价之宝的骄傲受到了严重的打击，但同时也使她的心情得到某种慰藉。随着时光的流逝，与尼罗德分离的时间越来越长，乌尔米原先的本性便越来越强烈地在义务的围困中寻找突围的空隙。她用各种各样的借口来欺骗自己，并感到悔恨。就在这种良心自责的时候，因尼罗德拍电报来要求经济上的接济，使乌尔米悔恨的心情得到了宽慰。

　　乌尔米把那封电报交给自己财产管理人手里，并迟疑不决地说："叔叔，这笔钱……"

　　"我弄不明白。"那位财产管理先生说，"我们一向以为，他是不会向你要钱的。"

　　那位财产管理人对尼罗德并没有什么好感。

　　"可是在国外……"乌尔米结结巴巴没有把这句话说完。"外国的泥土能够改变我们国家去的人的性格，这一点我是一清二楚的。"那位叔叔说，"可是，这样改变起来，我们怎么能跟得上他的节拍呢？"

　　"要是不寄钱去，他可能会陷入困境，遇上许多麻烦。"

乌尔米说出了倾向性的意见。

"好吧，姑娘，我寄钱去，你别着急。不过，我要提醒你，这只是一个开头，并不算完事，事情还远没有了结。"

事情并未了结，很快就得到了证实。这次所要的钱款的数目更大，说是为了健康的原因。

"我最好还是与绍尚科先生去商量一下。"财产管理人表情严肃地说。

乌尔米急急忙忙地说："请你无论如何别让姐姐他们知道这件事。"

"我一个人来负这样的责任，是很不合适的。"

"今后这些钱也都会归他的呀！"

"在归他之前，应该好好看一看，这些钱财会不会完全落到水里去。"

"可是，我们应该考虑他的健康啊！"

"身体不健康，有各种各样的情况。他到底是什么一种情况，我们完全不了解。也许，回到这里来，换一换空气，身体很快就会恢复健康的。我们还是把他回国的路费寄给他吧！"

要尼罗德回国的建议，使乌尔米非常不安起来。她自己只要想一想，正是因为她的原因，尼罗德在达到高尚的目的途中才遇到了障碍，这是何等的罪过！

"好吧，这次就如数把钱寄给他。但是，我担心，这可能使那位医生先生的健康会更加糟糕。"管理财产的叔叔说道。

管理财产的叔叔——拉达戈宾多，是乌尔米的一位近亲。他的话给乌尔米的暗示，使她心中隐隐浮起了一层疑云。她开始想："我或许应该告诉姐姐一下。"

可是，从另一方面，一个问题始终萦绕在她的心头："本来应感到痛苦，可是为什么又不感到痛苦呢？"

就在这时候，绍尔米拉的病引起了大家的忧虑。一想到兄弟闹的那场病的悲剧，就更加心有余悸。各种各样的医生从四面八方请来，仔细会诊那病情的根由。绍尔米拉疲惫不堪地苦笑着说："真正的犯人会逃过刑事调查队之手的，可是，无罪的人倒会被折磨而死的！"

绍尚科带着满脸不安的表情说："让那些医生按正规手续到身体各部分去搜查吧！但决不能折磨她。"

这时候绍尚科手上又承包了两项大工程，一个是在恒河边上一座黄麻工厂里，另一个是答利贡吉方向米尔答尔的地主花园别墅里。黄麻工厂工人宿舍的工程，必须在三个月内完工。此外，各地还有几处打井的工程。这样一来，使得绍尚科一点空闲时间都没有。一方面要照顾绍尔米拉的病情，另一方面又要忙碌工程上的事，绍尚科简直处在极度紧张之中。

他们结婚这么多年以来，绍尚科从来没有为绍尔米拉健康担忧过。这次绍尔米拉一病不起，绍尚科吓得就像一个孩子一样慌了手脚，心乱如麻。干完工作他就匆匆赶回家里，手足无措地呆呆坐在病人的身边，用手轻轻抚摸着妻子的头，问道："感觉怎么样？"

绍尔米拉生气地回答说："你别瞎操心，我很好！"

这句话当然不可靠。但绍尚科总是往好里想，并马上相信了这句不可靠的话，心头也感到轻松一些。

绍尚科说："腾迦诺尔的王公委托我一件大工程，我得带着计划去与管家商量一下。我办完事尽量赶在大夫来之前回到家里。"

绍尔米拉央求道："我的头不痛，你千万别因忙乱而把事情办糟了。我当然懂得他们少不了你，你必须马上去。你自然是非去不可。你要是不去，我的病反而会加重的。这里侍候我的人很多，你不必担心！"

绍尚科的心里，白天黑夜都在想着积蓄一大笔财产的计划。吸引他的并不是财产本身，而是拥有财产后的气派。人都有一种创造某种荣华的使命感。金钱很少的时候，人们总是鄙视它，仅用它来过日子。一旦金钱积蓄多了，一般就会赢得人们的尊敬。人们并不指望得到什么好处，只是看到有钱后的豪华气派而赏心悦目，无比快乐。

绍尚科坐在妻子的床边，心绪忐忑不安。当时他在想，这种情况可能对他的事业会造成某些损失。绍尔米拉也知道，丈夫的这些想法并不是吝啬贪婪，而是胸怀大志——他想以自己较低的水平建造一座高高的胜利宝塔。她知道，丈夫的光荣就是自己的光荣。因此，她不愿丈夫因服侍自己而影响他的工作，虽然丈夫在身边心里感到舒畅，但这样做是无益的，所以她一次又一次地催促丈夫快回去工作。

一想到自己应履行的义务，绍尔米拉也深感不安。自己躺在病床上，谁知道那些佣人会把家务搞成什么样子呢！她毫不怀疑，他们佣人烧菜时一定会用坏了的酥油，洗澡间一定忘了及时供应热水，床单一定没有按时更换，阴沟等处一定没有去打扫……还有，当她一想到洗衣店来送衣服时，如果没有对照清单进行仔细查对，一定会错误百出的。

绍尔米拉在床上再也待不住了。她偷偷地起床，到各处巡视，结果浑身更加疼痛，热度又上升了，医生也被弄得莫名其妙。最后，绍尔米拉终于派人把妹妹乌尔米叫来了，并对她说："好妹妹，最近你就别去上学了，帮姐姐照看一下家吧。不然的话，我就是死也不能安心！"

各位读者将这篇故事读到此处，一定会发出会心的微笑，并说："以后所发生的事，我们都知道了。"

的确，要明了以后发生的事，并不需要多么高深的智慧。该发生的事，总是会发生的。不会增加一分，也不会减少一分。没有理由这样想：命运的游戏将会像纸牌一样，故弄玄虚，悄悄地用灰尘迷住绍尔米拉的眼睛。

一想到"我去伺候姐姐"，乌尔米心里就很高兴。为了履行这项义务，就应该把其他所有的事情搁置一边，除此之外，没有其他办法。另外，她心里还有这样一种想法，这种看护病人的事情，与自己未来的医务工作是紧密相连的。

乌尔米准备带一个精致的皮面笔记本，本子上有记录每天病情的起伏变化的表格。她决定围绕姐姐的病情去查看许多医学书籍，免得医生来看病时，因自己不懂而被人看不起。生理学是她准备硕士考试所要准备的科目，因此，治疗学上的专门术语对她来说并不难懂。也就是说，服侍姐姐与她所要准备的科目并没有什么矛盾，反而会促使她更加刻苦坚定地去钻研功课。一想到这些，乌尔米就把自己所读的书和笔记本全都装在手提箱里，立即来到了婆巴尼普尔姐夫家里。针对姐姐的情况，没有必要看那些大厚本的医学书籍，因为连高明的医学专家都诊断不出她的病症，因而束手无策。

乌尔米已成为这里一切事务的总管，因而她严肃地对姐姐申明："根据医生嘱咐，我承担照看你的责任。我要反复对你说，我的话你必须执行。"

姐姐看到她那认真负责、一本正经的样子，便笑着说道："哎哟，是从哪位先生那里突然学会了一本正经了？真像是新出家的僧尼那样的狂热。我派人叫你到这里来，是因为要你来执行我的委托。你的医院现在还没有筹备好呢，可现在我家里事务却很多。请你来帮助管理一下，好让你姐姐得到片刻的休息时间。"

由于姐姐强烈坚持，乌尔米不负担照看病人的义务。

如今，乌尔米成了姐姐家里的摄政王。家里一切都很混乱，需要她立即采取措施。根据这个家庭的惯例，全家上下每一个人的每一件事，都是为了服务于唯一的伟大目标——即伺候这个家庭主人的生活起居，不能有半点马虎。

可怜得很，这位家主根本就没有自己照管自己物质需要的能力。这一点，在绍尔米拉心目中已形成了根深蒂固的概念，这是怎么也擦洗不掉的。当绍尔米拉看到丈夫连自己抽的雪茄烟把衣袖烧了几个窟窿都没有发现时，她真是又好气又好笑，顿生怜爱之心。这位工程师早上起来，打开卧室一角上的水龙头洗脸后，就匆匆跑出去工作了，竟然忘了关水龙头。后来回家一看，地上已是一片汪洋，地毯也浸透了。当初装上这个水龙头的时候，绍尔米拉就坚决反对。她知道，水龙头装在床边，一到他手上，那个角落每天都会不可避免湿漉漉、脏兮兮的。

可是，这位工程师偏爱装些各种复杂的小玩意儿，说是为了科学的享受。有一回，这位工程师心血来潮，突发奇想，自己设计了一个全新的火炉。炉子周围有几个门和几个烟筒，为了使火更充分地燃烧和有效地利用热能以及快速出灰，里面还装了各种隔板和架子，烘、烤、煎、炸全都可以。大家对于这个新玩意装作很热心和表示赞赏。实际上，谁也不会用它，只不过为了息事宁人而已。这是大孩子们的玩意儿！没有必要去反对，过不了几天就会被忘得干干净净。他们觉得日常生活太单调乏味，总是要搞点新花样。妇女们的责任就是口头上赞美几句，至于做与不做，就全凭她们自己的意愿了。

很久以来，绍尔米拉就已经愉快地担负起这种伺候丈夫的职责了。

确实很久了，对于绍尔米拉来说，在丈夫绍尚科的世界里，缺少她是不可想象的！现在她真有些害怕，怕死神的使者把这个世界与这个世界的女神分割开来。她甚至害怕她死后，万一没有好人来照料绍尚科，她那失去肉体的灵魂就会永远得不到安息。

真是幸亏有个乌尔米。虽然她不像姐姐那样文静，但她还是可以继续绍尔米拉的这份工作的，因为她毕竟有一双女人温柔的手。男人要是没有这样温柔的手的抚摩，每天的生活就会变得多么枯燥乏味，所有一切也就会失去风趣和幸福。当绍尔米拉看到妹妹那双灵巧的手用刀子把苹果的皮削去后切成小块，把橘子剥皮后分成一瓣一瓣摆在盘子里，然后再把石榴砸开，把籽掏出来精心撒在盘子里时，绍尔米拉好像在自己妹妹身上又看到了自己的影子。于是她便躺在床上，不断地向乌尔米发出一连串的指示：

"把他的香烟盒装满，乌尔米！"

"你看看，他是否没有想到更换他的脏手帕。"

"你瞧，皮鞋上面沾满了水泥和沙子，他决不会想起来叫佣人擦一擦。"

"请你把枕头套换一换，好妹妹。"

"把这些纸团丢到纸篓里去！"

"你到他书房里去看一看。我想，他又把钱柜的钥匙丢放在书桌上了。"

"我想，大概，现在是该移栽卷心菜苗了。"

"请你叫花匠把玫瑰的枝丫修整一下。"

"你瞧，他上衣背后沾了一身石灰！你在忙什么？你停一下，乌尔米，好妹妹，请你把它用刷子刷一下。"

乌尔米虽然是个很会读书的姑娘，可是做家务事却并不怎么在行。不过，这些新鲜差事倒使她很感兴趣。她曾经处于被严格的管束之中，现在冲破了这种束缚，工作和其他所有事情，都使她有一种获得自由的感觉。她很少想到，在这个平安无事的家庭中还有什么需要操心和担忧的事情，她是从来不考虑这些的。她认为这些都是她姐姐操劳思考的事情。因此，对于乌尔米来说，一切事情都好像是一种游戏，一种休闲的假期，一种没有目的的创举！

对于乌尔米来说，这里完全是个自由的世界，与她原来所处的环境完全不同。在这里，她前面没有任何指定的目标，倒是整天都有干不完的事情。虽然忙忙碌碌，却是五花八门，变化无穷。犯了错误，或者偶有疏忽，她也不负什么责任。如果姐姐打算对她进行某种指责，绍尚科就会哈哈一笑，把事情化解了。仿佛乌尔米的过失，在使他享受生活方面又增加了一种特别的乐趣。

事实上，如今在他们这个家庭事务的小圈子里，原先那种严肃的责任感早就悄然消失了。在这样一种慵懒的氛围中，即使出现了什么错误与疏忽，也没有什么关系。这种情况给绍尚科带来无穷乐趣和说不尽的新奇。他在心中暗想，这样一种生活就像是郊外野餐一样，欢乐无比。

乌尔米好像总是无忧无虑，即使出了些小岔子，也不感到害羞，仿佛从来都不担心什么事。无论做什么事情，她总是满腔热情。这样一来，就使绍尚科那种繁重工作压力所带来的紧张情绪也减轻了不少。最近，绍尚科工作一完，就急急忙忙赶回家。有时甚至工作没有完，他也匆匆往家里跑。

应该承认，乌尔米在家务管理方面并不在行，可是，这样一个事实也是有目共睹地明摆着：即使不靠她工作的效果，光靠其自身的魅力，她就已为这个家庭填满了一个巨大空虚。

这个空虚到底是什么？这是很难用语言来准确描述的。比方说，近来绍尚科一回到家里，马上就感到有一种度假时才有的轻松气氛。这种假日气氛，并不仅仅是家庭服侍的舒适，也不仅仅是假日的清闲，它是一种使人兴致盎然的形象！说真的，正是乌尔米自己的假日欢乐情绪，填满了这个家庭的所有空虚。白天黑夜都展现着她的活泼情绪，那种浓郁的活跃气氛简直使绍尚科热血沸腾。

从另一方面来讲，绍尚科与乌尔米在一起，感到非常快乐。这种显而易见的感觉也给乌尔米带来了欢乐。很长时间，乌尔米就没有得到过这种幸福。单凭自己的存在就能使人感到快乐的这种权利，在乌尔米内心已压抑了很久，这使她感到相当委屈。

绍尚科的饮食起居是否遵循平时的习俗，什么东西是否及时随地得到供应——这一切，今天对这位家主来说，已经显得不怎么重要了。现在，他随便做什么，都会感到很高兴，甚至他的心情会无缘无故地觉得愉快。他对绍尔米拉说："你为什么要为那些不值一提的繁杂小事而忙忙碌碌呢？改变一下生活习惯，并不会有什么不好，可能反而会有好处。"

绍尚科的心情，现在如同是涨潮和退潮之间的相对平静的河流。工作的压力明显地缓和下来了，过去那种动不动就说，任何耽误或阻挠都会造成巨大困难、造成重大损失等等之类的话，现在再也听不到了。如果偶尔有那么一种表现，乌尔米马上就会大笑起来，把他那种严肃气氛完全冲淡了或者驱散了。当看到他脸上呈现出担忧的表情，乌尔米就会马上质问他："今天你那个怪物大概来过了？鬼知道那缠绿头巾的掮客，大概，他是来恐吓你的。"

绍尚科惊奇地问道："你怎么会知道他这个人呢？"

"我与他很熟悉。那天你已经外出了，他一个人独自坐在阳台上，于是我与他闲聊起来。他家住在比迦尼耶尔。他的妻子因蚊帐着火被烧死了，现在正打算另娶一位呢。"

接着，她又说："你要他为你做什么事，只管对我说好了。我想，我有办法让他为你出力的。"

最近以来，绍尚科对营业方面巨大利润的关心明显地减少了。即使一时事业进展缓慢，他也能容忍。如今，绍尚科·马宗达热衷于晚上听无线电广播，这是从来没有过的。每当乌尔米拖他去听广播，他并不认为是无聊的活动，也不把它看作是浪费时间。有一回，他甚至一大早就去多姆多姆机场观看飞机起飞。科学上的新奇事物并非是吸引他的主要原因。

绍尚科也第一次学会到新市场去买东西。在这之前，绍尔米拉时常去那里买鱼、肉类、蔬菜和水果。她认为做这类事情是她的专职。她从来不敢奢望要绍尚科陪着她去买东西。可是乌尔米从来不买东西，只是拿着想要的东西东瞧瞧西看看，在手里倒腾着。她到处转悠，与人讨价还价。如果绍尚科要买什么东西，乌尔米马上把他的钱包夺过去，藏在自己手提包里。

乌尔米一点也不懂得对绍尚科工作的关心。有时候，绍尚科因陪她的时间花得太多，也会指责她几句，可是结果往往是为避免一场悲剧继续发展下去，他反而牺牲了双倍的时间。

一方面，乌尔米的眼中时常有泪花闪动；另一方面，工作又很忙，很紧迫——于是绍尚科陷入了危机，最后他只好在回家前努力多做一些工作。

尽管如此，他仍然很难在外面待到天黑。要是某天因为什么事情耽搁，他回家太晚了，乌尔米就会像受到委屈似的脸色阴沉，一言不发地待在一旁。绍尚科从乌尔米那双噙着泪水的眼里看到了她的某种压抑情绪。为此，他心中暗自高兴。他做好人似的对她说："乌尔米，你要是赌咒决定不再讲话，进行'消极抵抗'，是应该得到尊重的。可是，看在老天爷的份上，你不能不与我打球呀，这可不是在你所诅咒的范围之内的事啊！"

说着，就拿起网球拍，拽着乌尔米打网球去了。在打球时，眼看绍尚科就要赢了，最后却故意输给了乌尔米。第二天早上起来，绍尚科又为头一天浪费过多的时间而悔恨。

在一个假日的下午，绍尚科右手拿着一枝红蓝铅笔，左手无缘无故地乱搔着蓬松的头发，坐在书桌前，正在全神贯注地研究一个困难问题，这时乌尔米走进来，对他说："我与你的那位掮客约好了，今天带我去波列什纳特神庙看一看。和我一起去吧！求求你啦！"

绍尚科央求道："不，今天不行。现在我确实走不开，一个重要问题需要解决。"

可是乌尔米却从来也不畏惧什么工作重要性之类的话语。她问道："你怎么可以硬着心肠，把一个孤立无援的瘦弱的姑娘，交给你那位戴绿色头巾的怪物手里呢？难道这就是你的尊重女性的骑士风度吗？"

最后，在乌尔米又拉又拽的情况下，实在没办法逃脱了，绍尚科只好丢下工作，开着汽车陪小姨子出去了。

绍尔米拉一直把乌尔米看作一个小孩子，直到今天也还是这么认为。当听到今天这件荒唐的事情发生后，她非常生气，因为她认为，男人的活动领域是不允许女人侵犯的。如果贸然闯进去，是不可饶恕的。

绍尔米拉决不允许把书房当作小孩子的游戏场所。因此，她派人把乌尔米叫来，狠狠地批评了她一通。这次批评也许不会完全无效果。但是，绍尚科听到妻子愤怒的嗓音后，马上站在自己房门外，对乌尔米挤眉弄眼，并且手里拿着扑克向她做手势，意思是说：到我书房里来吧，我教你玩扑克。

当然，那时并不是玩扑克的时候，他也没有这种玩牌的想法，他只是担心姐姐的严厉指责会使乌尔米伤心，因为这样一来，他会比乌尔米更难受。尽管绍尚科自己有时候也连求带哄地轻轻责备乌尔米，叫她不要妨碍他工作，但像绍尔米拉这样严格地约束乌尔米，对于绍尚科来说，是难以忍受的。

绍尔米拉又把绍尚科叫去，并规劝他："你为什么要这样放纵她这样调皮捣蛋呢？不管是什么时间，这样胡闹下去，你的工作会受到损失的！"

绍尚科说："哎，她还是个孩子嘛！在这里一个朋友也没有，要是一点也不让她玩，她怎么能在这寂寞的屋里待下去呢？"

乌尔米各种各样的孩子气还有不少表现。另一方面，当绍尚科正在埋头设计一张房屋建筑图纸时，乌尔米拿一把椅子坐在他身边，并说："给我讲解一下吧！"

乌尔米理解能力很强，数理公式也都掌握得很不错。绍尚科很乐意给她讲解，乌尔米也很感兴趣。

绍尚科坐着黄麻公司的汽艇外出视察时，乌尔米也硬要跟着去。她不光是陪他去，有时还要与他争论图纸的计算结果，甚至使绍尚科感到非常惊讶。这使他的兴趣要比从看诗歌时所获得的兴致大得多。

现在绍尚科把办公室的图纸带回家中工作，再也用不着担心了。不论是设计图纸，还是研究问题，乌尔米都坐在他身边，听他解释或帮他思考。这样一来，工作的进度当然是很慢的。不过绍尚科认为，这样花去的许多时间是值得的。

这种工作方式可把绍尔米拉气坏了。她虽然能理解乌尔米那种小孩子的脾气，也可忍受她在家务事上出现的一些过错，可是绍尔米拉坚决反对小妹去干扰丈夫的工作。她认为这个工作领域绝不能让女人闯进去。她不喜欢乌尔米无拘无束的行动准则，认为这是极端错误的。一个人绝不要超越自己的本分。

绍尔米拉心中实在忍受不了，有一天便问妹妹："乌尔米，你真喜欢这种设计绘图和计算吗？"

"姐姐，我非常喜欢。"

"真的喜欢？"绍尔米拉用怀疑的口吻说道："你是想讨他喜欢，才装出感兴趣的样子吧？"

事情就是这样。绍尔米拉的心意，就是想让绍尚科吃好穿好，使丈夫快快活活。可是，现在这种使丈夫快乐的方式与自己所想象的使他快乐的方式不一致，这就使她产生了矛盾的心理。

绍尔米拉多次对丈夫谆谆告诫："你为什么要让乌尔米来浪费你的时间呢？她会使你的工作受到损失的！她还是一个孩子呀，对这些事情她能懂得多少呢？"

绍尚科说："她并不比我懂得少！"

他满以为，他这样称赞小姨子会使妻子开心哩！真是一个大傻瓜啊！

当初，绍尚科热衷于自己的工作，并为自己工作而自豪的时候，他对妻子是相当冷淡的。绍尔米拉不但承认这是不可避免的必然现象，而且还为此感到骄傲。因此她不断地去训练自己的那颗心，并抑制自己不要表现出急切的热情来。

绍尔米拉还常常说："男人属于帝王一族，他们必然要去扩展自己的王业。要不然，他们就连女人都不如。因为女人有自己天赋的温柔与甜蜜，有与爱情伴随而来的财富。这些就够她们在社会上每天去完成自己的任务了。但男人非得每天去战斗，才能证明自己是成功的。古时候，国王们东征西讨，并不是需要扩大地盘，也不是为了获得什么权力，只是为了一而再再而三地去证明自己大丈夫的英雄本色。女人们永远也不应该妨碍他们去取得这种荣誉。"

所以，绍尔米拉从来不阻拦，反而总是放手让绍尚科去走自己选择的道路。有一段时间，她把丈夫紧裹在自己殷勤照顾的网里。后来虽然心灵上遭受不少的痛苦，仍然逐渐地把那罗网放松了一些。而现在，只要躲在幕后，暗地里去服侍他就心满意足，别无他求了。

唉，而如今绍尔米拉虽然躺在病床上，好多事都看不到，可是仅就她所感知的那些事就够她气恼的。唉！她眼看着自己丈夫一天天堕落下去，毫无办法。她一看到绍尚科的脸色就知道，他似乎整天鬼迷心窍。谁又能料到，乌尔米这小丫头来了不几天，竟使这样一个严肃勤恳的人几乎忘掉了自己的事业！今天丈夫这种不光彩的表现，使绍尔米拉感到，真比自己的病痛还要疼痛得多啊！

毫无疑义，绍尚科过去享受的衣食住行方面的舒适生活，现在出现各种缺陷和疏忽。比方说，在吃饭的时候可能突然发现，桌子上并没有绍尚科平时爱吃的那道菜，当然他们会作出某种解释。但是，在这个家庭里，过去是不允许有什么借口或讲什么条件的。这种粗心大意，一定会遭到严厉的呵斥。在这个往日纪律严明的家庭中今天竟发生了如此巨大的划时代的变化，即使出现了非常严重的疏忽，也只不过当作笑谈而已。这是谁的过错呢？比如说，乌尔米根据姐姐的指示，坐在厨房的藤椅上，一边监督佣人烧饭做菜，一边打听厨师的身世。在这样的时候，绍尚科也会突然冲进厨房，对乌尔米发出紧急命令："快走，这些事让他们去做好了。"

"怎么啦？要我去干什么？"

"我现在有空，走，我们一块去参观维多利亚女皇纪念馆。看到它的傲慢风格，为什么人们会发笑，我会讲给你听的。"

面对如此巨大的诱惑，乌尔米那颗敏感的心简直再也无法坚守自己的职责了。绍尔米拉非常清楚，即使没有她妹妹在厨房，饭菜也不会因此而做得走了味。不过有个女人在那里照料，那种温柔之心的关怀，自然会使男人更加舒适。可是她何必再提舒适呢？事情已一天一天变得更加明显了——丈夫已经快乐极了，饭菜是否合口味，已渺小得不值一提了。

这样一来，绍尔米拉的心情开始惴惴不安了。她在病床上翻来覆去，一次又一次暗自说："临死之前，我终于明白了一件事——我所做的一切努力，并没有使丈夫能够快活。我满以为在乌尔米身上能够看到我自己。可是乌尔米并不是我，她完全是另外一个女人！"

绍尔米拉朝窗外看了看，又思忖起来："她不能代替我，我也不能代替她。我要是死了，当然会有些损失。但是要是没有乌尔米，一切就会变得空虚的。"

正当绍尔米拉这么胡思乱想的时候，她突然想起冬天就要到来了，应该把过冬的衣服拿出来晒一晒。

"乌尔米，钥匙在这里，把过冬的衣服拿到屋顶凉台上晒一晒吧。"绍尔米拉吩咐着。

乌尔米刚把钥匙插进锁眼里，这时候绍尚科走了进来，说道："这些事以后再去做吧，有的是时间，先把那局球打完再说。"

"可是姐姐……"

"好吧，我替你向姐姐请假。"

姐姐准假了，不过她同时深深地吸了一口气。

绍尔米拉叫来女仆，并对她说："拿条毛巾来，浸在冷水里，然后放在我的额头上。"

经过长时间的禁锢，突然获得了自由，这种魔力几乎使乌尔米忘掉了自己。可是，有时候又会突然想起她那终生的艰巨使命。她知道她并未完全自由，她受到自己许下心愿的约束。与心愿同在的，还有另外一个人的约束，以及那个人指示的约束。此外，她还受到自己规定的日常任务、各种杂事的约束。

乌尔米无论如何也不能否认尼罗德对其终生所拥有的权利。当尼罗德在身边的时候，她还比较容易承认这种权利，好像可从他身上吸取力量一样。现在那颗心已经游离，只有义务的理智还坚持着。她为了让这种不安的痛苦受到麻痹，于是她企图在与绍尚科的嬉戏调笑中完全忘记自己。她常说："时候一到，一切就会自动归于正常。现在还是让我尽量享受这种极为短暂难得的假期吧！"

还有一次，那天乌尔米突然摇了摇头，把书和笔记本从箱子里拿出来，端坐在桌边埋头学习起来。这次可轮到绍尚科了。他从乌尔米手里拿走书本，扔到箱子里，并坐在箱子上，一动也不动。

"绍尚科，你太无礼了！"乌尔米埋怨道，"请你不要浪费我学习的时间！"

"我糟蹋你的时间，也就糟蹋我自己的时间。"绍尚科说，"所以相互都不吃亏。"

后来，乌尔米对绍尚科又是推又是拉，奈何不得他，最后只好自认失败。乌尔米并未为此感到十分气愤。经过这番阻挠，有四五天她都感到自己良心的责备，后来也就逐渐淡忘了。

"绍尚科，你不要以为我的意志薄弱。"她声称，"我心中的誓言是坚定不移的。"

"这就是说……"

"这就是说，在这里获得学位后，我就去欧洲学习医学。"

"以后呢？"

"以后就创办一所医院，并承担起它的责任。"

"还要承担什么人的责任呢？那个尼罗德·穆库吉，是个非常讨厌的家伙……"

"住口！"乌尔米大声喝道，并用手去捂绍尚科的嘴巴，"如果你要说这些，我就与你一刀两断，再也不理你了。"

乌尔米拼命地坚定自己的信念，并自言自语地在心里说："我一定要忠诚，一定要忠诚！"

她与尼罗德的关系是爸爸亲自决定的。对他要是不忠诚，那便证明自己没有信义。可是，困难就在于，从对方得不到任何支持。乌尔米就好像是这样一棵树，它在地下深深地扎下了根，可是在空中却见不到阳光，树叶都变得枯黄了。有时候她完全忍不住了，在心中暗想，这个人写来的信为什么完全不像信呢？

很长一段时间乌尔米是在女修道院里上学的。不管她其他功课学得怎么样，但她的英语却是相当好的。尼罗德知道这一点，所以总想在她面前炫耀一下他也十分精通的这种语言。他如果用孟加拉文来写信，本可避免许多难堪局面。然而这家伙没有自知之明，不知道自己英语的水平实在太低了。从各种书上抄摘堆砌起来的句子冗长啰唆，诘屈聱牙。别扭的词语读起来，如同叽叽嘎嘎乱响的超载的牛车。乌尔米读他的信时直想笑，但又不好意思笑出声来。她责备自己说："在孟加拉人写的英语信中挑错，也未免太过分，太苛刻了。"

尼罗德在国内常常提出忠告的时候，他的这样那样一些说教显得深沉而高傲。有一些她听进去了，但是她想象其说教的重要性要比听进去的多得多。然而在一封长信里却没有想象的空间，大量沉重的辞藻显得轻浮，口号式的宏论又显示出内容的空乏。

尼罗德在她身边时，乌尔米对他的那些想法还能忍受，现在远离他时乌尔米就觉得那些想法毫无意义——此人压根儿就没有一点幽默感。他信中所写的一切最能表现他的那种贫乏。乌尔米不由自主地拿他与绍尚科做一番对比。

有一天，发生的一件小事，就使这一对比更显得突出。乌尔米正在箱子里找几件衣服时，发现了一只未做好的鞋子，这使她回想起四年前的一段往事。当时赫蒙托还活着，他们一伙人结伴同去游达吉岭，真是有说不尽的欢快愉悦。赫蒙托和绍尚科讲的笑话，如奔腾的瀑布飞泻而下。乌尔米当时正在一位姨妈那里学做针线活儿。她准备做一双鞋，作为生日礼物送给哥哥。绍尚科于是以此为题常常与乌尔米开玩笑，说："随便你送什么东西都是可以的，就是不要送鞋子。天神摩奴说，这样做是亵渎尊长的。"

"天神摩奴规定要把鞋子送给什么人呢？"乌尔米瞟了绍尚科一眼，顽皮地反问道。

绍尚科表情严肃地说："摩奴说，只有姐夫才有接受亵渎的权利。况且你还欠我一双鞋呢，本利全都没有归还。"

"欠你的？我怎么记不起来了？"

"你当然不会记得。我与你姐姐结婚时，你年纪还太小，不能到新房里去淘气，你那双细嫩的手，当初还没来得及揪新郎官的耳朵，所以该罚你给姐夫做一双鞋哩！我早就提出了这个要求。"

这一要求一直未能满足，因为她后来只做了一双鞋作礼物送给哥哥了。

这之后不久，乌尔米收到了绍尚科的一封信。看了信，引得她哈哈大笑。这封信至今还在箱子里，于是乌尔米再次拿了出来，又重新读了一遍：

昨天你走了。在大家对你的印象还未消失的时候，这里就发生了一件与你大名有关的丑闻。我想，我要是瞒着不告诉你，显然未尽到义务。

　　我惯常穿在脚上的那双鞋，令众人瞩目。可是，他们的视线全都集中在我那鞋子破洞里露出来的脚趾头上了，仿佛是穿越云层的一串月亮（参见婆罗多琼德罗①的《安诺达颂》）。如果你对这个比喻有怀疑的话，可以去问你姐姐。今天早晨，我办公室里的布林达般·南迪给我行触脚礼时，我那双鞋子的寒酸相全都暴露出来了，搞得我很狼狈。真该死！后来我问我的仆人："莫赫什，我的那双新鞋子在什么地方？穿在哪一位无权穿的人的脚上了？"他搔着头回答说："你与乌尔米姑娘去达吉岭时把那双鞋带去了，你回来时那双鞋就只剩一只了，另外一只……"莫赫什说到这里脸都红了。我急忙喝令他："算了，别说了！"当时在场有很多人。偷鞋是一件不光彩的事。但是人的意志是脆弱的，而且诱惑力又是那么无法抗拒，竟然作出了这样的事，我觉得天神会饶恕的。然而，你如果通过这件不高明的偷盗行为了解其人的智力，艰

———————————

　　① 婆罗多琼德罗·拉伊（Bhaaratachadra Raaya，1712—1760），孟加拉语诗人，当时国王曾封他为"卓越的拉伊"，主要作品有《安诺达颂》《比代孙多尔》等。——译者注

苦工作的疲劳就会大大减轻。可是，只剩一只鞋子啊！！！可恶啊！！！

至于是谁干的这件好事，我还没有声张出去。可是，如果她受到这种指责竟大发脾气，那就会把事情弄得尽人皆知。如果她心灵是纯洁的，倒不妨为一只鞋去大闹一番。如果你现在想堵住莫赫什那惯于造谣生事的嘴巴，你最好借助一双手工制作的鞋子。最好别惹他！

我脚的尺寸一并附上。

乌尔米收到信读过后很高兴，打算立即着手给绍尚科做一双鞋。可是她一直没有完工，因为她对做针线活已失去了兴趣。今天，她在箱子里发现了这只鞋，她决定把这只未完工的鞋子，在去达吉岭一周年纪念日时送给绍尚科。那纪念日再过几周就到了。乌尔米深深地叹了口气。唉，从前那种充满欢笑、轻巧翅膀飞舞的日子哪里去了呢？现在她面临的是长期沉闷的、无穷无尽的责任和荒凉得如同沙漠一样的生活！

今天是法尔衮月二十六日。这天是洒红节。绍尚科工作忙得一塌糊涂，根本就没有时间顾及此事。他甚至连这一节日都忘记了。乌尔米今天来到卧床不起的姐姐的身边，在她脚上涂了一个吉祥标记，并向姐姐行了触脚礼。

随后，乌尔米到处寻找姐夫。她看到姐夫正在书房里伏在桌上埋头工作。她蹑手蹑脚从背后走过去，把红粉抹到他的头上，绍尚科的一些文献也都变了颜色，随后就掀起了高潮。绍尚科把桌子上摆着的红墨水洒在乌尔米的纱巾上，随后又抢过乌尔米衣襟边上裹着的红粉，抹了她一脸。结果就你追我赶，推推搡搡，吵吵嚷嚷，闹得不可开交。

虽然吃饭的时间到了，洗澡的时间过了，整个屋里还是充满乌尔米的阵阵欢笑。最后，绍尔米拉怕影响绍尚科的健康，几次派人传话，这场狂欢方告结束。

白天过去了，黑夜来临多时。圆月早已爬上了缀满花朵的克里什纳丘拉树的树梢，挂在万里无云的夜空。忽然春风吹来，园子里，所有的树枝都摇来晃去，树叶簌簌作响，树底下的光影交织成一张网。

乌尔米默然无声，静坐在窗户旁边，竟毫无睡意。她心中热血沸腾的波涛还没有平静，醉人的芒果花香灌进了她的心坎。今天，春日里的玛陀碧藤花竞相开放。花朵开放时要经过阵痛，乌尔米似乎也感到那种阵痛，从她整个身躯由内到外惊喜地冒出来。她来到旁边的浴室，冲了个头，再用湿毛巾擦了一下身子，随后她躺在床上辗转反侧，直到瞌睡虫把她拖入梦乡。

半夜过后，约在下半夜三点钟的时候，乌尔米从睡梦中醒来。当时窗前已看不见月光了，房间里一片漆黑，外面那槟榔树中的小径明暗斑驳。乌尔米放声哭了起来，怎么也控制不住，停不下来，只好倒在床上，把脸埋在枕头里哭泣。这是灵魂的痛哭，没法用语言来表达和解释。如果有谁要是问她，这种白天使她无心工作、晚上使她没法安眠的身体和心灵所遭受的痛苦来自哪里呢？肯定她也说不出个所以然来。

早上乌尔米醒来时，阳光已射进了房间，早晨的工作完全未来得及做。绍尔米拉没有责怪她，认为她太疲乏了。

到底是什么伤心事，使乌尔米如今这样悔恨和怠倦呢？为什么她心里掠过了一种失败的阴影？乌尔米自己也很难说清楚。于是，她来到姐姐身边说："姐姐，我给你什么忙也帮不上，还是让我回去吧！"

而今，绍尔米拉不好再说"不，你不能回去"，于是爽快地说："好吧，你回去吧！你的学习不能耽搁。有时间就常来看看我们啊！"

绍尚科外出工作了。乌尔米趁他不在，当天就收拾好东西回家去了。

那天，绍尚科回来，还专门带了一套绘制机械图的仪器，打算送给乌尔米。他曾答应要教她这方面的知识。回家之后，他哪里也没有看到乌尔米，于是走进绍尔米拉房间，问她道："乌尔米哪里去了？"

"她在这里读书不太方便，所以就回家去了。"绍尔米拉回答说。

"她来的时候就考虑到会有些不方便，准备牺牲几天时间。怎么今天她突然改变了主意呢？"

从绍尚科说话的语调，绍尔米拉早就明白了——绍尚科怀疑是她的主意。她知道，在这方面任何辩解都是毫无益处的。于是她说道："你就以我的名义，去叫乌尔米回来吧！我想，她大概会不好意思拒绝的。"

乌尔米一回到家里，就看到一封尼罗德多日前从英国发来的信。她不敢拆看信件。她心里明白，自己这方面犯下了一大堆错误。起先她把不守规矩全都推到姐姐的疾病上。自从绍尚科坚持为绍尔米拉雇用了护士白天看守之后，这种托词显然就荒谬绝伦了。遵照医生的嘱咐，护士是不能让家属随便进入病人房间的。乌尔米心里明白，绍尚科对姐姐的病并不怎么重视。尼罗德确实可以不以为然地说："你不要以任何事情作借口了。"

的确，乌尔米再也不能以服侍姐姐作为借口了，她现在再也不需要我了。

乌尔米满怀悔恨的心情决定：这一次我要好好承认自己的过错，请求尼罗德的原谅。我还要告诉他，我再也不犯任何错误了，再也不超越任何规矩了。

拆信之前，乌尔米把多日不见的尼罗德那张照片拿出来，把它摆在书桌上。她知道，要是让绍尚科看到了这张照片，又会对尼罗德进行一番嘲笑挖苦。不过乌尔米决不把这种挖苦放在心上，这也是她的一种悔过的表现。

乌尔米在姐姐家里时，没有把自己快要与尼罗德结婚的事情告诉任何人。其他的人也没有提过此事，因为这门亲事，这里没有一个人赞同。

今天乌尔米双手捏紧拳头，决定用自己的一切行动，把这一消息高声宣布。她还把那枚订婚戒指拿了出来，戴在手上。这是一只极便宜的戒指，可是尼罗德把它看得比宝石戒指还贵重，因为他总是怀着一种"穷得清白"的骄傲心态。尼罗德还有这样一种想法——这枚戒指的价值并不能代表我的价值，而我的价值却能使这只戒指名贵起来，身价百倍。

乌尔米带着将功赎罪的心情，做完这些事后，才慢慢地把信封拆开。

她一看完信，快活地跳了起来。真想痛痛快快地跳舞，可惜她对这门艺术还不太熟悉。于是她拿起床上的西塔尔琴，不管什么调子不调子，就嘭嘭嘭乱弹一气。

正在这时候，绍尚科走进房里，问道："怎么回事？大概是结婚的日期终于决定下来了？"

"对，绍尚科姐夫，终于决定了！"

"决不会再有变化？"

"不会再变了。"

"那好，让我去找吹鼓手，并到比姆纳格的商店里去订购烟酒糖果之类的东西。"

"你就不必麻烦了。"

"一切都由你自己操办？富贵人家的女英雄！还有，那么多聘礼钱怎么办？"

"那聘礼的钱，还是从我自己的口袋里掏好了。"

"炸鱼的油，出在鱼身上？我真有些不明白。"

"你把这封信拿去看一看，就会明白的。"

她说完就将信递到他的手里。

绍尚科看完信便哈哈大笑起来。

尼罗德在信中写道：他发现，他准备为之献出自己生命的艰巨的研究工作，不可能在印度进行。为此，他必须在自己一生中作出极大的牺牲。如果不与乌尔米解除婚约，就没有什么办法了。另外，有一位欧洲的小姐已同意与他结婚，并愿为他的事业献出自己的一切。不过，这项伟大的事业，无论是在印度进行，还是在欧洲进行，其意义都是一样的。如果把拉贾拉姆先生准备用于这伟大事业基金的一部分拨给他使用，并不违反拉贾拉姆先生的遗嘱，而且这一善举一定会使死者获得极大的荣耀。

"如果能帮助这个恬不知耻的家伙在异国他乡苟且活下去，倒也不是一个坏主意。"绍尚科说，"要是不陆续寄钱去，我真担心饥饿会把这家伙逼回来。"

乌尔米笑着说道："如果你这么担心，那你就寄钱去吧！我可一个子儿也不给。"

"你不会再改变主意吗？高傲小姐的高傲能永久不变吗？"绍尚科问道。

"万一要改变主意，绍尚科姐夫，这又与你有什么关系呢？"

"如果老老实实坦率地回答这个问题，又会增加你那自高自大的心理。不过，为了你好，我暂时缄口不言。但是我想那个家伙的脸皮够厚的，用英语来说就是太cheek① 了。"

乌尔米仿佛觉得搬掉了一块压在心头的大石头。这重负已经压在她身上好久了。

她获得这种自由很快活，简直不知道该怎么办才好。她把那张尼罗德给她安排的课程表撕得粉碎，随后又把他给的戒指从窗户扔了出去，丢给了一位正在沿街乞讨的乞丐。

"这些用笔标注的大厚本书，有没有什么收旧货的来买？"乌尔米问道。

"我想听听，如果没有人来买，又会怎么样呢？"

"如果不卖掉，过去被埋葬日子的阴魂就会躲在里面，等到半夜三更便会时不时地出来站在我床边，伸出手指头来责问我。"

"要是这么担惊受怕，就不要等小贩来收购了，我自己把它们买下来。"

"你买去又怎么办呢？"

"按印度教的经典，为它们举行最后的仪式。我愿把它们的尸灰送往伽亚②，如果这样能使你心绪安定的话。"

"不，那有些太过分了。"

---

① 意思是"不要脸"。——译者注。
② 伽亚（Gayaa），印度比哈尔邦的一个城市，印度教徒的圣地，也是佛教徒的圣地。——译者注

“好吧，就在我的图书室的一角，建一座金字塔来安葬它们的木乃伊。”

“不过，你今天不能去办公了。”

“一整天？”

“当然是一整天！”

“干什么呢？”

“让我们坐上汽车去兜风！”

“你得到你姐姐那里去请假。”

“不必啦，我们回来后再告诉她。我准会挨她一顿臭骂。不过，没关系，我能受得了的。”

“好！今天我也情愿挨你姐姐一顿骂。只要轮胎不爆炸，开足马力，每小时跑上 45 英里，压死两三个人，甚至把我们送进监狱也不在乎。但有一个条件：你要答应我三声——兜风回来，你就到我家去！”

“我去！我去！我去！”

兜风回来后，两人来到了婆巴尼普尔的家里。但是每小时 45 英里的高速度，仿佛仍在他们血液里飞奔，不愿停下来。在这种高速奔驰过程中，家庭的全部责任，人间的一切羞耻，早就消失得无踪无影了。

几天以来，绍尚科的所有工作全都搞得乱七八糟的了。他内心也很清楚，这不是好事，工作的损失将会极为严重。一到晚上躺在床上，各种可怕的念头都汇聚在脑海里，一切不祥的预兆更为明显。但是第二天他又迷恋自己的做法，正如《云使》①里的药叉一般。一个人如果第一次喝了酒，为了掩盖他的悔恨他还要喝第二次。

绍 尚 科

就这样过了一些时间，眼睛里朦朦胧胧，心里浑浑噩噩。

乌尔米要清楚地理解自己还需要一些时间，但是，有一天，她突然惊讶地清醒过来。

不知怎么搞的，乌尔米总是怕见到莫图尔表哥，老是躲避着他。一天早上，莫图尔来到姐姐家里，一直待到中午才走。

莫图尔一走，姐姐派人叫乌尔米过去。绍尔米拉表情严肃，但还是心平气和地说："每天你都不让绍尚科好好工作，你可知道，闯出了什么乱子？"

乌尔米害怕了，问道："姐姐，出了什么事？"

姐姐说："莫图拉哥哥告诉我，这些天，你姐夫对自己工作完全不管，一切事情都交给焦霍尔拉尔，而焦霍尔拉尔亲手偷走了许多材料。庞大的仓库屋顶盖得浮皮潦草，像筛子一样漏雨，把仓库里的货物都泡坏了。这样我们公司就名

---

① 《云使》是古印度诗人迦梨陀娑的一部杰出诗作。此处指诗中多情的药叉，整天思念他的妻子，因而常常心不在焉，别的事情全不放在心上。——译者注

声扫地了，他们也不信任我们了，而且经济上也遭到巨大损失。这样一来，莫图尔哥哥要与我们散伙单独干了。"

乌尔米心跳剧烈，忐忑不安，脸色也变得如同死灰一般。霎时间，她像闪电般地看清了自己心中隐藏的秘密。她现在明白了，当她的心灵悄然被迷惑之后，她就连好坏也分辨不清了。她曾把绍尚科的工作看成是自己的劲敌，并与它进行斗争，非打倒它不可。她想把他从工作那里完全夺过来，全为她独自享用。乌尔米内心常常惴惴不安。时常发生这样的事——当绍尚科正在洗澡的时候，有人来找他商量工作，她不假思索地一口回绝了客人说："他现在不会客。"

乌尔米担心，绍尚科洗完澡又会投入工作，没时间陪她玩，她一天的时间又要白白浪费了。绍尚科痴情的可怕图景，清清楚楚展现在乌尔米的眼前。她立即跪倒在姐姐脚前，眼泪汪汪地说："你把我从你们家里赶走吧！现在就把我赶得远远的。"

本来绍尔米拉已决定，今天无论如何不能原谅乌尔米，可是这时她的心肠又软了下来。

她用手轻轻地抚摸着乌尔米的头，说道："不要着急，总会有办法来解决这些困难的。"

乌尔米站起身，然后又坐下说："姐姐，你们遭到什么样的损失，我来弥补，我还有一些钱。"

"你疯了吗？"绍尔米拉说，"我还没有穷到一无所有的地步。我对莫图尔表哥说了，这件事不要声张出去，损失由我来赔偿。还有，我要告诉你，你绝对不要让你姐夫知道，我已经了解并平息了这件事情。"

"请原谅我，姐姐！请原谅我！"乌尔米一边说，一边又跪倒在姐姐的脚边磕着头。

"妹妹，谁配原谅谁呀？"绍尔米拉一边抹着眼泪，一边有气无力地说，"世间的事情确实太复杂了——心有所想，并不能如愿；本想全力支持他，却使其陷入困境。"

这件事发生后，乌尔米一刻也不离开姐姐左右——给她熬药，准备饭菜，喂她吃饭，给她擦澡等等一切事情，都由她亲自动手。她坐在姐姐床边，重新读起书来。她再也不敢相信自己了，再也不敢相信绍尚科了。

结果是绍尚科一次又一次地到病房来探望。只有痴情的男人才会这般愚蠢，竟不知道妻子早就看穿了他一次次探视的目的。他每次来病房，乌尔米总是羞得满脸通红。有一次进来，绍尚科企图邀请乌尔米去观看莫洪公园里的足球比赛，这个诱惑并未奏效。另一次他带来一张报纸，并在电影广告栏中卓别林的名字下面划了一条粗线，可是也毫无结果。乌尔米当初不是这样严厉约束自己时，绍尚科还想去干些工作，而现在他完全提不起精神，再也不能干什么工作了。

起先，绍尔米拉看到这个可怜的男人白白忍受着这些痛苦，虽然也很难受，但还感到幸福。可是，当她发现绍尚科内心痛苦越来越重，面色枯黄，眼睛下面的黑影一天比一天深了。吃饭的时候乌尔米不在身边，绍尚科就根本没有食欲，饭量急剧减少。这些都是一目了然的。最近，在这个家庭里那种欢乐的浪潮退潮了，连当初他们家那种安闲轻松的气氛也消逝了。

从前，绍尚科根本不注意外貌的打扮与修饰，头发剪得短短的，连木梳都用不上。绍尔米拉为此对他发过好几次脾气，后来她完全绝望了，只好听之任之。可是，乌尔米在笑声中含蓄地表示了她的反对意见之后，结果成绩卓然——绍尚科有生以来第一次在自己新生出来的头发上抹上了生发油。但是最近几天来，他的头发乱蓬蓬的，更显出他内心的痛苦。

绍尔米拉心想，无论在私下还是在公开场合，再也不应该进行冷嘲热讽了。绍尔米拉顿生怜悯之心，想尽量消除丈夫的痛苦。一方面，她对丈夫十分怜惜；另一方面，又怨恨自己太冷酷，她的心绪很不平静。这样一来，她的病痛就更加厉害了。

驻扎在炮台的军队要在练兵场进行操练，绍尚科小心翼翼地问道："乌尔米，去不去看看？我已经定了几个好位置。"

乌尔米还未来得及回答，绍尔米拉就抢先说："当然去啰！真该到外面去散散心啦。"

受到这样的鼓励，绍尚科隔了两天又来问："去看看马戏表演怎么样？"

对这一提议，乌尔米表现了很高的热忱。

然后，又来问："去不去植物园?"

这一次，乌尔米有些犹豫不决，她不愿意离开姐姐太久。

可是姐姐却主动站到绍尚科一边了。她帮他说话了："整天在尘土里与工人打交道，日晒雨淋，简直让人受不了。不到外面去呼吸些新鲜空气，身体是要被搞垮的。"

根据同一个理由，不让他们坐汽艇到拉吉贡吉去游览一趟，显然是不合适的。

绍尔米拉心中暗自说："为了她，绍尚科甚至毁了事业都毫不吝惜，要是失去她，他是会忍受不了的!"

虽然谁也没有明确地告诉绍尚科，可他看得出来，四周的人对他的行为是持一种默许的态度。绍尚科确信这样一点——绍尔米拉内心并不存在什么特别的痛苦。她看到丈夫与乌尔米在一起时，她也很高兴。

对于平常的女人来说，是不可能有这种情况出现的。可是绍尔米拉不是平常的女人。绍尚科在政府机关工作时，有一位艺术家为绍尔米拉画了一幅铅笔肖像画。这么多年来，这幅画一直珍藏在他的公文包里。后来他在一英国人开的商店配了一个昂贵的镜框，把画像嵌进去，挂在书房他座位对面的墙上。园丁每天都在画像前面的花瓶里插上鲜花。

终于有一天，绍尚科带着乌尔米到园子里去看盛开的向日葵，当时他突然抓住乌尔米的手，说道："你当然知道，我是非常爱你的。至于你姐姐，她简直是位天神。在我一生中，对别人从来没有像对她那样崇拜过。她不是尘世间的凡人，她比我们不知道要高出多少倍。"

绍尔米拉曾多次明白无误地对妹妹说过，她最大的安慰，就是由乌尔米来继承她现在的位置。一想到她在这个家庭的位置被另一个女人所代替时，她虽然很痛苦，但是一想到没有一个女人来照管绍尚科，让他过着凄凉的日子，她又于心不忍。

至于说到经营业务方面的事情，姐姐曾对乌尔米说过：万一爱情方面受到挫折，会使绍尚科在营业方面受到更大损失。当他心中的欲望得到满足的时候，他的工作又会走上正确的轨道。

绍尚科简直快活得神魂颠倒了。他就像来到了天仙的境地，他在人世间的一切责任感全都消失在欢天喜地的梦幻里了。近来，他像一个虔诚的基督教徒一样，星期天成了他神圣不可侵犯的休息日。有一天，他走进来，对绍尔米拉说："我与黄麻厂的厂长谈妥了，借他的汽艇用一天。明天是星期天，我想带乌尔米去钻石港。清晨动身，天黑之前回来。"

绍尔米拉心胸的神经仿佛被谁抽了一下似的，她痛苦地皱了一下眉头。不过，绍尚科一点也没有发现。

绍尔米拉只是问："你们吃的东西怎么办？"

"我已在旅馆里预订好了。"绍尚科轻松地回答。

过去，这些生活琐事全都由绍尔米拉来安排，绍尚科根本不管。而今天，一切都变了，简直翻了一个个儿。

"好吧，你们去吧!"绍尔米拉无可奈何地说。

妻子的话音刚落，绍尚科转身就跑掉了。绍尔米拉真想放声大哭一场。她把脸埋在枕头里，一遍又一遍嘟嘟囔囔地说:"为什么我还拖着不死啊!"

第二天，星期天，是他们的结婚纪念日。过去，这一天总是要庆贺一番的，从来没有间断过。这一次，绍尔米拉虽然没有对丈夫说，但她躺在病床上把一切都筹划好了。不做过多的准备，只要求绍尚科系上结婚那天系的贝拿勒斯出产的红色领带，自己则穿上结婚时穿的丝绸纱丽。丈夫脖子上带上花环，坐在面前喂她一餐。还要点上香烛，在隔壁房间留声机放出喜庆的唢呐声。每年的这一天，绍尚科总要送她一件可爱的礼物。绍尔米拉心想，这次当然也会送的，明天就会知道是什么礼物了。

今天，绍尔米拉再也不能忍受了。屋里谁也不在，她只是暗自独白:"虚伪! 虚伪! 虚伪! 这场滑稽戏里还有什么呢?"

夜里毫无睡意。一大早，绍尔米拉就听到汽车从大门里开出去了。她抽抽噎噎地哭了起来:"天神啊，你也是虚伪的!"

从这一天起，绍尔米拉的病情急转直下。有一天，当她病情严重恶化时，她派人把丈夫叫来。这正是黄昏时候，房里的灯光很暗。绍尔米拉做了个手势叫护士出去，让丈夫坐在身边，拉着他的手说道："在我的有生之年，我一直把你看成是上苍赐予我的最大恩典。但上苍不允许我陪伴你终生。我已经尽了我的一切力量，但仍有许多过失，请你原谅我！"

绍尚科想说什么，可是她阻止了他，并继续说："不，你什么也不要说。我把乌尔米交给你照看。她是我的亲妹妹。你在她的身上将会找到我，而且还会得到更多的、在我身上得不到的东西。不，你什么也不要说！在临死的时刻，我感到非常荣幸——我能给你带来幸福。"

护士从外面进来说："医生来了！"

绍尔米拉说："请他进来吧！"

夫妻间的交谈中断了。

绍尔米拉的舅舅，是一位非传统医学研究的热心人，最近他与一个苦行者特别投缘。当所有大夫都认为，对绍尔米拉的病毫无办法时，他坚持应该用一位僧人从喜马拉雅山那边带回来的一种中草药试一试。这是一种西藏的草根磨成的粉末，需要用大量的牛奶服用。

绍尚科最恨那些江湖郎中，他坚决反对。绍尔米拉说："可能什么效果也不会有，但是还是试一试吧，至少是对舅舅一片良苦用心的一种慰藉。"

那种藏药很快显现出了奇效。绍尔米拉原来呼吸困难，现在明显减轻了，也不再吐血了。

七天过去了。半个月过去了。绍尔米拉竟然可以坐起来了！医生解释说："人在临死之前，身体已经接近死亡，但是最后一刻，往往不由自主地为生存进行最后一搏。这是一种回光返照现象。"

绍尔米拉竟奇迹般地活过来了。

当时绍尔米拉在想："这是多么尴尬！怎么办？活下来最终是否会比死亡更加痛苦呢？"

另一方面，乌尔米正在收拾行李。她再也不能待在这里了。

绍尔米拉走来，对她说："你不能走！"

"这是什么意思？"

"在印度社会里，两姐妹同嫁一个丈夫的情况难道还少吗？"

"瞎说！"

"怕人讥笑指责？！人们的闲言杂语，难道比命运的支配更为重要吗？"

绍尔米拉把丈夫叫来，对他说："走，我们搬到尼泊尔去住。那里皇宫里曾给你一个差事，只要你努力，就能得到那个差事。在那里，没有人会说我们的坏话。"

绍尔米拉不等有人反对，就开始收拾行李。乌尔米痛苦地在房间里踱步，恨不得躲到哪个角落里去。

绍尚科对乌尔米说："你今天如果离我而去，你可以想到我会是个什么情况。"

乌尔米回答说："我什么也没有想好。你们两人怎么决定，我接受就是了。"

收拾行李花了好几天。启程的日子近了。乌尔米说："请再等七天左右，我要回去与叔叔最后商量一下。"

乌尔米走了。

这时候，莫图尔脸色阴沉地来找绍尔米拉，并说："你们在这个时候走，正是时机。上次和你谈过之后，我就与绍尚科把业务分开了，单独经营，亏盈与否各自负责。最近绍尚科查了一下账目，不但把你的投资全部贴了进去，看来，只有把这栋房子卖了，才可能还清那些债务。"

绍尔米拉说："竟失败得这样惨！难道他事先一点也不晓得？一点预兆也没有吗？"

莫图尔解释说："失败这东西，大多数情况下就像闪电，它才不会预先警告。有时直到发生前的一刻，都还浑然不知哩！绍尚科早就知道，他有亏损，应该逐步弥补。可是，他突然昏了头，想迅速弥补亏空，竟瞒着我到码头上去做煤炭的投机买卖。结果，到后来他不得不把高价买进的货物低价卖出。现在他突然发现，他的全部财产像烟花爆竹一样，瞬息间变成了灰烬。如果上苍保佑，现在去尼泊尔找个差事，你们就用不着担心了。"

绍尔米拉并不怕过穷日子。相反，她知道，在没有钱的时候，她在丈夫家里的地位会更高一些。她有这种自信，懂得如何去减轻贫穷的窘态。特别是身边的首饰，可以使他们相当长一段时间内还不至于没有饭吃，没有衣穿。她还想到，如果再娶上乌尔米，她的那些财产可以归丈夫支配。

可是单纯生存是不够的。这么多年丈夫依靠自己的努力，亲手积蓄了这些财富。她自己为了聚敛财产，也是无时无刻不尽力克制感情上的种种需要。现在，体现他们俩共同生活愿望的财富，竟像海市蜃楼般地幻灭了。这样的耻辱，使她真想钻到地缝里去。她心想，还不如当初死了的好，免得这样丢人现眼。

绍尔米拉还想："我会完全服从命运的安排的。可是绍尚科会不会忍受贫穷和屈辱所带来的冷酷与空虚呢？有一天，他心中是不是会后悔？说不定哪一天他不会饶恕我的。因为全是我的痴情害得他受苦的呀。到那时候，我给他端上饭来，他也会当作毒药往嘴里塞。自己喝醉了现出丑相，反而还说酒的不是。万一最后他靠乌尔米财产维持生活，一定会把自己的耻辱和怨恨全发泄到乌尔米身上，使她时时刻刻备受煎熬。"

绍尚科在与莫图尔清算账目时，突然发现他把绍尔米拉的全部财产全都赔掉了。原来是绍尔米拉用这些钱代他还清了莫图尔的债务，可是她从来没有告诉过他。

绍尚科想起当初辞掉公职时，靠妻子的钱，建立了自己的事业。今天，事业失败了，又要到公务机关重新受束缚，而且身上还背着绍尔米拉的一大笔债。要是单靠那一点薪水，什么时候才能偿还妻子的债务啊？

到尼泊尔去，还剩下不到十天了。一天晚上，他一夜未合眼。黎明时，他从床上起来，握紧拳头，在梳妆台上狠狠地捶了一拳，并且大声叫道："我决不去尼泊尔！"

接着绍尚科坚决发誓："我和妻子两人，带着乌尔米，就是要住在加尔各答，就是要面对横眉冷眼的社会严峻目光。还有，我的事业毁在加尔各答，但我一定要在这里重新建立起我事业的大厦。"

绍尔米拉正在写一张清单——什么东西要带走，什么东西要留下。她听到有人大叫"绍尔米拉，绍尔米拉！"于是，她丢下清单匆匆忙忙赶到丈夫房里。她担心又出了什么乱子，胆战心惊地问道："怎么回事？"

"不去尼泊尔了。"绍尚科说，"我们不要理会社会的指责，仍旧住在这里。"

"为什么？发生了什么事？"绍尔米拉问道。

绍尚科说："我要工作！"

"我要工作！"——这是一句多么熟悉而久违了的话啊！现在终于又听到了！绍尔米拉心里怦然直跳，非常激动。

"绍尔米拉！请你不要以为我是个胆小鬼！你能想象我会堕落到丢下责任不管而逃跑吗?!"

绍尔米拉走近丈夫身边，紧紧握住他的手，说："到底发生了什么事？能跟我说得明白些吗？"

"别瞒我了。"绍尚科说，"我又欠下你一大笔债！"

"好，不瞒你！"

"从今天起，我要像过去一样，陆续偿还我欠你的债务。"绍尚科继续说道，"请记住，我决计把我扔到深渊里的钱，全部要捞回来。请你仍然像从前一样地信任我！"

绍尔米拉把头贴在丈夫的胸脯上。

"请你也完全相信我。"绍尔米拉喃喃地诉说，"请你好好教导我，训练和塑造我！这样，我就可以与你一起，共同挑起这项艰巨的任务。"

外面有人喊："有信。"

送进来两封信，都是乌尔米的手迹。

一封信是给绍尚科的：

> 我现在正在去孟买的途中，到那儿后就直接去欧洲。我要遵照父亲的遗志去欧洲学医，大概需要六七年的时间。在这段时间，我在你们家闯下大祸，随着时间的推移，一定可以恢复过来的。不要为我担心。当然，我免不了要为你们担忧。

另一封信是给绍尔米拉的：

> 姐姐：
>
> 向你叩一千个响头！请你原谅我无意中所犯下的过错。如果你没受到那错误的伤害，我就非常快乐了，心中没有比这更大的快乐了。如果快乐本来

就没有我的份儿，那就随它去吧！我会时刻小心，
不会再犯错误！

1932 年 11 月—1933 年 2 月

（黄志坤　译　董友忱　校）

花　圃

一

妮尔佳在病床上半躺着，几个枕头高高地垫在背后，腿上盖着丝绸的白披巾，犹如雨季时节透过薄薄的云层照在地面上的白色月光。她的全身像贝壳一样白得吓人，手镯显得松松垮垮，两只瘦弱的手青筋暴露，她那又浓又长的睫毛周围出现了一片黑眼圈。

地面铺着白色的大理石，墙上挂着神像。屋子里只有一张床，一个三脚架和两把藤椅。在房间的一角拴着一条晾衣服的绳子，除此之外，就没有什么像样的家具了。在房间的另一个角落里，放着一个铜花瓶，花瓶里插着一束夜来香，在这个密不透风的房间里发出淡淡的清香。

东边的窗户敞开着，从这里能看到下面花圃里的兰花房，它是由栅栏围成的，栅栏上面长满了爬山虎。不远处的湖边，唧筒正在抽水，潺潺的流水穿过条条水渠流进花园里。在发出浓郁香味的芒果园里，布谷鸟使劲地鸣叫着。花圃门廊上，当当当响起了中午的钟声，与外面似火的骄阳形成了和声。从中午到下午三点，是花匠们休息的时间。听到钟声，妮尔佳的胸口开始疼痛起来，情绪变得非常糟糕。奶妈过来准备关门，妮尔佳说："不用关了。"她透过窗户向外望去，只见小树林里洒满阳光。

她的丈夫阿迪多在打理鲜花生意方面出了名。从结婚后第二天开始，妮尔佳和她丈夫的爱情通过各种各样的渠道，在管理花圃的工作中融汇在一起了。花圃里的每一朵花，每一片叶子上都浸透着他们二人的欢乐，随着这种欢乐不断日新月异，不时显现出迷人的风采。就像侨居他乡的人经常等待邮差送来朋友们的来信一样，他们二人在季节转换时期盼着各种树木鲜花盛开的时刻。

今天，妮尔佳不断地回忆起往日的情景，那实际上是不久以前的事，但是在她看来，那似乎是跨越了荒无人烟的原野的数个时代的历史了。在花圃的两边，长着一棵老楝树，在它旁边曾经有一棵与它孪生的楝树，不知什么时候已经枯萎了。后来，就把它的树干锯下来刨平后，做成了一个小桌子。阿迪多夫妻二人经常坐在桌旁喝早茶，清晨和煦的阳光穿过树的缝隙，照在他们的脚下。画眉鸟和松鼠也常常过来和他们一起凑热闹。喝完早茶，他们二人就开始在花圃里劳作。干活时，妮尔佳在头顶上打着一把绸布花伞，阿迪多头上戴着一顶草帽，腰间别着一把剪枝用的大剪刀。此时，如果有朋友来看他们，他们就一边干活，一边招呼他们。朋友们常常会说："说真的，大哥，看了你的这个花园，实在让人羡慕。"有人故意装作无知地问道："那些是向日葵吗？"妮尔佳连忙兴致勃勃地回答说："不，不，那是金盏草。"

有一次，一位精明老到的人说："妮尔佳，你是怎么把这么大的素馨花种出来的呀？你一定会变戏法，多像一棵夹竹桃呀。"这位有心计的人得到了奖赏，他拿走了主人送给他的五棵盆栽的素馨花，这件事使花匠霍拉像被挖去了自己的眼睛一样感到心疼。不知道有多少天，他们带着深受感动的朋友们，穿行在自己的花园、果园和菜地里。告别的时候，妮尔佳总是把玫瑰花、木兰花和麝香石竹，还有木瓜、柠檬和木苹果装满一篮子让他们带走，木苹果是他们果园里最有名的水果。依照季节，在所有水果中，椰子出汁往往最晚。喝了椰汁后，口渴的人都会说："这汁甜极了。"妮尔佳会应声答道："这可是我的果园里长的椰子。"大家都会说："噢，难怪这样好喝啊！"

妮尔佳每当回忆起往日，他们夫妻二人清晨时刻坐在树下品尝大吉岭茶的香味，闻着各个季节盛开的鲜花发出的芬芳时，就情不自禁地长吁短叹起来。她真想把那些黄金岁月从那个强盗手里夺回来。但她那颗躁动的心为什么找不到攻击的目标呢？她可不是一个像老实人一样甘愿低头向命运屈服的女人。究竟谁应该对这件事负责呢？他到底是怎样一个所向披靡的男人，怎样一个疯狂的人，究竟是谁把这么精美的创造给毁掉了呢？

在婚后的十年里，他们的生活非常美满。妮尔佳的女友们都很忌妒她，都认为，她的实际身价比市场价要高得多。阿迪多的男友们都对他说："你的运气真好啊！"

妮尔佳幸福家庭的帆船第一次触礁，源于他们的爱犬多利。女主人进入这个家门之前，多利是她丈夫唯一的伙伴。后来，在这对夫妻之间，它对主人的忠诚被分成了两部分，对妮尔佳忠诚的程度要多一些。每次看到大门外汽车回来，它就会立刻兴奋起来，不停地摇着尾巴，对奔驰而来的汽车表示不满。没得到允许，它就擅自跳进车子里，只有在女主人伸出食指示意警告后，它才停下来，并长出一口气，失望地蜷起尾巴趴在门口。假如他们没按时回家，它就会抬着脑袋用鼻子不停地闻着，并用它那表达不出来的语言，向苍天发出吼叫。有一天，多利突然不知患了什么病，临死前，它用可怜的目光望着他们的脸，并把头扎在了妮尔佳的怀里，就这样死去了。

　　妮尔佳对于爱情非常执着，造物主对这种爱情进行了干预，这是她始料不及的。这么多天以来，她对自己和谐的家庭生活一直坚信不疑，直到今天之前，她的信心从来没有动摇过。但是，今天，当多利的死这种不可能的事成为现实的时候，在堡垒的墙壁上开始出现了第一道裂痕。她预感到，这个裂痕也许就是不吉利的第一道坎。她想到，宇宙的主宰者是三心二意的，不能相信它表面的好心情。

　　所有人都放弃了妮尔佳还能生孩子的希望。她家里收养了加内什的儿子，当妮尔佳那久已压抑的慈悲之心剧烈动荡的时候，当那个孩子对她的过分宠爱感到不能容忍的时候，她突然怀孕了。她的心里充满了即将做母亲的喜悦，未来的地平线被崭新生活的朝霞染成了红色。妮尔佳静静地坐在树下，正在为这个即将诞生的不速之客缝制各色各样的小衣裳。

最后，分娩的日子到了。奶妈清楚，这是一次难产。阿迪多开始坐立不安，医生只好疾言厉色地把他赶到远远的地方。医生为产妇做了手术，母亲的生命保住了，婴儿却死了。从那以后，妮尔佳便一直卧床不起。她那贫血的身体就像拜沙克月的河流倒卧在沙滩上一样，显得疲惫不堪，她那无穷的生命力已经消失殆尽。靠床的窗户是打开的，金香花和牡芥贡花的香味，随着灼热的风不断地从外面飘进来，似乎她那过去时代的遥远的春日在向她低声发问："你好吗？"

最让妮尔佳感到不痛快的是，阿迪多为了帮助他打理花圃的工作把他的远房妹妹绍罗拉接来了。每当她透过窗户看到绍罗拉举着一把用云母和丝线缝成的伞，指挥着花匠们干这干那的时候，她就会对自己无用的手脚无法容忍。而在她未生病之前，每一个季节都会请绍罗拉来参加栽种新花苗的仪式。工作通常从清晨开始，干完活人们就去湖里洗澡，然后坐在树底下，开始吃着盛在香蕉叶上的饭菜，听着一台留声机里播放的本国的和外国的音乐。花匠们吃着炒米饭和甜食，从罗望子树下不时传来他们的欢笑声。天慢慢地黑了下来，在晚风中湖水掀起了小小的浪花，鸟儿在枝头上欢快地鸣叫，一天就这样在愉快的疲劳中结束了。

过去，妮尔佳的心中常常会溢满甜蜜的滋味，可是今天它为什么变得又苦又涩呢？她既对今天她那弱不禁风的身体感到生疏，又对现在她那毫无生气的性情感到陌生，在这种性情中，根本看不到她往日那种慈悲为怀的影子。她清醒地觉察到自己的潦倒处境，她感到无地自容，但她又只能一筹莫展。她特别害怕阿迪多会发现她目前的悲惨境况，说不定某一天他会亲眼看见。妮尔佳现在的心就像被蝙蝠啄过的水果一样，变得千疮百孔，根本无力参加任何社会活动了。

中午的钟声响了，花匠们都走了，整个花园很寂静。妮尔佳极目远眺，看不见所期望的海市蜃楼般的景象，在无影的阳光下一片空白连着一片空白。

二

妮尔佳叫道："罗什妮。"

奶妈走进房间。她已到中年，头发花白，粗糙的手上戴着一对铜手镯，一条围巾围在裙子上。她瘦得皮包骨头，干巴巴的脸上总是带有一丝严峻。仿佛她要在她的法庭上作出不利于这个家庭的判决。是她亲手把妮尔佳带大的，她把自己全部的慈爱都倾注在了妮尔佳的身上。对于那些经常与妮尔佳接触的人，甚至对于妮尔佳的丈夫，她都保持着一种防范心理。

进屋后，奶妈问道："孩子，我给你拿点水来吧。"

"不用，你坐吧。"奶妈盘腿坐在了地板上。

妮尔佳有话要问，所以特意把奶妈叫到屋里，奶妈是接纳她心里话的容器。

妮尔佳说："今天早晨，我听见了开门的声音。"

奶妈什么也没有说，但她脸上不悦的神情似乎在说："什么时候听不见呀?!"

妮尔佳又问道："他是不是带着绍罗拉进花圃了?"

奶妈心里清楚这件事，但是，妮尔佳每天都问同样的问题。奶妈把手一摊，撇了撇嘴，仍然一言不发。

妮尔佳一边看着外面，一边自言自语地说了起来："那个时候，他也是很早就叫我起床，然后我就去花圃里干活儿，这都是不久以前的事啊。"

谁都不希望和她谈论这个话题，但奶妈还是忍不住说道："如果不叫她来，花圃里的花儿不就都枯死了吗?"

妮尔佳还是旁若无人地说："过去，我总是一天不落地把清晨的鲜花亲自送到新市场去，今天也照样把鲜花送出去了，我听到了车子的响声，现在，是谁在张罗这件事，罗什妮?"

奶妈没有回答这个大家心里都明白的问题，只是闭着嘴不说话。

妮尔佳对奶妈说："无论怎么样，那个时候花匠们没有敢偷懒的。"

奶妈气愤地说："已经没有那个日子了，现在都伸手在抢呢!"

"是真的吗?"

"难道我还撒谎不成?能有多少花被运到加尔各答的新市场去!姑爷刚一出门,这些花匠们就在后门摆上了花摊。"

"难道就没有人管吗?"

"谁管这事啊!"

"你干吗不告诉姑爷呢?"

"我算什么人呀,我还要顾着我的脸面呢。你为什么不说呢?这儿的一切可都是属于你的呀。"

"不管它,不管它,这样也不错。就让他们再这样弄几天吧,等到什么都没有了,他们也就暴露了。总有一天,他们会明白,亲妈的爱总是比后妈的爱要深得多,您就保持沉默吧。"

"可是,孩子,我还得跟你说,你的那个花匠霍拉可不是个干正事的人。"

霍拉在工作中吊儿郎当,并不是奶妈不高兴的唯一理由,妮尔佳对他毫无理由的喜爱,才是她生气的一个重要原因。

妮尔佳说:"我不说花匠不好,为什么要让他们受新主人的气呢。他们祖祖辈辈都是花匠,可是,你的这位小姐只懂得书本知识,就来指挥,他们谁会听她的呢?霍拉不听她的话,常到我这儿来告状。我就对他说:'你甭理睬她就是了。'"

"那一天，姑爷要把他辞退。"

"到底为什么呢？"

"有一天，他正坐着抽烟，外面的一头牛跑进花圃来吃树叶。姑爷看到后说：'你怎么不把牛赶走啊？'他反驳说：'我把牛赶走？还是让牛把我赶走吧。难道我不要命了？'"

"正是为了你，姑爷才一直对他忍让着。不管闯进花圃里的是黄牛还是犀牛，他都不管。让我说，这样惯着他可不好。"

"别说了，罗什妮。难道我能不清楚？他是忍着巨大的痛苦才不去赶牛的。他胸中的火焰一直在燃烧着。那不是霍拉嘛，他头上裹着毛巾不知要到哪儿去？你叫他过来一下。"

听到奶妈叫，花匠霍拉来到了屋里。妮尔佳问道："怎么，今天对你有些什么新吩咐吗？"

霍拉说："哪能没有呢。听了，既令人好笑，又令人伤心。"

"什么吩咐，你说说看。"

"你没看到咱们前边那位有钱人家的旧房子正在拆吗？她让我从那儿拣些砖头来，铺在花圃的树周围。我说，树是喜好阳光的，可她对我的话充耳不闻。"

"那你怎么不跟少爷说呢？"

"我和少爷说了，他凶巴巴地对我说，'你住口'。少奶奶，你给我假吧，我真受不了。"

"我说，怎么看到你正在用筐子运垃圾呢?"

"少奶奶，你永远是我的主人。在你的眼皮底下，我的头却抬不起来了，在父老乡亲面前，我算是丢尽了脸面，我都成了苦力和小工了。"

"好吧，你走吧。如果你们的小姐再让你搬砖头，你就提我的名字，就说，我不让搬。你怎么还站在那儿不走?"

"老家来信了，说我家的耕牛死了。"霍拉边说边用手挠着头。

妮尔佳说："不，你的牛根本没死，还活得欢蹦乱跳呢。我给你两个卢比，你就别唠叨了。"说着，她从三脚架上的铜盒子里把钱拿了出来。

"还有什么事?"

"我还想为我妻子讨一件旧衣服。愿胜利永远属于你!"说着，他咧开被蒟酱叶染黑了的嘴，笑了起来。

妮尔佳说："罗什妮，把绳子上挂着的那件衣服给他吧。"

罗什妮用力摇着头说："这叫什么事啊! 那可是达卡产的纱丽呀。"

"管它什么达卡产的纱丽。今天，在我看来，所有的纱丽都一样，哪还有什么机会穿呢。"

罗什妮板着脸说："不行，这绝对不行。要不，就把你那件镶着红边的机制纱丽送给他吧。霍拉，你听着，你要是再这样让少奶奶不得安宁，我就让少爷把你赶到远远的地方去。"

霍拉赶紧抓住妮尔佳的脚，哭着说道："少奶奶，我的运气全完了。"

"为什么，你怎么了？"

"我一直管奶妈叫姨妈，我早就没有妈妈了，这么多天以来，我知道，奶妈非常喜欢这个倒霉的霍拉。少奶奶，既然今天你已经发了善心，她干吗要从中阻拦呢？这不是别人的错，怪只怪我命不好。不然的话，你怎么会把你的霍拉丢在别人手里，而自己躺在病床上呀。"

"别怕，你的姨妈当然是喜欢你的，你来之前，还一直夸你呢。罗什妮，把那件纱丽给他吧。要不，他会待在这儿不走的。"

奶妈木然地把那件纱丽拿下来，扔在了霍拉的面前。他抱着纱丽向妮尔佳行了触脚礼，然后站起来说："少奶奶，让我用这条毛巾把纱丽包起来吧，我的手会把它弄脏的。"说着，他不等少奶奶同意，就径直从绳子上扯下毛巾，把纱丽一裹，就快步走出了房间。

妮尔佳问奶妈："我说，奶妈，你敢肯定少爷出门了？"

"我亲眼看见的，他急匆匆走了，连帽子都没戴。"

"今天是第一次，早晨他没有给我送鲜花来，这种疏忽肯定会越来越多，到最后，我就会被扔到我们家烧过的煤灰堆里。"

见到绍罗拉走了过来，奶妈撇了撇嘴走了。

绍罗拉进了屋。她手里拿着一支兰花，花是白色的，花瓣上面有紫色花纹，这枝花犹如一支展翅飞翔的大蝴蝶。绍罗拉身材高挑儿，皮肤微黑，她那双神采奕奕和略带忧伤的大眼睛格外引人注目，她身着粗布纱丽，头发很随意地梳着，任它散落在肩上。她那毫无装饰的身体，仿佛不欢迎青春的到来。

妮尔佳连看都不看她一眼，绍罗拉轻轻地把花儿放在她面前。

妮尔佳露出不高兴的样子，说道："谁让你送来的?"

"阿迪多大哥。"

"他自己怎么不来?"

"他喝完茶就急匆匆地去了新市场的商店。"

"他干吗这么着急啊?"

"有消息说，昨天夜里，店里的锁被撬了，钱被偷走了。"

"那他连五分钟的时间都挤不出来吗?"

"昨天夜里，你身体特别不舒服，折腾到清晨才刚刚睡着。看到你才睡熟，他走到门口又回去了。他嘱咐我，如果他中午之前赶不回来，就让我把花给你送来。"

在开始一天工作之前，阿迪多每天都把自己特意挑选的一束鲜花放在自己妻子床前，妮尔佳每天都期待着它的到来。但阿迪多把今天这束特意挑选的花儿却交到了绍罗拉手里。他怎么没有想到，送花的最重要价值在于亲手送来。自来水管里的水尽管也是从恒河引来的，但没有恒河的成功喜悦。

妮尔佳蔑视地把花推向一边说："知道吗，在市场上，这束花值多少钱？还是把这束花送那儿去吧，有什么必要瞎浪费呢。"说着说着，她的嗓音变得沉重起来。

绍罗拉明白了事情的原委，她清楚，假如这个时候搭腔，只会增加而不是减少妮尔佳的愤懑，她只有站在那儿一言不发。片刻，妮尔佳突然问道："你知道，这个花叫什么名字吗？"

她本来可以说，我不知道。但或许是由于她的自尊受到侵害，就回答道："孤莲花。"

妮尔佳火冒三丈地说："你可知道得真不少哇！这花叫格兰迪弗罗拉。"

绍罗拉小声说："就算是吧。"

"你这话什么意思？就是这个名字。你是不是说，我不知道这个花名？"

绍罗拉知道，妮尔佳故意说出一个错名来发泄心中的不满，她是在用激怒别人的办法减轻自己的痛苦。绍罗拉只好默默地承受，走了出去。

此时，妮尔佳叫住了她，对她说："你听着，这一上午你都干什么来着？你待在什么地方？"

"在兰花房里。"

妮尔佳激动地说："有什么必要你一趟又一趟地去兰

花房！"

"阿迪多大哥交代我，让我把原来的兰花拔掉，种上新的兰花。"

妮尔佳申斥道："你像傻子一样，会把什么事情都搞砸的。我已经亲手把花匠霍拉调教出来了，给他下个命令，他难道干不了吗？"

对这个问题还真不好回答。如果照实回答的话，应该是在妮尔佳管事的时候，花匠霍拉确实干得不错，但到绍罗拉管事之后，他就不好好干了，还经常摆出一副对她不屑一顾的样子。

花匠心里明白，只有现在不好好干活，过去的主人才会高兴。这就像在大学里，由于罢课通不过考试比获得学位更值钱。

绍罗拉本来可以为此大为光火，但她没有这么做。她清楚，少奶奶的内心非常痛苦，作为一个没有孩子的母亲，她把全身心都扑在了这个花圃上。但在十年之后，自己离花圃这么近，却不能进入花圃，花圃就近在咫尺，自己却被残酷地隔离在外。妮尔佳说："关上吧，把那个窗户关上吧。"绍罗拉关上了窗户，问道："要不要我给你拿杯橘汁来？"

"不用了，什么都不用拿了，现在你可以走了。"

绍罗拉小心翼翼地说："喝汤药的时间到了。"

"不，不需要汤药了。花圃里，你还有什么要干的活吗？"

"需要栽插玫瑰枝条。"

妮尔佳有些讥讽地说:"现在倒正是时候。你说说,是谁给了他这个灵感?"

绍罗拉小声地说:"外地一下子来了许多订单,他就下了决心,想尽一切办法也要在下一个雨季之前插更多的枝条,我还曾阻拦过他呢。"

"你还阻拦过他! 好吧,你去把花匠霍拉叫来。"

花匠霍拉进了屋,妮尔佳对他说:"你是不是成了老爷了,栽插玫瑰枝会累坏你的胳膊吗? 小姐是不是成了你的副手了? 少爷从城里回来之前,能插多少就得给我插多少,我告诉你,今天你们别想休息了。把草灰和沙子掺在一起,把湖右岸的那块地平整好。"她下了决心,她躺在病床上也要让人把这些玫瑰枝条插好。这下子,霍拉可就没救了。

突然,霍拉脸上露出一副谦卑的样子,笑着说:"少奶奶,你看看这个铜花瓶,是卡塔克产的,由豪尔森达·麦蒂制作的。只有你才懂得这个物件的韵味,给你做花瓶用非常合适。"

妮尔佳问道:"它值多少钱?"

霍拉咬着舌头说:"你可别这么说,为了这个,我哪能要你的钱呢。我人虽然穷,但我绝不是小人! 我可是吃你的,穿你的,才混出个人样来的。"

他把瓶子放到三脚架上,又从另一个花瓶里取出花来插进去。要走的时候,又走到妮尔佳跟前,对她说:"我和你说过了，我的外甥女要结婚，少奶奶，别忘了给手镯。假如我送给她铜手镯，人们都会说你的坏话的，如此大户人家的花匠，他家办婚事，全村的人都盯着呢！"

妮尔佳说："行了，你别担心，你先走吧。"霍拉走了，妮尔佳突然转过身去，把头埋在枕头里，心中一阵痛楚袭来，她说："罗什妮，罗什妮，我变得太渺小了，我的心怎么变得像霍拉一样卑贱了。"

奶妈说："你在瞎说什么呀，孩子。"

妮尔佳自言自语地说："我怎么那么倒霉呀！在外面，我已经威风扫地了，怎么家里的人还要贬低我呀？难道我不知道今天霍拉用一种什么眼神看我？他在我这儿胡搅蛮缠，最后嬉皮笑脸地拿着小费走了。把他给我叫回来，我要痛痛快快地骂骂他，让他改改他的坏毛病。"

奶妈正准备起身去叫霍拉，妮尔佳又说："算了，算了，今天就算了。"

三

过了一会儿，妮尔佳的叔伯小叔子罗蒙来了，他对妮尔佳说："大嫂，大哥让我来告诉你，今天店里的活儿太忙，他在饭馆里吃饭，很晚才能回家。"

妮尔佳笑着说："弟弟，你是打着送信的幌子一路小跑过来的吧，难道店里的伙计都死光了？"

"到这儿来看你，还需要找其他借口吗？大嫂，那些伙计们哪能体会得到当信使的滋味呀？"

"这可不是你说好听的话的地方呀，你是走错门了吧？你的女园丁今天独自一个人在柠檬园呢，快去找她吧。"

"我得先给花园里的花卉女神送上见面礼，然后再去找女园丁。"说完，他从胸前的口袋中掏出一本故事书递给妮尔佳。

妮尔佳兴奋地说："《泪水的镣铐》，我正想找这本书呢。我祝愿你的那位花圃园丁永远把欢笑的镣铐拴在你身上！她正是被你称作你的理想伴侣和你的梦中情人。你真是好福气哟！"

罗蒙突然说："我说，大嫂，我问你一件事，你要认真回答我。"

"什么事？"

"今天，你是不是和绍罗拉吵架了？"

"你为什么这样说呢？"

"我看见，她坐在湖边上默不作声。女人们不像男人们那样心野，那样喜欢逃避工作。我从来没见过绍罗拉悠闲的样子。我问她：'你的心思到底在哪里？'她回答说：'在热风吹走干树叶的地方。'我说：'这可是个难题呀，你说明白点儿。'她说：'所有的事难道都有相应的语言来表达吗？'我又碰到了一个难题。当时，我心中想起了一句歌词：'谁的话伤了她的心。'"

"也许是你大哥的话吧。"

"这哪儿可能啊，大哥可是个男子汉。他可以对你的那些花匠大发雷霆，可是对鲜花是不可能发火的。"

"行了，没必要说废话了。我有一件正事跟你说，你必须答应我的要求。你和绍罗拉结婚吧，能够解救一个未婚的姑娘，这可是功德无量的事儿啊。"

"我对功德没有任何欲望，但我可以向你发誓，我渴望得到这个姑娘。"

"那问题在哪儿呢？她是不是没有那个心思？"

"我从来没有问过她。我已经说过了，她将成为我理想中的伴侣，而不是家庭的伴侣。"

突然，妮尔佳怀着浓厚的兴趣抓住罗蒙的手说："为什么不是呢，她应该是你的家庭伴侣。在我离开这个世界之前，我一定要亲眼看到你们结婚，否则的话，我将会变成厉鬼，让你们永无宁日。"

看着妮尔佳的这种激奋情绪，罗蒙感到无比惊奇，他呆呆地注视着她的脸。然后，他摇着头说："大嫂，按关系，我比你小，按年龄，我比你大。一些无用的树种可以随风到处飘动，一有机会，它们就会扎下根来，一旦扎下根，又有谁能把它们刨掉呢？"

"我不需要你教我怎么做，我是你大嫂。我跟你说，和她结婚吧，别再耽误时间了，法尔衮月里就有吉日良辰。"

"在我的日历中 365 天都是好日子，但有好日子，却没有我要走的路。我曾经坐过牢，现在还走在湿滑的路上，随时都会再次踏进监狱的大门。这条路连造物主的奴仆们也不会走的。"

"现在女孩子或许害怕监狱?"

"也许不怕，但那绝不是通往婚姻的道路，在那条路上，假如不是把新娘带在身边，而是把她牢记心中，那么，就更能产生力量，那样，她就会永远存在于我心中。"

绍罗拉端来一碗奶粥放到三脚架上，正要离去，妮尔佳叫住了她，说："别走，听我说，绍罗拉，这个照片上的人是谁，知道吗?"

绍罗拉说："那是我吧?"

"是你过去的照片。那是你们俩一块在大伯的花圃里干活儿时照的。你好像只有 15 岁，跟马拉提的姑娘一样，把纱丽的下角缠在后腰上。"

"你是在哪儿找到的?"

"我曾经在他的一个抽屉里看到过，但没仔细看，今天我又把它找了出来。弟弟，绍罗拉现在出落得比当时好看多了，是不是?"

罗蒙说："当时绍罗拉在那儿吗? 我怎么不知道。在我看来，现在的绍罗拉才是唯一真实的，让我把她跟谁做比较呀?"

妮尔佳说："她的全身现在就像是被心灵的某种神秘感所笼罩着，犹如斯拉万月的雨水，从一片白云中滴落了下来。你们称之为罗曼蒂克，不是吗，弟弟？"

绍罗拉正想离开，妮尔佳对她说："绍罗拉，你再坐会儿。弟弟，让我用男人的眼光看一下绍罗拉，你说说看，最先落入眼帘的是她的什么部位？"

罗蒙说："全身同时都会被看到。"

"当然是她的双眼，那是一双多么深情的眼睛啊。先别走，绍罗拉，再坐会儿吧。罗蒙你看看，她的身材多么苗条。"

"大嫂，你这是要把她拍卖呀？你可要知道，本来我的热情就不低呀！"

妮尔佳以经纪人的兴致说道："弟弟，你看看，绍罗拉的两只手，既有力又好看，多细嫩啊，这样的手你见过吗？"

罗蒙笑着说："哪里看到过这样的手啊，当着你的面说这种话，还真有点不好意思。"

"你难道不想对这双手提点儿要求吗？"

"也许我不能提一个永恒的要求，但我可以不时地提出要求。每次我到你们家来喝茶，都感到，从这双手上得到的东西比茶本身要珍贵得多。在接过茶杯的那一刻，我体味到了一种与新娘拉手的感觉，对于我这个运气不好的人来说，已经满足了。"

绍罗拉从藤椅上站了起来，准备离开房间，罗蒙在门口把她拦住，对她说："你答应我一件事，我才让你走。"

"什么事？说吧。"

"今天在望月之前，我要以一名过路人的资格光顾你的花园，即使有话要说，也无须再说了。由于没时间，今天都没能仔仔细细地看看你，突然，在这间屋子里，只可怜巴巴地看了一眼，这我可不满足。今天，在你们花园的树下，我要多待上一阵子，也让我的心好好享受一下。"

绍罗拉痛快地说："那好，你来吧。"

罗蒙又到床边对妮尔佳说："大嫂，那我走了。"

"还待在这儿干吗？作为大嫂，该做的我都做了。"

罗蒙走出了房间。

四

罗蒙走后，妮尔佳用两只手捂着脸，在床上躺了下来。她想，她也曾经拥有过如此令人心醉的日子。她曾使多少春天的夜晚热闹非凡。她也像大多数女人一样，只不过是丈夫家里的一件家什。躺在床上，她不停地回忆着往事：有多少天，她的丈夫用手轻轻地拨弄着她的头发，用柔和的声调对她说："你是酒室里为我倒酒的侍女。"十年过去了，酒的颜色没有改变，酒杯还是那么满。她丈夫常常对她说："在古时候，只要碰到女人的脚，无忧树就会开花，现在我的花圃里迦梨陀娑的时代又重现了。你每天走过的小路上，开满了五颜六色的鲜花，春风中弥漫着酒的芳香，整个玫瑰园都陶醉了。"他经常说："如果没有你，生意人的店铺就会把这座鲜花天堂占领，就像饿虎扑食一样。在我的命运中，幸亏有了你——幸福乐园里的因陀拉妮①。"唉，她的青春虽没有消失，但做人的尊严却已不复存在。因此，因陀拉妮今天已经不能充分地占据自己的宝座了。以前在她的心中有过一点点的恐惧吗？所在的地方只有她一个人，没有别人。在她的天空中，她就像清晨刚刚升起的太阳一样，只有她一个人傲然挺立。而今天，不管在什么地方看到一点点影子，她的心就会咚咚乱跳，她对自己已经不抱任何期望了。否则，绍罗拉有什么了不起的，有什么值得骄傲的。现在，因为怀疑绍罗拉，她心里很不踏实。谁晓得，白天还没有过去，可自己的美好运气却已到了尽头。这些天，造物主把那么多的幸福、那么多的荣誉都给了她，而最后又像小偷一样挖洞把给她的东西又都从她身边拿走了。

"罗什妮，你听着。"

"什么事，孩子？"

"你们的女婿曾经把我称作'酒室里的侍女'，如今，我们已经结婚十年了，酒的颜色没有褪，但是那个酒室在哪里呢？"

"你能上哪儿去呢？你的酒室还在。昨天，你一夜都没睡。睡一会儿吧，我给你按摩按摩脚。"

---

① 因陀拉妮（Indraanee），天神因陀罗的妻子。——译者注

"罗什妮，今天月亮快圆了。过去，有多少个皎洁的夜晚，我们睡不着觉，两个人一起去花圃里散步。那时的熬夜和今天的熬夜多么不同啊！今天，如果能睡着觉，就谢天谢地了，可是睡意就是不想来呀。"

"我看，你别出声，自然就会睡着了。"

"在月圆之夜，他们在花圃里散步吗？"

"我只看见他们为了早晨出货忙着剪花，啥时候散过步啊？哪里有时间啊！"

"花匠们今天可睡足了，是不是有人故意不叫醒他们？"

"现在你不在，谁敢去惹他们呢？"

"我好像听到了汽车声。"

"是啊，少爷的车子到了。"

"把小镜子递给我，把花瓶里那支大的玫瑰花拿过来。看看，放别针的盒子在哪里？今天我的脸色太苍白了。你先出去吧。"

"好，我这就走。可奶粥还搁在那儿呢，宝贝儿，你喝点儿吧。"

"放在那儿吧，我不喝。"

"你今天的药还没吃呢。"

"你别再唠叨了，我让你赶快走，把那扇窗户关上，马上走吧。"

奶妈走了出去。

下午三点的钟声响过了，阳光呈现出淡红色，树影斜向东面，风从南方徐徐吹来，湖水掀起了一层波澜。花匠们都在忙着干活，妮尔佳挣扎着，从远处注视着他们。

阿迪多快步走进屋里，双手捧着一大把黄色的金链花，他把这束花放在了妮尔佳的脚下。他坐到床上，拉住她的手说："今天，我已经好半天没有看见你了，妮鲁。"听到这话，妮尔佳再也忍不住了，就号啕大哭起来。阿迪多从床上起来，跪到地板上，搂住了妮尔佳的脖子，并在她湿漉漉的脸上亲吻起来，并对她说："你心里应该清楚，我并没有什么过错。"

"你说说，我为什么应该清楚呢？我哪还有原来的那种日子啊？"

"你算计这个干什么，你还是我那位原来的你。"

"如今，在所有事情上我都有一种恐惧感，身上一点儿力气都没有。"

"我喜欢你有一点儿恐惧感。不是吗，你想用刺激我的办法来向我挑衅，这是女人惯用的花招。"

"遗忘难道不是男人的习惯吗？"

"你连遗忘的机会都没给我呀。"

"别说了，别说了！由于造物主的咒语，我可是给了你足够的机会啊。"

"你说反了，幸福的日子能忘掉，而痛苦的日子不可能忘掉。"

"你说实话，今天上午你是不是忘了点儿什么就走了？"

"你在说什么呀，我是不得不出去应酬，可是，一直到我回来之前，我的心里一直不踏实。"

"你别这么坐着，快把脚放到床上来吧。"

"你是怕我逃跑，要给我戴上镣铐啊。"

"是，我就是想把你拴上，生生死死，我都要毫不犹豫地把你的脚拴在我身上。"

"经常产生点怀疑，这将使爱情更加有滋有味。"

"不，我从来都没有怀疑过，一点儿都没有。像你这样的丈夫有几个女人能得到，如果连你都怀疑的话，那我就应该受到责骂了。"

"要不，由我来怀疑你，否则，戏剧就该不热闹了。"

"那你怀疑吧，怕什么，反正也是一场闹剧。"

"随便你怎么说，今天，你是生我的气了。"

"别再提这件事了。你也不用再惩罚我了，我已经自己惩罚过自己了。"

"为什么要惩罚呢？如果不经常生点儿气，发发火，那么，我只能认为，爱情的脉搏已经中断了。"

"假如哪天我无端地生你的气，你要知道，那绝不是我的本意，肯定是哪个魔鬼缠住了我的躯壳。"

"魔鬼总会对所有的人做点儿什么，它常常毫无理由地出现在我们面前。只要我们富有智慧，口中高喊'罗摩'的名字，它就会闻风而逃。"

奶妈进来了。她说："姑爷，今天一上午，她不喝奶，不吃药，也不让按摩。这样下去的话，我们可侍候不了她了。"说完，就气哼哼地摇着手走了。

听了这番话，阿迪多站起身来说："这样我可生气了。"

"好吧，你使劲生气吧，有多大劲使多大劲，谁叫我先犯了错误呢，求你今后多多原谅我。"

阿迪多走到门口，叫道："绍罗拉，绍罗拉！"

听着这喊声，妮尔佳的每根血管都绷得紧紧的，手好像被刺扎了一样。绍罗拉走进了屋，阿迪多气呼呼地指责道："今天你怎么没给妮鲁吃药，而且也不给她吃点儿东西？"妮尔佳连忙说："你为什么说她呀？她有什么错？是我耍脾气故意不吃的，你为什么不骂我呢？绍罗拉，你出去吧，你凭什么站在这里挨骂呢？"

"不能让她走，让她先把药拿来，再把奶粥煮好拿过来。"

"唉，一整天她都指挥着花匠们干活，你为什么还让她做这种伺候人的工作呢？你心里难道一点儿同情心都没有吗？为什么不叫奶妈呢？"

"奶妈能做好这些事吗？"

"这项重要的工作，她完全能够胜任，而且能做得很好。"

"可是——"

"有什么可是的。奶妈，奶妈——"

"你不要那么激动，我看，你会闯祸的。"

"我去叫奶妈。"说完,绍罗拉离开了房间。对妮尔佳刚才说的那番话,她也没有辩驳。阿迪多心里也感到奇怪,他想,难道真的是让绍罗拉干得太多了吗?

看到妮尔佳把药和奶都吃了,阿迪多对奶妈说:"把绍罗拉妹妹给我叫来。"

奶妈走出了房间。

"你怎么动不动就找绍罗拉?我说,你怎么老是不让这个可怜的孩子闲着。"

"我有正经事找她。"

"别提什么正经事了。"

"不需要太长时间。"

"绍罗拉是女人,和她能有多少干活的话可说?我看,你不如叫花匠霍拉来吧。"

"和你结婚以后,我明白了一个道理,女人们会干活,而男人们从骨子里是没用的。我们干活是出自责任感,而你们却是喜欢干活。我想,就这个问题写一篇论文,从我的日记中可以找到很多这样的例子。"

"造物主今天剥夺了那个女人她所钟爱的工作,可我怎么能怪他呢?我工作的山峰在地震中轰隆隆地坍塌了,因此,废弃的房屋也变成了魔窟。"

绍罗拉来了,阿迪多问她:"兰花房的活干完了吗?"

"干完了。"

"全干完了?"

"全干完了。"

"玫瑰花的插枝呢？"

"花匠正在平整地呢。"

"平整地！地我不是早就弄好了吗？你是把活交给花匠霍拉了吧，他能干出什么漂亮活来呢？"

妮尔佳急忙打断阿迪多的话说："绍罗拉，你去给我拿点儿橘汁来，里面加点姜汁和蜂蜜。"

绍罗拉低着头走出了房间。

妮尔佳问道："今天你起得真早，就像过去咱们俩起早一样。"

"是啊，今天我起得很早。"

"你上了闹钟？"

"不上哪成啊。"

"在树下面，那个树干做成的小桌子上，放好茶具，巴苏是不是把一切都准备好了？"

"准备好了，不然的话，我就会上诉到你这个法庭，请求赔偿损失。"

"不是摆了两把椅子？"

"还是摆成原来的样子，还是那套带兰花纹的浅黄色的茶具，盛奶的银制小碗，放糖的小白石碗，还有绘有龙的造型的托盘。"

"你为什么让一把椅子空着呢？"

"我并不是故意这么做的。我数天上的星星，一个不少，只有初五的月亮留在了地平线之外。只要有机会，我也会把它捉到手的。"

"你为什么不叫绍罗拉坐在你桌子旁边呢？"

他本来可以回答说，我不想让别人坐你的位置，但作为老实人的他却回答说："清晨，她也许要做敬神的事，她可不像我一样，是个不敬神的野蛮人。"

"喝完茶，今天是你带她去了兰花房吗？"

"是啊，由于有事，我告诉她怎么做后就急急忙忙去了花店里。"

"我问你一件事，你为什么不让罗蒙和绍罗拉结婚呢？"

"难道我是保媒拉纤的人？"

"我不是和你说着玩呢，必须让他们结婚，找到像罗蒙这样的人可不容易啊。"

"一头儿是个男孩，另一头是个女孩，我哪有时间去了解他们互相之间是否有意，但从表面上观察，他们好像都有些举棋不定。"

妮尔佳火急火燎地说："你要是真正撮合的话，就不会出现犹豫不决的情况。"

"是别人要结婚，只有我一个人去撮合，他们不一定能成，你也可以试试看嘛。"

"还是给那个女孩放几天假吧，让她把目光从树木移到别的地方，她的目光会准确地落到该落的地方。吉祥的目光会使树木和山峦及世间万物都变得透明起来，就像 X 光一样。"

"你又在胡说了。说实话，你是不是不想促成这门亲事？"

"这么半天，你刚明白。你说说，绍罗拉要是走了，我的花圃将会是一种什么样子？不能不考虑我们的得失。你这是怎么了，你是不是现在疼得厉害了？"

阿迪多一下子变得焦急不安起来，妮尔佳用嘶哑的嗓子说："没什么，你完全没有必要为我那么紧张。"

丈夫正要起身离开时，她说："我们结婚以后，我们俩一起建起了那间兰花房，这你不会忘记吧。后来，我们俩每天都一块儿培育那间房里的兰花，难道你真忍心把它破坏掉吗？"

阿迪多吃惊地说："你这是什么话！你从什么地方看到我有破坏的嗜好啊？"

妮尔佳情绪激动地说："绍罗拉会种花吗？"

"你在说什么呢！绍罗拉不会种花？我从小在姨夫家长大，我姨夫是绍罗拉的伯父。你也知道，我是在他的花圃里学的手艺。他常说，种花和挤奶是女人们干的活。在所有的活计中，绍罗拉是他的好帮手。"

"那你就是男帮手了？"

"可不是嘛。不过，我还得在大学里读书，不可能像她那样有那么多时间，而她读书是由姨夫亲自教的。"

"正是那个花圃把你姨夫搞得一败涂地，就是因为那个女孩的坏运气，我就是担心这个，她是个不祥的女孩。你没看到吗，她的额头像田野一样开阔，走起路来像马一样，一蹦一跳的。女人如果具有男人一样的智慧可不好，只会招致不幸。"

"今天你怎么了，妮鲁，你在说些什么？姨夫很会种花，但不懂得做生意。在侍弄花草方面，他有独到的功夫，但在打理生意时他遭受的损失也是大大超过别人的。他在所有人当中非常出名，但却没攒下多少钱。当时，我哪里知道，他在给我提供资金建花圃时，已经囊中羞涩了。但使我唯一感到欣慰的是，在他临终之前，我已经还清了他所欠下的所有钱款。"

此时，绍罗拉拿着橘汁进了屋，妮尔佳说："放在那儿吧。"把橘汁放下后，绍罗拉出去了。那杯橘汁放在那儿，妮尔佳连碰都没碰一下。

"你怎么没娶绍罗拉为妻呢？"

"你好好听我说，我从来没想过要娶她为妻。"

"从来没想过，这就是你那富有诗意的浪漫？"

"在我的一生中，只是在第一次见到你的那一天，在我的脑海中才萌生了富有诗意的浪漫。在那之前，我们俩就像野人一样在林荫下生活，完全忘却了自己。如果我们在现代文明中生活，那又会怎么样呢，真是不好说。"

"为什么，文明又有什么罪过呢？"

"现代文明如同豆扇陀一样，试图把人们心灵深处的衣服扒光。在还没有任何感觉之前，它会用手指触摸眼睛把人们弄醒。味道的暗示对它来说太细腻了，它是靠揉碎花瓣来搜集信息的。"

"绍罗拉看起来长得蛮好的。"

"我所知道的绍罗拉就是绍罗拉，她长得好看不好看，对于这个问题的研究完全是多余的。"

"好吧。说实话，过去你就没爱过她？"

"当然爱过。难道我是一根木头，我能不喜欢她吗？姨夫的儿子在仰光做律师，他不必为他的儿子操心。绍罗拉能永远待在他的花圃里，这是他一生的期望。他深信，这个花圃将占据她整个的心，她将不会产生结婚的想法。后来，他离开了人世，绍罗拉成了孤女，花圃卖给了债主。那一天，我的心都碎了，你难道没看出来吗？她是一个值得爱的女孩，我怎么能不爱她呢？我记得，过去，绍罗拉的脸上总是荡漾着笑容，走起路来就像小鸟飞翔一样。可现在，她总是满腹心事，但她并没有崩溃。她在我面前从来没有叹过气，她从来不给自己这种机会。"

妮尔佳打断了阿迪多的话说："别说了，别说了，关于她的事，我从你那儿已经听得够多的了，不用再说了。她确实是个不平常的女孩。所以，我说过，你还是让她去巴拉萨特的那个女子学校当校长吧，他们已经催过多少遍了。"

"巴拉萨特的女子学校？为什么，不是还有安达曼群岛吗？"

"不，我不是和你开玩笑。你可以让绍罗拉做你花圃里的任何工作，但你不能让她干兰花房里的活儿。"

"为什么，发生什么事了？"

"我跟你说，绍罗拉不懂得种兰花。"

"我也跟你说，绍罗拉比我都懂得多。姨夫对兰花情有独钟，他派人从苏拉威西、爪哇甚至中国去买兰花，当时，没有人理解他对兰花的这种偏爱。"

妮尔佳对这些情况都知道，因此，对这些话她感到不能容忍。

"好，好，她比我更懂得种花，甚至比你还强。尽管如此，我还是要说，那个兰花房只属于你我两个人，绍罗拉对它没有任何权利。只要你愿意，你为什么不把你整个花圃送给她呀？你还是把献给我的那一点点东西留给我吧，我们在一起这么长时间，我连这么一点点要求都不能提吗？都是我的命不好，今天只能躺在病床上，但不能因此就——"话没说完，她就把脸埋在枕头里，呜呜地哭了起来。

阿迪多一下子愣住了，就像这么多天以来一直在梦游，突然被人当头打了一棒似的惊醒过来。这究竟是怎么一回事啊？他明白了，她的哭泣是憋了很多天的，随着时间的推移，她内心痛苦的旋风愈刮愈烈，可对此，阿迪多却从来没有觉察。他还傻乎乎地认为，看到绍罗拉打理花圃，妮尔佳会高兴呢。特别是在什么季节应该种什么花方面，绍罗拉的技艺是独一无二的。今天，他突然回忆起，有一天在某个场合，当他称赞绍罗拉说"你把灌木种得那么相配，我都做不到"时，妮尔佳大声笑着说："我说，先生，如果还给债主的东西超过了他应该得到的，最后受损失的还是他自己。"阿迪多还回忆起，妮尔佳不管用什么方法如果抓住绍罗拉在种树方面的某一个错误，她就会高声笑着，把这个错误到处传播。他记得很清楚，妮尔佳翻了许多英文书才记住了某个不太出名的花卉的怪名字，于是，她就像个好人一样去问绍罗拉，听到绍罗拉答错了，她就会大笑不止，并说："你不是很有学问吗？谁不知道，这个花叫迦西亚的爪哇尼加，连我的花匠霍拉都知道。"

阿迪多坐在那儿深思良久。然后，他拉着妮尔佳的手说："别哭了，妮鲁，你想让我怎么做呢？你是否想不让我再把绍罗拉留在花圃里管事了？"

妮尔佳把自己的手抽回来说："我什么都不想，不想，那是你的花圃，你想让谁管就让谁管吧，跟我有什么关系。"

"妮鲁，你怎么说出这样的话，我的花圃，难道不是你的？我们之间是从什么时候开始出现裂痕的？"

"自从你拥有了世界上的一切东西，而我只拥有这个房间的一角。我带着一颗破碎的心哪有力气站在你那位出类拔萃的绍罗拉面前？今天，我那一点点力量能在什么地方为你服务呢，我还能在你的花圃里做事吗？"

"妮鲁，过去，你多少次让人把绍罗拉叫来，向她请教花圃的事。难道你不记得了吗，几年前，你们俩一起把橘子树嫁接到柚子树上，使我惊诧不已。"

"当时，她没有这么傲气。造物主今天把我推入了茫茫黑暗中，所以，你才会突然发现，她这也会，那也会，在兰花管理方面，我也比她差。过去，你可从来没有说过这样的话。可是，今天在我倒霉的日子里，你干吗要来在我们俩之间做对比呢？今天，我怎么可能比得过她呢。我哪还有什么资格和她平起平坐呀？"

"妮鲁，我没想到，你今天会说出这样的话来，听起来，这似乎不是我的妮鲁说的话，好像别人说的话。"

"不，不，还是那个妮鲁，可这么多天以来，你一直不懂得她说的话，这是对我的最大惩罚。结婚后，在某一天，当我得知你像热爱自己生命一样热爱你的花圃时，从那一天起，我在那个花圃和我之间就没有留下一点点缝隙。不然的话，我就会与你的花圃激烈地争吵，我会对它不能容忍。它就像是你的小老婆。你知道，我是日夜为这个花圃奔忙。你也知道，我已经把它融化在我的血液中，我们已经融为一体了。"

"我怎么能不知道呢？你一切都是为了——"

"别再说那些话了。今天，我发现，另外一个人轻而易举地闯进了那个花圃，什么地方都没有出现一点点疼痛。过去你能想象得出把我的躯体劈开，再把别人的生命装进吗？我的那个花圃难道不就是我的躯体吗？我若是你，我能做这种事吗？"

"你会怎么做呢？"

"你真要听我会怎么做吗？花圃也许会破败不堪，花卉生意也会破产。我也许会在一个位置上安排十个花匠干活，但绝不容许任何女孩进入花圃，特别是那些性情孤傲，在管理花卉方面比我强的女孩。你现在每天都在用她的骄傲羞辱我，而我今天却在等死，没有办法来证明我的力量。怎么会走到这一步，你要听吗？"

"说吧。"

"你爱她胜过爱我，这么多天以来，你一直把这个埋藏在心里。"

阿迪多把双手插进头发里呆坐了一会儿，然后木然地说："妮鲁，你对我已经了解了十年，我们在一块儿生活，一块干活，同甘共苦。可即使如此，你今天竟然说出这样的话来，那我可就真是无话可说了。我走了，在你跟前待着，你身体会更不舒服。蕨菜地旁边有座日本式的房舍，我就住那里，什么时候需要，就派人来叫我。"

五

在湖的对岸，月亮从石榴树的背后渐渐升起来了，湖水中映衬着树木的黑暗倒影。在湖的这一边，栀子树的嫩叶像刚刚睡醒的婴儿的眼睛一样，泛着红润的光泽，花朵的颜色像未提炼过的黄金一样，散发着浓郁的浓雾一般的芳香。很多萤火虫在扎鲁树的枝干间飞来飞去，发出点点亮光。绍罗拉在岸边石阶的高台上静静地坐着，没有一丝风，树叶纹丝不动，湖水犹如经过打磨的一面银镜子，黑色倒影就像镜框一样。

从她身后传来问话声："我能过来吗？"

绍罗拉柔声柔气地说："过来吧。"罗蒙坐在挨着绍罗拉脚下边的石阶上。绍罗拉慌忙地说："你这是坐在哪儿啦，罗蒙大哥，坐上来吧。"

罗蒙说："对女神的描述都是从其脚开始的。你知道吗？你旁边有地儿，然后我再坐上去。现在把你的手递给我，让我用欧洲人的方式来欢迎你。"

他吻了一下绍罗拉的手，说道："请接受我对女王的敬意。"

而后，他站起来，拿出一点红粉搽在了她的前额上。

"这又是干什么？"

"你不知道，今天是洒红节？你们这里的每一棵树，每一个树枝上都呈现出五颜六色。在春天，人们不是用身体，而是用心灵来感受世间的颜色，必须让这种颜色公开表露出来，否则，我的花神，你就会被流放到无忧园里去。"

"我可没有本事和你玩语言游戏。"

"哪里还需要语言呀，雄鸟会唱歌，你们雌鸟默不作声地听着就等于作答了。现在让我坐在你身边吧。"

罗蒙坐到了绍罗拉身旁，两人默默地坐着，谁也不说话。突然，绍罗拉问道："罗蒙大哥，怎么才能进监狱呢，你给我点儿提示吧。"

　　"进监狱的路如此之多，而且又那么容易，以至于怎么才能不进监狱，做这样的提示倒变得十分困难了。在这个时代，白人们的笛子是不会让人们在家里待着的。"

　　"不，我不是在跟你逗乐，我经过深思熟虑才发现，在那里我才能得到解脱。"

　　"你把心里话开诚布公地对我好好说一说。"

　　"我是要把全部的话和盘托出的。你要是看到阿迪多大哥的脸色，你就会完全明白了。"

　　"我已经看出了一些迹象。"

　　"今天下午，我一个人坐在走廊里，正在翻看一本从美国寄来的关于花卉的画册。每天下午四点半之前，阿迪多大哥喝完茶后，都会叫我去花圃里工作。今天我看到他却心不在焉地走来走去。花匠们在那里干活，他甚至都没有瞟一眼。看来，他像是要到我待的走廊里来，但迟疑了一下又返回去了。他是一个身高马大的男人，走起路来虎虎有生气，干活很卖力气，而且能眼观六路。虽然他是个严厉的主人，但脸上总挂着宽容的笑容。可是，今天他走路都没有那么有力了，目光没有注视外面，仿佛陷于深深的思考之中。过了很久，他才慢吞吞地走过来。如果是在平时，他会看着手表说，到时间了，我也会赶紧起来去干活了。今天，他没这么说，而是慢慢地拉过一把椅子，坐在了我身边。他说：'你好像在看花卉画册吧？'他从我手里拿过画册翻看起来，但是看起来，他根本没看进去。猛然，他盯住了我的脸，仿佛决定不再耽误时间，马上对我说点什么。可是，他立刻又把目光转移到画册上，说：'看到了吧，绍莉，多大的金莲花呀。'声音中充满了疲惫。然后，他半天都没有说话，只是翻阅着画册。而后他又突然注视着我的脸，一下子把画册合上，扔到了我的怀里，站了起来。我说：'你不去花圃了？'阿迪多说：'不，妹妹，我得出去一趟，有点事。'说完，他就像挣脱了什么羁绊一样，急匆匆地走了。"

"阿迪多大哥到你那儿想说什么，你能猜得出来吗？"

"他要跟我说，过去你的一个花圃已经垮掉了，此次命令来了，你命中注定，另外一个花圃也将被毁灭。"

"绍莉，如果真发生这样的事，那么，我将失去进监狱的自由。"

绍罗拉苦笑着说："难道我能关闭你那条路吗？皇帝会亲自使这条路成为坦途的。"

"你就如同从树上脱落的花蕾一样，掉在马路中间，而我却会令人大吃一惊地锒铛入狱，难道这不可能吗？所以，从现在起在我这个年纪我必须学习做个好人。"

"你要怎么做？"

"我将宣布，向你的灾星宣战，将它从天宫图中赶跑。然后，我将获得一个长假，我甚至想去漂洋过海。"

"对你我什么也隐瞒不住。这些天来，在我看来，有一件事越来越清楚，我现在告诉你，请你不要往心里去。"

"你不说，我反而会介意。"

"从孩提时代起，我就和阿迪多大哥一块儿长大，我们像兄妹俩，而酷似兄弟俩。我们常常在一起刨地，给树木剪枝。在两三天时间内，我的大妈和妈妈先后得伤寒离我而去，那时，我才6岁。两年以后，我的父亲也去世了。伯父的最大愿望就是，我能用我的全部身心来维护好他的花圃，他也是这样精心培养我的。他从来不知道不相信别人。他借给朋友很多钱，他相信那些人会还给他钱的，使他的花圃摆脱困境。可是，最后，只有阿迪多大哥还了他的钱，而其他人都没有还。关于这段历史，你或许知道一些，但是，今天我还是特别想从头到尾把所有这些事告诉你。"

"你讲的所有这些让我听起来有些新的感受。"

"你知道，后来，我们遭受了灭顶之灾，当有人把我从洪水中救上岸时，受命运指使，我又一次来到了阿迪多大哥的身边。还和过去一样，我们两个兄妹，两个朋友，再次相逢了。从那以后，千真万确的事实是，我得到了阿迪多大哥的庇护，但同样千真万确的是，他也得到了我的庇护。我特别想强调的是，从数量上来说，他从我这方面得到的庇护一点都不少。因此，从我这一方来说，在他面前，我没有一点儿拘束的理由。过去我们在一起的时候，年龄都很小，现在我似乎又回到了那个时代，而且还是那层关系。本来，照这样我们会永远这么相处下去。说这些又有什么用呢?"

"你把话说完吧。"

"你干吗要猛推我一把并告诉我,我已经长大了。在过去一段时间里,我们默默无闻地一起干活,可转眼间,罩在我们头上的幕布就不翼而飞了。你当然什么都知道,罗蒙大哥,我的一切都逃不过你的眼睛。看到大嫂跟我生那么大气,起初我感到迷惑不解,一点儿都不明白,这到底是怎么回事。长到这么大,我从来没有好好看过自己,但在大嫂怒火的映照下,我却看清了自己,我被自己折服了,你能明白我的意思吗?"

"你童年时代埋在心底的爱情,一经弹拨就浮出了水面。"

"你说说,我该怎么做呢? 我怎么可能从自己身边逃跑呢。"说着说着,她拉住了罗蒙的手。

罗蒙什么都没说。绍罗拉又说:"我在这里待的时间越长,我的过错就越大。"

"对谁的过错呢?"

"对大嫂的呗。"

"绍罗拉,你听着,我可不相信那些书本知识,你到底根据什么事实来判断人们的要求呢? 你们之间的相聚已经是多少年前的事情了,那时候谁知道大嫂在哪儿呢。"

"你在说什么呢,罗蒙大哥。你怎么能想说什么就瞎说什么呢? 你也得为阿迪多大哥着想啊。"

"当然要为他着想了。难道你认为，使你猛醒的那一巴掌，没有打在他身上吗？"

"是罗蒙吗？"从后面传来问话声。

"是，大哥。"罗蒙站了起来。

"你大嫂派人找你呢，奶妈刚刚来送信了。"

罗蒙走了，绍罗拉也准备起身离开。

阿迪多说："别走，绍莉，再坐会儿吧。"看到阿迪多的脸色，绍罗拉感到撕心裂肺的疼痛。曾经是那么一个不知疲倦、忘我工作的坚强男人，曾几何时怎么变成了一艘只知道打转悠的、舵轮失灵的一只船了。阿迪多说："我们俩在这个家形影不离地开始了我们的生活，我们这么自然地融合在一起，在我们之间由于某种理由会产生裂痕，这对我来说是不可想象的。难道不是这样吗，绍莉？"

"阿迪多大哥，花蕾原来是一个整体，长大之后就会分开，对于这一点我们没有办法不承认。"

"这个分开只是表面的，只是肉眼能看到的部分，在人的内心深处是不会分开的。今天有人试图把你从我身边赶走，这使我痛苦万分，这种痛苦是我从来没有想到的。绍莉，你知道吗，是什么打击突然落到了我们的头上？"

"大哥，我知道，我比你知道得还早呢。"

"你能忍受吗，绍莉？"

"必须得忍受。"

"我想，女人们的忍耐力是不是比我们强啊？"

"你们男人会与痛苦进行斗争，而女人们只知道忍受痛苦，除了泪水和耐心，她们没有其他财富。"

"我绝不允许别人把你从我身边掠走，绝不允许，这不公正，这是严重的不公正。"说完，他握紧拳头并把拳头伸向空中，作出要与看不见的敌人搏斗的姿势。

绍罗拉把阿迪多的手拽到自己胸前，并用自己的手轻轻地抚摸着他的手。她像是自言自语地说："大哥，这不是公正不公正的问题，关系的纽带一旦松散了，所有相关的人都会感到痛苦，在许多方面都会发生缺憾，这又能怪谁呢？"

"我知道，你是特别能够忍耐的。我想起了有一天发生的事。你那时的头发多长啊，当然现在你的头发也不短。你内心一直为你的长发自豪，大家也都为这种自豪推波助澜。有一天，我与你发生了争吵。一气之下，在你中午把长发披散在枕头上睡觉的时候，我用剪刀把你的头发剪去了几寸。当时，你醒来后站了起来，你那双乌黑的大眼睛显得更加黑亮了，你只说：'你是不是承认你已经把我打败了？'说完，你从我手中拿过剪刀，唰唰地把长发剪至肩膀处。姨夫看到你后大吃一惊，问道：'这是怎么回事？'你平静地、非常自然地说：'我觉得太热了。'他也笑了笑相信了你的说法。他没有再问我什么，没有责怪，只是用剪刀把你的头发剪齐了。他可是你的伯父呀！"

绍罗拉笑着说："这就是你的智慧啊！你是不是认为，

这是我的宽容，其实一点儿都不是。那天，你认为你已经打败了我，但实际上，我已经把你打败多次了。你说，我说得对不对？"

"太对了。看到你那剪短的头发，我只有哭泣的份了。第二天，我羞愧得都不敢在你跟前露面了。我只是在书房里默默地看书。这时候，你一进屋就握住我的手，连拉带拽地把我带到花圃里干起活来，好像什么事情都没有发生过一样。我还想起了一件事，那是法尔衮月的某一天，风暴提前来临，我的花圃后面的一间房子的屋顶被卷走了，当时，你急忙赶来——"

"别说了，别再说了，阿迪多大哥。"她深深地叹了一口气，说道："那些日子不会再有了。"说完，她站起身来。

阿迪多慌忙拉着绍罗拉的手说："别走，你先别走，等有一天，你真的要走的时候，那时——"

说着说着，他变得十分激动起来，说道："干吗有一天要走呢，你到底犯了什么过错？完全是嫉妒。在我十年的家庭生活中，如今遇到了考验，所以才有这样的结局。到底嫉妒什么呢？难道说，我必须把我 23 年的历史抹杀掉吗？从那时起，我就和你认识了。"

"大哥，23 年的事情我不敢肯定，但在 23 年中的这最后一段时间里，难道就没有出现过能引起嫉妒的任何原因吗？应该说实话，自己骗自己有什么好处呢？在你我之间最好别留下什么模糊的东西。"

阿迪多有好一会儿工夫坐着，一动不动，而后说道："没有什么模糊的东西。我心里明白，如果没有你，那么，我的世界将陷于失败。在我生命的最初阶段，我从那个人身边得到了你，除了他，没有任何人能把你从我身边夺走。"

"别再说了，阿迪多大哥，别再增加痛苦了，让我稍微冷静冷静，好好想想吧。"

"不能带着担忧走回头路。我们俩在我姨父的怀抱中，无忧无虑地开始了我们的生活，今天用什么样的除草工具，能把我们那段日子铲除掉呢？我不能代表你说话，反正我是办不到的。"

"我求你了，不要再说那些让我软弱的话了，不要让我获得解脱的路变得更难走了。"

阿迪多拉住绍罗拉的两只手说："不存在解脱之路，我不允许有这样的路。我爱你，今天，我这么容易就把这句真话讲了出来，我感到内心十分充实。23年来埋藏在花蕾里的花朵，今天，在命运之神的恩泽下，终于绽放了。我要说，谁要是压制它，他就是懦夫，是罪人。"

"别说了，别说了。为了今天晚上的事，原谅我吧，原谅我吧。"

"绍莉，我才应该请求你原谅呢，一直到生命的终结，我都渴望着你的宽恕。为什么我一直都是个瞎子，为什么我对你这么不了解，为什么我错误地结了婚，你却没有结婚。

我知道，有多少男孩都曾经追求过你。"

"伯父把我完全奉献给了他的花圃事业，要不然，或许——"

"不，不，在你的内心深处一直隐藏着你的真实想法，但你不知不觉地把它禁锢起来了。你为什么不让我打破你的这个禁锢呢？我们为什么在走两条不同的路呢？"

"算了，算了，有些事实不能不接受，为了不接受这些事实，你在和谁争吵呢？你这么躁动不安又有什么用？明天后天，你再想一个办法吧。"

"好吧，我不说了。但是，在如此皎洁的月色下，我要送给你点儿东西，它能代表我说的话。"

由于经常在花圃里干活，阿迪多的腰上总是拴着一个篮子，有时候会装点儿什么东西。他从篮子里拿出一串铁力木花，共五朵。他说："我知道，你喜欢铁力木花。让我给你别在靠肩膀处的纱丽边上吧，别针我都带来了。"

绍罗拉同意了，阿迪多费了好大劲才把花别到了她的纱丽上。绍罗拉站了起来，阿迪多和她面对面站着，抓住她的双手，直盯盯地注视着她的脸，同时，也凝视着天上的月亮。他说："你太神奇了，绍莉，太神奇了。"

绍罗拉抽回了自己的手，跑掉了，阿迪多没有去追她，只是默默地站在那里盯着她的背影，一直到看不见为止。然后，他坐在了那个石阶的高台上。此时，佣人跑过来告诉他，饭送来了，阿迪多说："今天，我不吃了。"

六

罗蒙来到妮尔佳的卧室门口，问道："大嫂，是你在叫我吗？"妮尔佳清了清自己沙哑的嗓子，回答道："进来吧。"

卧室里所有的灯都没点，窗子开着，月光洒在了床上，洒在了妮尔佳的脸上，洒在了她的头旁边那束阿迪多送给她的金莲花上，其他所有东西都显得模糊不清。妮尔佳把枕头垫在脑后，半躺着坐在床上，两眼注视着窗外。在那个方向，穿过兰花房，可以看见一排排槟榔树。此时，一阵风吹过，槟榔树叶晃动起来，芒果树的花蕾中传来阵阵扑鼻的香味。从远处传来锣鼓声和歌声，那是赶牛车的车夫们在自己家里欢度春天的节日。卧室的地板上放着一个盘子，里面有甜食和一些红粉，那是看门人送来的礼物。为了不影响病人的休息，整个家今天都死气沉沉的。几只小鸟儿在枝头上跳来跳去，使劲地鸣叫着，谁也不肯服输。罗蒙拉过一把藤条凳，坐在了床边。妮尔佳老半天没出声，唯恐忍不住会哭出来。她的嘴唇在不停地颤动，在她的喉咙中仿佛孕育着痛苦的风暴。过了一会儿，她稍微控制了一下自己的情绪，用手揉搓着从金莲花束上脱落的两三朵花，然后，她默默地把一封信递到了罗蒙的手中。信是阿迪多写的，信中写道：

和你相识相知这么多天以后，突然发现，你竟然对我的忠诚产生了怀疑。在这个问题上与你争论，我感到羞耻。我觉得在你目前的心理状态下，我说的所有的话和我做的所有的事都会适得其反。这种毫无来由的折磨每时每刻都会给你孱弱的病体带来伤害。在你的心态趋于正常之前，我还是离你远些更好。我也明白了，你的愿望是，让绍罗拉辞掉这里的工作，看来必须得让她走。我左思右想，除此别无他法。但我还是要说，我的一切知识和进步都归功于绍罗拉的伯父。在我的一生中，是他给我指明了成功的道路。他最疼爱的绍罗拉如今一贫如洗，无依无靠。今天，如果我任她去四处漂泊，那不是罪过吗？为了我对你的爱，我也不能那么做。

　　经过苦思冥想，我决定，在我们的花铺里开设一个新部门，就是销售花种和菜种的部门。在马尼克塔拉能找到附带有房子的土地，我可以安排绍罗拉在那里工作。但我手头上没有启动资金，只有把这座花圃做抵押来凑足这些钱了。我诚心诚意地求你，不要为我这个建议生气。你要记住，是绍罗拉的伯父不索取任何利息借给我钱款建起的这个花圃，听说，他为此也还借了一笔钱呢。他还无偿地向我提供了建园初期的种子、嫁接用的树苗、极为稀有的花种、兰花、除草机和其他许多工具。如果不是他给我提供如此的巨大机会，那么，今天，我非常有可能住在花 30 卢比租用的房子里，干着小职员的工作，而且也不可能与你结成夫妇。那天，我与你谈话之后，脑子中常常想一个问题，是我为她提供了庇护，还是绍罗拉为我提供了庇护。在这个简单的问题上，我一直有一个错觉，倒是你提醒了我。你现在必须牢记这一点。你永远都不要认为绍罗拉是我的负担。我们永远都还不清欠他们的人情债，而她对我却拥有无限的权力。为了使你永远见不着她，我已经尽了我的努力。但是，我与她的关系是不可分割的，这一点，我今天终于明白了，而过去我却一直没搞清楚。我还有很多话都没有说，我的痛苦今天不可能用语言全部来表达。如果你能猜出几分，就明白几分吧，不然的话，在我的一生中这还是第一次，我没能把我的痛苦向你表白出来。

罗蒙把这封信读了两遍，读完后沉默不语。

妮尔佳激动地说："弟弟，你倒是说句话啊！"

罗蒙仍然一言不发。

妮尔佳躺倒在床上，不停地用头撞着枕头说："都是我的过错，全是我的过错，但你们谁都不明白，我的脑子究竟是怎么变坏的。"

"你在干什么啊，大嫂，冷静点儿，你的身体可受不了啊。"

"就是这个破身体才使我交上了厄运，我还心疼它干吗。我对他不相信，这是从何说起啊？我只是因为自己不能正常生活而对自己不相信啊。他的那个妮鲁在什么地方啊？那时，他一会儿称她为'园丁'，一会儿又称她为'花神'。今天是谁夺走了她的花圃？我的名字又何止这些呢？有时候，他由于干活回来晚了，我就做好饭，等待他归来。那时候他就管我叫'杜尔伽女神'。每到黄昏，他总喜欢坐在湖边，我便托着小托盘，上面铺着茉莉花，茉莉花上再摆上蒟酱叶，给他送去，他就笑着称我为'提供蒟酱叶的侍女'。过去，家里的一切事情他都向我讨教，他给我取了个名字，叫'家庭秘书'，或者叫'内政秘书'。我就像一条涨满河水的大河奔向大海，河水也把每个地方的小江小河灌满了，可是一瞬间，所有江河的水都干涸了，只露出了河床。"

"大嫂，你的身体一定会康复的，你一定会用全力恢复你的地位的。"

"不要再给我虚假的希望了。弟弟，医生说的话，我都听到了。所以，我对重新建立过去那样幸福的家庭已经彻底绝望了。"

"大嫂，有什么必要这样呢？这么多年以来，你为这个家倾注了你的全部心血，世上难道还有什么比这更重要的吗？你付出了多少，也获得了多少，有多少女人能像你一样获得这么多呢？假如医生说的话是真的，假如你真的要离我们而去，那么，你既然轰轰烈烈地得到了回报，你也轰轰烈烈地把它们放弃吧。这么多天以来，你一直都在骄傲和自豪中度日，那为什么要在离别前贬低这种骄傲呢？在临走之前，还是给你在这个家中的最后形象增光添彩吧。"

"我的心都要碎了，弟弟，我的心都快碎了。本来我是可以抛弃以往的欢乐，满脸含笑地离开人世。但是，难道就没有什么地方给我留下一点点缝隙，让我表达离别之痛的一个油灯发出它微弱的光芒？想到这些，我就不想死了。那个绍罗拉要把这里的一切全部占有，这难道就是造物主的公断吗？"

"大嫂，我要是说实话，你可别生气。我不太明白你说的话。你自己不能享用的东西，为什么不能以愉快的心情把它们奉献出来呢？过去你一直都是这么做奉献的呀。这将在你的爱心中留下巨大的缺憾。你这盏为你自己的爱人所尊重的灯，今天被你自己打得粉碎了。这种痛苦你可以回避，但它将使我们终生感到心痛。我恳求你了，不要把你一生的宽宏大量在最后时刻变得悭吝吧。"

妮尔佳号啕大哭起来，罗蒙一句话都没说，也没有试图安慰她。过了一会儿，她停止了哭泣，从床上坐起来，对罗蒙说："我有一个请求，弟弟。"

"大嫂，你说吧。"

"你听着，每当我眼中的泪水在心中流淌时，我都会对着墙上挂着的神像凝视。但是他的教诲总是不能进入我的心田，因为我的心是丑陋和狭隘的。无论想什么办法，你给我找一位大师来吧，不然，我的思想摆脱不了禁锢，总是被各种欲望所困扰。我在这个家度过了幸福的时光，可死后却要哭泣着，在痛苦的气氛中一代一代地受煎熬，把我从那种境地中拯救出来吧，救救我吧！"

　　"你知道，大嫂，我就是宗教经典中被称为异教徒的人，我没有任何信仰。有一次，普罗帕什·米迪尔连拉带扯把我带到了他的大师那里去了，可是，在他讲述戒律之前，我便溜出去了。坐牢有期限，这个禁锢可是没有期限的。"

　　"弟弟，你的心肠很硬，你不会理解我的危险困境。我很清楚，我越是拼命挣扎，在无底的深渊中就陷得越深，我已经无力自拔了。"

　　"大嫂，你就听我一句话。你越是认为你的财产被别人掠走了，你的心里就越感到难受，越是得不到安宁。但是，假如你冷静地坐下来，说一声：'我奉献了，我把最珍贵的东西奉献给了我最爱的人。'那么，顷刻间，你的一切负担就都可以卸下来，心中就会充满愉悦。你根本不需要什么大师。现在就说吧：'我奉献了，奉献了，我毫无保留地奉献了，我把一切都奉献出去了。为了能自由自在、干干净净地离开这个世界，我已经准备好了，我没有给这个世界留下任何永远解不开的苦结。'"

"啊，说吧，说吧，弟弟，一遍一遍地说吧。迄今为止，我为他奉献了我的一切，我也得到了快乐。今天，我没有能力奉献了，才遭受如此巨大的痛苦。但我还是要奉献，把我的一切都奉献给他。别耽搁了，你马上叫他到我这里来吧。"

"今天算了，大嫂，让你的心再平静几天，你就更容易下决心了。"

"不行，不行，我已经忍受不了了。就从那天他说要离开这个家住到日本式的房屋去，在我看来，这张床就成了一张停尸床。如果今天他不回来，我就活不过今天夜里了，我会撕心裂肺地死去。你赶快把绍罗拉也一起叫来。我要把我胸中的那根刺拔出来，我不会害怕的，这一点我可以十分肯定地告诉你。"

"还不是时候，大嫂，今天算了。"

"我就是害怕没有时间了，马上把他们叫来吧。"她面对神像，双手合十说："给我力量吧，天神，给我力量吧，让这个笨拙的、一事无成的女人得到解脱吧！我的痛苦使我疏远了天神，也疏忽了对神的顶礼膜拜。弟弟，我要说一件事，你不要反对。"

"你要说什么?"

"让我去一趟神庙吧，我就待十分钟。那样，我就会获得力量，我就什么都不怕了。"

"好，去吧，我不反对。"

"奶妈。"

"什么事，孩子。"

"带我去神庙。"

"你在说什么呢？医生——"

"医生连阎王都阻挡不住，他还能拦得住天神吗？"

罗蒙说："奶妈，你带她去吧，别害怕，这对她有好处。"

妮尔佳倚在奶妈身上走出了房间，正在此时，阿迪多进来了。

阿迪多问道："怎么回事，妮鲁怎么没在屋里？"

"很快就回来，她去神庙了。"

"神庙！神庙可不近啊！医生不是不让她出去吗？"

"你听我说，大哥，这个比医生的药还管用。在那里她只献上花儿，行个礼，马上就会回来。"

当阿迪多把给妮尔佳的信寄出时，他还不清楚，造物主在他生活的天幕中已经用无形的墨水书写了第一篇文告，这篇文告一沾上外面的灼热，就突然变得光彩夺目起来。起初，他见到绍罗拉时准备对她说，没有办法了，他们必须得分开了。可是，在说话的时候，从他嘴里却蹦出了相反的话。后来，在皓月当空的夜晚，他坐在湖边的石阶上，一遍又一遍地叨念着，尽管他很晚很晚才发现了生活里真实的东西，但他绝不会因此而否认它。他没有任何过错，也没有什么可以感到羞愧的。假如蓄意掩饰真实的东西，那才是不公正的。他已下定决心，绝不掩盖真实的东西，不管后果如何。阿迪多十分清楚，如果今天让绍罗拉离开他的生活中心，离开他的工作岗位，那么，在孤独而索然无味的生活中，他的一切都将丢失殆尽，他的生意也都会陷于停顿。

"罗蒙，我知道，你了解我们的所有事情。"

"是啊，我了解。"

"今天，我要把一切问题都解决，把面纱全部揭开。"

"你可不是一个人啊，大哥。仅仅把包袱从肩膀上卸下来是不行的，不是还有大嫂吗？家庭的问题可是复杂的呀！"

"在你大嫂和我之间出现了谎言，我绝不能让它有立足之地。从儿童时代起，我和绍罗拉之间就建立了某种关系，这没有任何过错，这个你承认吧？"

"怎么能不承认呢？"

"在纯朴的关系里面，我们之间深深的爱被掩盖了，我们当时都不清楚，这能怪我们吗？"

"谁说这不对了？"

"假如今天我还掩盖这件事，那就是要犯骗人的错误了，我可以光明正大地说这个话。"

"为什么要刻意掩盖呢？但也完全没有必要大肆宣扬呀。该让大嫂知道的，她自然会知道。过不了多少天，这个痛苦的死结一定会自行解开的，你也不用和她再做无益的争执了。大嫂想说什么，你就耐心听着，该如何回答，你自然知道。"

　　看到妮尔佳进了屋，罗蒙就走了出去。

　　一看见阿迪多，妮尔佳扑倒在地板上，把头贴在他的腿上，带着哭声说道："原谅我吧，原谅我吧，我犯了大错了。都这么多年了，别抛弃我，不要远离我。"阿迪多用双手把她扶起来，又把她搂在怀里，轻轻地搀扶着她，让她躺到了床上。他说："妮鲁，我难道不知道你的痛苦吗？"妮尔佳不停地哭泣着。阿迪多用手轻轻地抚摸着她的头。妮尔佳把阿迪多的双手放到自己胸前，对他说："你说实话，是否已经原谅我了。你如果不快活，我死后都得不到安宁。"

　　"你知道，妮鲁，我们之间心里有时候会闹别扭，但难道仅仅因为这个我们心中的契合点就不存在了吗？"

　　"过去，你从来没有离家出走过，可这次为什么非要走不可呢？你怎么这么狠心呢？"

　　"我错了，你得原谅我。"

　　"你说什么呢？这样说可不对啊！对我的一切惩罚和奖赏，都来自于你。正是由于一时生气，对你乱加猜疑，才闹到今天这种地步。我已经让弟弟叫绍罗拉来这里，她怎么还没来啊？"

　　听说去叫绍罗拉来，阿迪多的心里又扑腾扑腾跳了起来。如果在今天能把问题暂时搁到一边，他会感到更安心些。他说："夜深了，现在算了吧。"此时妮尔佳说："你听，我觉得，他们已经在门口等着呢。弟弟，你们进来吧。"

罗蒙带着绍罗拉走进了房间。妮尔佳离开床，站了起来，绍罗拉对妮尔佳行了触脚礼。妮尔佳说："过来，妹妹，到我身边来。"

妮尔佳握住绍罗拉的手，让她坐在了床上，然后从枕头底下取出一个首饰盒，从里面拿出一条珍珠项链，给绍罗拉戴上。妮尔佳说："我曾经期望过，当我的尸体在焚尸架上点燃时，这条项链仍然戴在我的脖子上。但是，还是这样做好，还是由你代表我戴着它走到生命的尽头吧。你大哥知道，在许多特殊的日子里我戴过多少次这条项链。看到你戴着这条项链，他就会回忆起那些岁月。"

"我没有资格，姐姐，我没有资格，你这不是让我难堪吗？"

妮尔佳认为，今天，在为奉献一切举行的祭典仪式上，这也是其中一部分。但连她自己也弄不清楚，隐藏在她内心的烈火在这种奉献当中会发出这么明亮的光芒。阿迪多深深地感受到，这件事对绍罗拉的伤害该有多大。于是，他说："把那条项链给我吧，绍罗拉。对我来说，它的价值究竟有多高，其他人是不可能了解的。所以，我不会再把它送给任何人了。"

妮尔佳说："都是我的命啊，看来，我做多少你们都不会理解我。绍罗拉，听说你要离开这个花圃。我绝不会让这种事情发生，我要把你和这个家里的一切紧紧地绑在一起，这条项链就是一个象征。我把我的这条纽带交到了你手里，这样我就可以放心地走了。"

"你错了，姐姐，你别把我拴在这里，那样不会有好结果的。"

"这是什么话！"

"说真的，过去，你们完全可以相信我，但是，当着你们所有人的面我要说，今天你们不要再相信我了。既然命运剥夺了我应该获得的权利，我决不会靠剥夺别人来获取任何东西。我再次向你致意，我走了。这不是我的过错。过错是天神造成的，我每天两次虔诚地向他顶礼膜拜，但这一切都结束了。"

说完，绍罗拉快步走出了房间，阿迪多也控制不住自己，他也跟了出去。

"弟弟，这到底是怎么回事？弟弟，说呀。弟弟，说句话吧！"

"所以，我才说，今天晚上别叫他们了。"

"为什么，我是敞开心扉，把一切都奉献出来了，她怎么连这个也不明白。"

"怎么能明白呢？她知道，你的心并没有完全敞开，声音还不够大。"

"我的心遭受了这么多打击，怎么还不纯洁啊！谁能让我的心变得纯洁些？啊，出家人，救救我吧。弟弟，我现在还有什么亲人呢？我还能去找谁呀？"

"有我呢，大嫂，我会对你承担责任的，你睡一会儿吧。"

"我怎么能睡得着呢？如果他再要离开这个家，那么，我就是死了，也不会安睡的。"

"他不会走，他既没有走的愿望，也没有走的力量。给你安眠药，等你睡着了，我再走。"

"走吧，弟弟，你走吧！你去看看，他们俩到底去了哪儿了。不然的话，我自己去，身体要是垮掉，就让它垮掉吧。"

"好吧，好吧，我去了。"

七

看到阿迪多跟着她出来，绍罗拉说："你怎么来了？这样不好，快回去吧。我不能让你再和我搅到一起了。"

"问题不在于你让不让，我们已经搅在一起了。至于是好是坏，我们对此无能为力。"

"那都是以后的事，你先回去吧，快去安慰一下病人吧。"

"关于我们的花圃要新增一个部门的事——"

"今天算了，给我两三天考虑的时间，现在我没有力量考虑这事。"

罗蒙来了，他对阿迪多说："去吧，大哥，赶快让大嫂把药吃了睡觉，别再耽误时间了。无论如何不要让她再说什么话了，夜已经很深了。"

阿迪多走后，绍罗拉说："明天，在斯拉达南达公园，你们是不是有个会？"

"是。"

"你不去吗？"

"原来是要去的，但现在去不成了。"

"为什么？"

"跟你说原因有什么用呢？"

"所有的人都会骂你是懦夫。"

"那些不喜欢我的人当然会骂我了。"

"那你听我说，我给你自由，你必须去参加这个会。"

"你把话说清楚点儿。"

"我也要举着旗子去参加大会。"

"我明白了。"

"如果是警察阻拦，我会服从，但是如果你阻拦，我是不会服从的。"

"好吧，我不阻拦。"

"那就这么说定了？"

"说定了。"

"我们俩明天下午五点钟一起去。"

"好吧，一起去。可是，那些坏人以后不会让咱们俩待在一块的。"

这时候阿迪多又来了。绍罗拉问道："怎么回事，怎么这么快就又回来了？"

"没说上几句话，妮尔佳就由于过分劳累睡着了，我就蹑手蹑脚地走了出来。"

罗蒙说："我还有事，我走了。"

绍罗拉笑着说："把家里的事安排好，别忘了。"

"有什么可担心的，都是熟地方。"说完，他就走了。

八

绍罗拉本来是坐着的，此时她站了起来，说："我求你了，不该你说的话，你今天就别说了。"

"我什么都不会说，你别害怕。"

"好吧，那么，我想说几句话，你听着。你说说，你会记得你说过的话吗？"

"只要不是不值得保留的话，当然我记得的，这你是知道的。"

"不难明白，我在这里待下去是绝对不行的。这段时间，我如果能侍候姐姐，我将会十分高兴，但我没有这个福分，所以，我必须离开这里。你别打断我，让我把话讲完。你肯定听医生说了，她已经活不了几天了。在短暂的这段时间里，你必须把扎在她心中的刺拔出来。所以，在未来的几天中，无论如何不要让我的影子再出现在她面前了。"

"假如你的影子自行在我心中浮现，那么，我该如何是好呢？"

"不，不，不要说这些作践自己的话。难道你的心像一般孟加拉男人一样，如同湿泥般软软的吗？永远不会的，这一点我了解。"

绍罗拉拉着阿迪多的手说："请你代表我做好这件事。在姐姐生命的最后几天里，你要充分表现出你的宽宏大量来。对于我来这儿后打破了她的幸福生活这件事，你就统统忘掉吧。"

阿迪多站在那里沉默不语。

"大哥，你得向我保证。"

"我保证，但你也得向我保证。你说，你能做到吗？"

"你我之间的最大区别就在于，假如我向你作出保证，我肯定能兑现；但是，假如你向我作出保证，那么，就有可能兑现不了。"

"不，不会那样的。"

"好吧，你说吧。"

"把我心里想说的话，明明白白地用嘴巴说出来，并没有什么错。如果我确切地知道，终有一天，你能够填补我的全部空白，那么，你说什么，我就会听什么，而且完全能够不折不扣地执行。你怎么不说话呀？"

"我不知道，大哥，是否在某一天在执行诺言方面会出现障碍。"

"你先说说，在你内心里有障碍吗?"

"你为什么还要给我增加痛苦? 你难道不知道吗，有些话如果说出来，就会失去它原有的光芒。"

"好吧，你说的话我听懂了，我要去工作了。"

"你现在不会再回头看了吧?"

"不会了，但是我渴望在你的脸上能留下我不能表达的誓言的印记。"

"不要把自然的事情弄得很勉强，今天就免了吧。"

"好吧，但我要问你一下，你现在打算怎么办，准备住在哪儿?"

"罗蒙大哥已经承担了这个责任。"

"罗蒙将要收留你，这个倒霉蛋自己有吃的用的吗?"

"你别担心，住处都安排妥了，虽然不是自己的财产，但是不会有问题的。"

"我能知道在哪里吗?"

"我向你保证，会让你知道的。但你也要保证，在这段时间里，你不要为了见到我而心神不定。"

"难道你的心能平静吗?"

"即使心不能平静，除了天神，也不会有任何人知道的。"

"好吧，但是告别时，你就忍心让我的要饭盆空着吗?"

阿迪多的双眼簌簌地流出了泪水。

绍罗拉走到他跟前，默默地抬起脸来。

九

"罗什妮!"

"怎么了,孩子?"

"从昨天起,怎么就看不见绍罗拉了?"

"那叫什么事啊!你还不知道吧?官府把她流放到荒岛上去了。"

"为什么,她做了什么坏事?"

"她与门卫暗中勾结,偷偷溜进了总督夫人的房间。"

"她去干什么?"

"她要偷走藏在盒子里的女王的官印,真是好大的胆子啊!"

"那官印有什么用呢?"

"听说啊,若得到了它,什么事情都能做到,甚至可以绞死总督。官府就是靠这个来管理国家呐。"

"弟弟呢?"

"从他的包头布中搜出了挖洞的工具,把他押送到监狱了。他要在那里服劳役,砸 50 年石头。我说,孩子,我问你一件事,在临走时,绍罗拉小姐把她那件贵重的红色纱丽给了我,并对我说:'送给你儿媳妇吧。'当时,我感动得眼泪都流出来了。我可没少折磨她。如果我保存这件纱丽,政府不会抓我吧?"

"你别怕，你马上去把外屋放着的报纸给我拿来。"

她看过了报纸。感到很惊讶，阿迪多连这么重要的消息都没有告诉她。这是对她多么不尊重啊！

"那个女人进了监狱，她胜利了。如果身体好，我难道做不到这一点吗？我也会笑着走向绞刑架的。"

"罗什妮，看到你们的绍罗拉小姐干的事了吧，在那么多人面前，一个体面人家的女人——"

奶妈说："我一想起来，身上就起鸡皮疙瘩，比盗贼还猖狂。嗐，嗐！"

"在所有事情上，她总要摆出一副高人一等的样子，真是可耻至极！从花圃开始，一直到监狱，莫不如此。都快要死了，还是改不掉她那股傲慢劲儿啊。"

此时，奶妈又想起了那件红色的纱丽，她说："可是，孩子，小姐的心胸还是挺宽阔的。"

这番话极大地刺痛了妮尔佳，她好像刚刚从梦中醒来一样，说道："说得对，罗什妮，说得对，我忘记了，我身体不好，心肠也不会好，我比以前下贱多了。嗐，嗐，我真想自己抽自己一顿。绍罗拉是一个纯真的女人，她不会说谎，到哪里也找不到这么好的女人，她比我好多了。你马上把戈内什·绍尔迦尔找来。"

奶妈走后，她用铅笔写了一封信。戈内什进屋后，她对他说："你能把这封信送到监狱里的绍罗拉小姐手里吗？"

戈内什向来对自己的精明能干津津乐道，他说："能，就是得破费点儿钱，但您得告诉我，信里都写了些什么，因为，信是要通过警察的手递进去的。"

妮尔佳把信念了一遍，信中写道："我为你的伟大感到自豪。这一次，当你从监狱里走出来的时候，你会发现，我的道路与你的道路连在一起了。"

戈内什说："信里提到的有关道路的话语，听起来不太好听，我让我们的律师先生看看，给修改一下吧。"

戈内什走了，妮尔佳心中默默地向罗蒙致意说："弟弟，你是我的大师！"

十

阿迪多端着一杯药走进屋里。

妮尔佳说："这又是什么？"

阿迪多说："医生交代过了，你每小时都要吃药。"

"看来，你周围连一个喂药的人都找不到了！既然你心里如此不安，你就再请一个白天护理我的护士吧。"

"如果我能以伺候你为借口获得来到你身边的机会，我为什么要放弃呢？"

"如果你能利用这个机会去你的花圃，那么，我会非常高兴的。我躺在病床上，花圃会一天天地荒废啊。"

"荒废就荒废吧，你先把身体养好，然后，咱们俩还像过去一样一起去干活。"

"绍罗拉走了，就剩下你一个人了，你的心没在工作上，但又有什么办法呢？不要因此让我们的花圃再受损失了。"

"我不是在担心受损失的事，妮鲁。很久以来你使我忘记了经营花圃是我的事业，所以，在工作的时候总是充满快乐。现在那种心情正在消逝。"

"你为什么要这样灰心丧气呢？直到前不久你的工作一直干得不错。即使有几天遇到一点儿挫折，你也不要如此激动不安啊。"

"让我给你扇扇扇子吧？"

"别做得太过分了，这些不是你该做的事。这样会让我更加觉得不安。如果你想要这样来消磨时间，不是还有你们的园艺家俱乐部吗？"

"你喜欢各种颜色的百合花，我在花圃里找了好长时间，一枝也没找到。今年，由于雨水不充足，百合花长得不好。"

"你在瞎说什么呢？还不如把霍拉叫来，我躺在床上指挥他干活。你是不是要说，由于我躺在病床上，我的花圃也要卧床不起了。听我的话，把那些枯死的花铲掉，把那里的土弄好。我们楼梯底下那间房子里放着一包油菜籽，霍拉有那里的钥匙。"

"是吗，这么多天，霍拉可什么都没说呀。"

"他为什么不愿意说，你们可没少让他受罪，就像来了新主人瞧不起老职员一样。"

"如果想要听到有关花匠霍拉的真实情况，那么，大家都会不愉快的。"

"好吧，我就躺在床上指挥他干活，让你看一看，过两天花圃的面貌有没有变化。你把花圃的地图递给我，还有我那本有关花圃的日记。我要在地图上用铅笔作出标记，来安排花圃的活计。"

"不需要我帮忙吗？"

"不用，在我临走之前，我要在花圃中完全留下我的痕迹。你听着，路边的那些篱笆我一根都不保留，我要在那里种上两排杨柳，你不要摇头，等种好了，你再看。我也不会保留你们那条小道，我要在那里修一座大理石的高台。"

"高台建在那里合适吗？好像穷人装富一样。"

"你别说了，太合适了，你什么话都不能说。这几天，这个花圃就属于我一个人了，完全属于我了。然后，我会把我的花圃送给你。你可能会想，我已经没有任何力气了。我要让你看一看我能做什么。我还需要三个花匠和六个小工。我还记得，你曾经说过，我没受过花圃装饰方面的专门教育。不管有没有接受过这方面的教育，我都要试试。你必须记住，这是我的花圃，完全属于我的花圃，我对它的专利绝不会丧失。"

"好吧，很好，那我做些什么呢？"

"你就管好你的店铺吧，你那里的事也不少。"

"那你也不让我和你在一起了?"

"是的,我已经不是原来总和你在一起的我了。我在你身边,只会让你想起另外一个人,这有什么好处呢?"

"好吧。当你能容纳我的时候我再来,你就让人去叫我吧。今天,我给你带来了芬芳的栀子花,放到你床上了,你不介意吧。"说完阿迪多站了起来,妮尔佳拉住了他的手说:"别,你先别走,再坐会儿吧。"她指着花瓶里的花儿,问道:"知道这个花儿叫什么名字吗?"

阿迪多知道怎么回答她会高兴,所以他就撒谎说:"不,我不知道。"

"我知道。要我说吗?矮牵牛花。你一定认为我什么都不知道,我是傻瓜。"

阿迪多笑着说:"你是我妻子,假如你是傻瓜,那至少我也和你一样傻,我们俩平分秋色,一起做了一辈子愚蠢的生意。"

"我的那一半生意快结束了。正坐在那儿抽烟的那个看门的,他还会在门口坐下去,但几天之后,我却不在人世了。那辆牛车刚刚卸掉煤,正空着车往回走。它将会每天这样地走下去,而我的心脏却会停止跳动。"她突然用力握着阿迪多的手,说道:"我将真的永远离去了,什么都不存在了?你说说,你读了很多书,你跟我说实话。"

"那些学者在书里写了多少知识,我就学到了多少知识,但我的知识到了阎王门口就止步了,就前进不了了。"

"你说说，你是怎么想的，难道我就真的一点儿都不存在了，一丁点儿都不存在了？"

"既然现在存在是可能的，那将来存在也是可能的。"

"当然可能了，花圃的存在是可能的，而我的存在是不可能的，绝不会如此，绝对不许这样！在黄昏时分，在如同今天朦胧的夜色中，乌鸦开始返回窝里，槟榔树的树枝也像今天一样，在我眼前晃动。那时候，你一定要记住，我还在，还在，在整个花圃里都有我的身影。你能感觉得到，当微风吹动你的头发时，那里面就有我手指的触动。你说说，你会感觉得到吗？"

阿迪多不得不回答道："是，我会感觉得到。"但是他回答的声调里缺乏应有的自信心。

妮尔佳心神不定地说："你们那些写书的人不都是久负盛名的学者吗？他们怎么什么都不知道哇！我是肯定知道的，你相信我的话。我会存在下去的，我会在这里存在下去的，我会永远活在你身边，对于这一点我看得非常清楚。我对你说，我向你保证，我会照顾好你花圃里所有的树木。过去我能管理它们，以后我还会更好地管理它们。根本不需要任何人，谁都不需要。"

妮尔佳原来是躺在床上的，此时，她把枕头垫在脑后，坐了起来。她说："你发发慈悲吧，发发慈悲吧！看在我那么爱你的份上，你发发慈悲吧！长期以来，你在家里给了我很高的地位，请你在那一天也能继续给我这种地位。每个季节，有什么花儿开了，希望你还能像过去一样，从心里把这些花儿送到我手里。假如你冷酷无情，那么，我就不可能在这里再住下去了。如果你把我的花圃抢走，那么，在无尽的天空中，我究竟能在哪里立足呢？"说完，妮尔佳的双眼中滚出了泪水。

阿迪多从凳子上站起来，坐到了床上。他把妮尔佳的脸搂进自己怀中，用手轻轻地抚摸她的头，并且对她说："妮鲁，别再糟蹋自己的身体了。"

"我可不管我的身体了，我现在什么都不要了，连同这里的所有东西，我只要你。听着，我还要说一句话，你不要生我的气，不要生气啊！"说着说着，她的声音变得嘶哑，稍微平静了一下，她继续说道："我太对不起绍罗拉了，我向你发誓，我不会再欺负她了。对于我的所作所为，请你原谅我。但你一定要爱我，一定要爱我，你让我做什么，我都会做的。"

阿迪多说："妮鲁，你的心理也随着你的病体变得不健康了，所以你才会如此地瞎折磨自己。"

"你听我说，昨天夜里，我一再发誓：这次如果再见面，我会以纯洁的心态，像对待自己的亲妹妹一样把她搂在自己怀里。你一定要帮助我实现这个最后的誓言。你说，我永远不会失去你的爱，那样的话，我也会把我的爱奉献给所有的人，再静静地离去。"

阿迪多没有作出任何回答，只是一遍又一遍地在她的脸颊上和额头上亲吻着，妮尔佳闭上了双眼。过了一会儿，她问道："绍罗拉什么时候才能放出来呀？我就盼着这一天呢。我特别害怕，在她出来之前，我会死去。我特别担心不能对她说，我的心现在完全是空白一片。把灯点上吧！给我读读奥科伊·波拉尔的《愿望》一书吧。"说完，她从枕头底下拿出了那本书，阿迪多开始读了起来。

听着听着，妮尔佳有些昏昏欲睡，正在此时奶妈走进屋来说："有一封信。"她马上被惊醒了，心咚咚地跳了起来。信中阿迪多的朋友告诉他，由于监狱里地方紧张，有几名罪犯要提前释放，其中就有绍罗拉。听到这个消息，阿迪多心潮澎湃，但他极力压制着自己内心的兴奋。妮尔佳问道："谁的信？有什么消息？"

阿迪多唯恐自己念信时声音会颤抖，就把信递给了妮尔佳，她用双眼注视着阿迪多的脸。阿迪多虽然一言不发，但此时说什么都是多余的了。一段时间里，妮尔佳也没说一句话。然后，她大声说："那就别再耽误时间了，今天就让她来吧，今天一定要把她带到我这儿来。"

"怎么了？你怎么了！妮鲁！医生，护士在吗？"

"在外屋待着呢。"

"马上让他进来！快让大夫进来！刚才，她还身体好好地在说话，怎么说着说着就昏过去了。"

医生切过脉后一言没发。

过了一会儿，病人睁开眼睛说："大夫，你应该救救我！不看到绍罗拉，我不能走，那样会不吉利的。我将要为她祝福，做最后的祝福。"

她又闭上了眼睛，她握紧双拳说道："弟弟，我说话算话，我绝不悭吝地死去。"

她的知觉一次又一次地丧失，在意识恢复时，世界变得越来越模糊。有时，她的生命之光就像即将熄灭的油灯一样发出微弱的光亮，她还不时地问她丈夫："绍罗拉什么时候来？"

间或她还呼唤着："罗什妮！"

奶妈说："什么事，孩子？"

"马上把弟弟叫来。"有时又自言自语道："我弟弟怎么办！我要奉献，要奉献，我要把一切奉献出去。"

晚上九点钟左右，在妮尔佳房间的一角点着蜡烛，空气中弥漫着茉莉花的芳香。从开着的窗户往外看，花圃里各种树木都显出了黑色阴影，树木的上空闪烁着繁星。为了不惊醒病人，阿迪多让绍罗拉等在门口，自己慢慢地走到妮尔佳的床前。

阿迪多看到，妮尔佳的嘴唇动了一下，似乎无声地在说着什么，她仍处于半昏半醒状态。阿迪多把头凑近她的耳边说："绍罗拉来了。"妮尔佳微微睁开眼睛说："你走吧。"她叫道："弟弟。"哪儿都没有回音。

绍罗拉走上前来，把手放到她的脚边，正要行触脚礼，她的整个身体像触了电一样颤抖了一下，并很快把脚收了回去。

妮尔佳用沙哑的嗓音说："我没能做到，我没能做到，我不能给，不能!"

说着说着，她的身体里似乎产生出一种不平常的力量，她双目圆睁，眼中像有火焰在燃烧。她抓住绍罗拉的手，用尖厉的声音嚷道："这里没有你的位置，你这个女魔鬼! 没有你的位置。我要在这里待下去，待下去，待下去。"

突然，穿着一件肥大睡袍、脸色苍白、骨瘦如柴的妮尔佳离开床铺，站立起来，用一种怪调嚷道："滚，滚，马上给我滚，不然的话，我会每天用矛来刺透你的胸膛，并吸干你的血液!"说完，她就倒在了地板上。

听到叫嚷声，阿迪多走进了房间，当时妮尔佳耗尽了全部心力，最后的一句话语也没能说出来。

1933 年怡特拉月

（石景武　译　董友忱　校）

总 策 划:于 青
统 筹:王 萍
责任编辑:郭星儿
封面设计:肖 辉
版式设计:马月生

图书在版编目(CIP)数据

四个人:泰戈尔中篇小说选/(印)泰戈尔著;黄志坤等译
　 -北京:人民出版社,2016.4
ISBN 978-7-01-015922-5

Ⅰ.①四…　Ⅱ.①泰…②黄…　Ⅲ.①中篇小说-小说集-印度-
　 现代　Ⅳ.①I351.45

中国版本图书馆 CIP 数据核字(2016)第 048857 号

四 个 人
SIGEREN
——泰戈尔中篇小说选

(印)罗宾德罗纳特·泰戈尔 著
黄志坤 董友忱 石景武 译

人民出版社 出版发行
(100706 北京市东城区隆福寺街 99 号)

北京墨阁印刷有限公司印刷 新华书店经销

2016 年 4 月第 1 版 2016 年 4 月北京第 1 次印刷
开本:787 毫米×1092 毫米 1/32 印张:10.625
字数:202 千字

ISBN 978-7-01-015922-5 定价:34.00 元

邮购地址 100706 北京市东城区隆福寺街 99 号
人民东方图书销售中心 电话 (010)65250042 65289539